清朝的皇帝

高陽 著

五

日落西山

經典新版

目錄

十一、穆宗——同治皇帝

同光號稱「中興」；而「明治維新」亦在此時，何以「中興」只得一時，他人的「維新」卻建立了堅實的富強之基？鑑古知新，且暫拋下「天子出天花」，談一談由倭寇而為藩閥；藩閥而為「皇軍」，近代禍我中華之由。

按：德川幕府「奉還大政」，始於慶應年間，但「倒幕派」主力薩摩（福岡）、長州（山口，在廣島附近）兩強藩，卻有變成德川第二之勢。

所謂「王政復古」，將成空話；於是「文治派」思以議會牽制強藩；陳水逢著《日本政黨史》云：

當時推動王政復古的力量，一為朝廷中以岩倉具視為中心的急進派公卿；一為共同聯合倒幕的薩、長、土，三藩以及尊王派的肥、尾、藝、越各藩志士。在國是會議中，這些勢力分成保守與急進兩大派系，一主文治，一主武治，且以各藩為背景的藩閥，互相對立，爭權奪利，情勢頗為複雜。

是時全國早已平定，中央政府的組織，亦粗具規模，但各藩仍擁有版籍與武力，各自為政，對中央政府的政令法制，多陽奉陰違；封建制度的色彩，仍極濃厚，朝廷未舉統一之實，王政維新的大業未能貫徹。

文治派領袖木戶孝允，目睹這種情形，認為要鞏固中央政府基礎，非削弱諸藩的勢力不可，乃連絡大久保利通，勸說薩、長、土、肥四強藩，向朝廷建議，奉還版籍。明治四年（一八七一年）七月十四日天皇命各藩知事入京，發表廢藩置縣的勅詔。於是使三千三百六十三萬日本國民置於均等的支配統制下，地方制度統一，朝廷全收土地兵馬之權於中央，鞏固政府基礎，確立了閥族的專制中央集權的政治體制至是數百年的封建制度遂告廢絕。。

明治天皇即位於公元一八六八年，即同治七年；明治四年爲同治十年。在廢藩置縣的一年以前，文治派亟圖謀求外援，於同治九年七月，遣外務大臣柳原前光；少臣花房義質等來華，與總署商立約通商；當時天津教案正處於緊張階段，曾國藩則已在馬新貽被刺後，奉旨回任兩江；李鴻章甫行到任，無暇接見，所以柳原只在天津見到三口通商大臣成林。

其時洋務體制上，有一個對實際工作相當重要的改革：裁撤三口通商大臣，歸直隸總督經管，頒給欽差大臣關防，兼轄山東之東海關，奉天之牛莊關。直隸總督於春融開凍後，移駐天津。封河再還保定省城歲以爲常。並增設津海關道。

此爲李鴻章自謂「早年科名、中年戎馬」以後，「晚年洋務」的正式開始。同治十年五月受命爲全權大臣，與日本在天津議約，以江蘇臬司應寶時；署津海關道，總署章京領班出身的陳欽

爲幫辦；對手則爲日本的大藏卿伊達宗城；原來的柳原前光，變爲伊達的副手。

九月間定議，計修好規條十八條；通商章程三十三款，並附兩國海關稅則。條件較遜於中國與歐美所訂的商約，因而日本政府頗爲失望；伊達宗城亦因此丟官。但在中國政府，認爲已作了相當讓步。

印鸞章所編「清鑑綱目」記成約經過云：

> 先是日使柳原前光來中國，疆臣有以前明倭寇為辭，奏請拒絕日本通商者，李鴻章奏駁之，謂「順治迄嘉道年間，嘗與日本通市，江浙設官，商額船每歲購銅百萬斤。咸豐以後，蘇浙閩商，往長崎貿易寄居者，絡繹不絕。論者拒絕之請，於今昔時勢，彼國事實，蓋未深究。今彼見泰西各國，與中土立約，彼亦援例而來，設拒之太甚，必因泰西介紹固請，自不如就此時推誠相與。彼使臣等來謁，每稱欲與中國結好，協力對外，立言亦頗得體。既允立約在前，斷難拒絕於後。」一時大學士兩江總督曾國藩，亦上疏力爭，其大致與鴻章摺中言相同；且言「日本素稱鄰邦，非朝鮮、琉球、越南臣屬之比。若不以泰西諸國之例待之，彼將謂厚滕薄薛，積疑生嫌。但約中不可載明，比照泰西各通例辦理；尤不可載利益均霑等語。
>
> 疏入。朝旨韙之。

按：其時日本政府的文治、武治兩派，正起爭議；「征韓論」業已發端。但不論文治、武治，發奮圖強的目標是一致的；全力追求與歐美各國的地位相等的目標，亦是一致的，因此，伊達宗城攜回一份與歐美不平等的條約，被認爲是一種屈辱。

因此，日本於同治十一年二月，復派柳原前光與李鴻章交涉，要求依照萬國通例改約。李鴻章的答覆，頗爲得體；確較一般洋務者爲高明；他說：「萬國公法，最忌失約，今兩國於未換約之先，即議改約，旋允旋悔，所謂『全權立約』，豈非自相柄鑿，貽笑他邦？」柳原大慚而退。

當然，這亦是李鴻章自尊其「全權」的立場；以後，李鴻章受命交涉已有成議，而朝廷意見不同時，李每以「不便失信於外人」爲辭，佔得上風，即肇端於此案例。

改約不成，終於正式訂約。日本特派外務卿副島種臣爲特使，而李鴻章在天津「互換條規」時爲同治十二年四月。而在此之前，台灣山胞惹事，終於引起日本對華的武裝侵略。

事起於同治十年十一月，有一條琉球船遇颱風飄到台灣，爲山胞劫殺五十四人；十二年二月，又有日本小田縣人四名，遭遇了同樣的命運。按琉球早爲中國的藩封，順治入關以後，稱臣一如明制；但又同時朝貢於日本。

因此，日本自以爲應該提出交涉。當時總署大臣毛昶熙，態度強硬，他的答覆是：「番民之殺琉民，已聞其事，害貴國之民，則我未聞之也。二島俱我屬土，屬土之人相殺，裁次固在於我，我恤琉人，自有措置，何預貴國事，而煩爲過問？」

這話理直氣壯，但不能令人心服，因爲日本人死了四個，確是事實。如果僅就此接受交涉及的要求，酌量賠償，便可無事，而日本的武治派志不在此，特就琉民被害，提出質問，柳原前光與毛熙昶有如下的對話：

柳：貴國已知恤琉人，而不懲台番者何也？

毛：生番係化外之民，我政府未使窮治。

柳：生番害人，貴國舍而不治，然一民莫非赤子；赤子遇害而不問，安在為之父母？是以我邦將問罪島人，使某先告之。

既然台琉皆爲屬土，則恤琉人而不懲台番，是中國的內政，不煩他國干預。這本是很容易應付的事，不幸的是毛昶熙說錯了一句話，謂生番係「化外之民」，無異表示了放棄對生番的統治權。

日本武治派原就是想以此爲藉口，所以事先提出關於生番、熟番居住區域，如何劃分的問題；毛昶熙這句話，恰好墮其彀中，因而柳原有那樣明確強硬的表示。

交涉經年，日本準備妥當，終於在同治十三年三月出兵了，「清史記事本末」記：

以陸軍少將西鄉從道為都督，谷干城及海軍少將赤松則良為參軍，率兵赴台。海軍少佐福島九成為廈門領事，兼管番事，別延美國人李先得參謀議，傭英美船為運輸，而特命參議兼大藏卿大隈重信為總理。時美公使鏤斐迪，執局外中立之例，收還其船舶人民之為日本所傭役者，並令廈門領事捕李先得等；英公使巴夏禮亦言日本此舉不合公法，中國必生異議。

於是內閣人士紛議，急遣人馳諭於重信，令止軍行，且歸京。重信告從道，從道不奉命，曰某當親擣虜巢，斃而後已，萬一清國生異議，朝廷目臣等為亡命流賊以覆之可也。

重信勸諭百端，從道不聽，即夜下令發師。重信電聞，日廷大憂，再傳內旨於長崎，從道憤然行。而廈門日領事九成，亦書告閩督李鶴年，謂今將起師問罪於貴國化外之地，鶴年覆書，爭生番為中國屬地，請撤兵，隨疏以聞，令葆楨巡閱台灣，調兵警備。

日本出兵台海，爲武治派勢力蠢動的鮮明跡象；亦爲「征韓論」失敗後，謀求有所代替的結果。其中最主要的一個陰謀分子，便是奉派來華的副島種臣；我何以說他是陰謀分子呢？因爲他在中國是以僞善者的面目出現的；一切強硬交涉，都由柳原前光出面，他隱在幕後指揮。

梁嘉彬在「近代中日關係探源及兩國外交使才舉例」一文中，有頗爲深入的分析。副島受任外務卿之初，曾經在橫濱截住一條秘魯商船，解救了來自廣東台山等地「豬仔」二百三十名；奉使來華，每向中國當道自炫此功；同時爲了攻擊文治派，也洩漏了若干日本政壇的秘密。加以他是日本的漢學家，漢詩漢文據說得蒼渾古樸之致，因而中國官場認爲他是「親華派」。

實際上呢？且看梁嘉彬的敘述：

我們假如追究到他在外務卿任內，短短兩年當中，便有不少對不起中國的事情做出來。冊封琉球，征討台灣生番，「征韓論」都是他和二三「知己」的傑作。據「大隈伯（重信）昔日譚」，則更謂「征韓論的發起人，實即副島種臣」。他對琉球的處心積慮，可參閱琉王尚泰近臣喜舍場朝賢（唐名向廷冀）所撰「琉球見聞錄」。他的討伐台灣生番計畫，早已存在他用最高薪俸，延聘美國反華專家李光得（C.W. Le Geadre）為外務省顧問之時。……「征韓論」一般被認為是西鄉隆盛的主張，其實蛛絲馬跡，都可看出副島在內幕推動。

明治六年十月（一八七三年、同治十二年），「征韓論」遭到從歐美考察返國的文治派右大臣岩倉具視等人的反對而失敗，西鄉下野，副島也隨之下台。嗣後在政場一蹶不振，失意之餘，

又反過來向中國多方討好。日本人把副島外交稱做「無軌道外交」，很覺恰當。實際說起來，此人對日本是有豐功偉績的。

副島種臣對日本的豐功偉績，是製造了一個日本侵華的有效模式，這個模式是武力與言詞兩種恫嚇交互爲用；並充分利用中國官員重情面的弱點，勾結第三國外交人員「唱雙簧」，以故在日本得有軟硬兼施之便；而在中國則有左右爲難之苦。

按：西鄉從道，即力主「征韓論」的西鄉隆盛之弟，即此一端，可以想見其間的淵源。至於日軍侵台，進攻番社，戰事並不順利；因而日本政府採取了兩項措施，一是由太政大臣三條實美，通知陸海卿，準備對華作戰，陸軍卿山縣有朋提出「外征之策」，這是對華的恫嚇；一是以內務卿大久保利通爲全權大臣，來華交涉，此方是本意所在。

當時受命主持防台軍務者，爲船政大臣沈葆楨，渡海在安平登陸，親自指揮，並奉准向英商滙豐銀行借銀二百萬兩，充作軍費，準備頗爲周到。因此，總署對大久保要求賠償的態度頗爲強硬，文祥公開表示：「一錢不給。」大久保色厲內荏，勾結英使威妥瑪，硬作調人，於九月廿二日訂約三條：

一、日本國此次所辦，原爲保民義舉，清國不指以爲不是。

二、前次所有遇害難民之家，清國許給以撫恤銀十萬兩，日本所有在該處修道、建房等件，清國願留自用，先行議定籌補銀四十萬兩。

三、所有此事，兩國一切往來公文，彼此撤回註銷，作爲罷論。

第三條是日本爲了防備他國；尤其是美國爲中國抱不平，出面干涉之故。大錯在第一條承認日本出兵爲「保民」；無異承認日本對琉球有宗主權。如果堅持不屈，則被困日軍，方爲瘴疾侵襲，死亡相繼；山胞與清軍內外夾擊，可獲全勝。倘若結局是如此，則日本此次出兵耗軍費六百餘萬日圓；戰死雖僅十二人，病歿者五百六十一人，損失慘重，武治派必將備受指摘，或者一蹶不振，則不獨中國，恐怕日本的歷史亦要改寫了。

當時對敵情虛實看得很清楚，沈葆楨疏言：

倭備雖增，倭情漸怯，虛聲恫喝，冀我遷就求和。倘入彀中，彼必得步進步；我但厚集兵力，無隙可乘，自必帖耳而去。請堅持定見，力為拒卻。

同時，沈又致書李鴻章云：

利通之來，其中情窘急可想。然必故示整暇，不肯遽就我範圍，是欲速之意在彼。我既以逸待勞，以至待客，自不必急於行成。

李鴻章據以入告，廷議咸表同意。既然如此，何以又有許訂約三條，承認日本出兵為「保民」的憒憒之舉？一言以蔽之，小皇帝荒唐不爭氣，恭王以下，不獨心力交瘁；更怕緊要關頭，譬如大舉用兵時，小皇帝負氣搗亂，那是件不得了的事，因而將就了結，鑄成大錯。

穆宗之病，起於十月下旬，至月底，有上諭，命李鴻藻代批章奏。旋由惇親王等議定，除漢字以外，清字章奏由恭王代批。以臣下而攝君權，自然不妥；因而在十一月初十，頒一道明發上諭：

朕於本月遇有天花之喜，經惇親王等合詞籲懇，靜心調攝，朕思萬幾至重，何敢稍耽安逸，惟朕躬見在尚難耐勞，自應俯從所請，但恐諸事無所稟承，深虞曠誤，再三籲懇兩宮皇太后，俯念朕躬，正資調養，所有內外各衙門陳奏事件，呈請披覽裁定，仰荷慈懷曲體俯允，權宜辦理，朕心實深感幸，將此通諭中外知之。

此爲慈禧太后第二次垂簾。至於穆宗之病爲出痘，於十一月初二日證實；翁同龢是日記：

> 辰初到東華門，聞傳蟒袍補褂，聖躬有天花之喜，余等入至內務府大臣所坐處託案上人請安，道天喜。易衣花衣，以紅絹懸於當胸，辰正二刻請脈。巳初見御醫李德立莊守和方用涼潤之品，昨日治疹，申刻始定天花也。遂出，預備如意三柄明日呈遞，聞此十二日中摺用黃面紅裡。

清宮在傳統上有「天花恐懼症」；此爲我杜撰的名詞，起因於世祖出痘而崩，以故談虎色變，每逢萬壽、年終、外藩入覲，凡未出痘者，一概禁止進京，防範極嚴。穆宗出痘，宮中大爲緊張；所謂「天花之喜」，是預期必能順利出痘，而一出了痘，即等於跳出鬼門關，豈非大喜事?是故照萬壽的規矩，「易衣花衣」。所謂「花衣」即蟒袍，「前三後四」包括正日在內共七天，稱爲「花衣期」。穆宗出痘的花衣期定爲十二日者，以預計十二日可度過危險期，得慶更生。

顯然，御醫的估計，過於樂觀；如果十二日可報平安，則不必於初十日降旨請兩宮垂簾。

「翁同龢日記」於十二日記：

午間從正大光明殿接娘娘，走後左門一帶，奉於養心殿。王貝勒及內務府諸臣，皆有執事，宮內皆掛紅聯（如春聯而紅）。

按：所謂「娘娘」者即痘神。翁同龢於十四日又記：

連日皆以祈禱為事。聞內務府已行文禮部，諸天眾聖，皆加封號，乾清門上陳設龍船九付（紙作），大清門外砌洗池，方徑十丈許也。

其時病勢已開始惡化；因有併發症出現；據吳相湘在「晚清宮廷與人物」中記述：

宮中雖然用力於祈禱神祇採取一些迷信措施，但醫藥仍是每日照常的，主治的是太醫院的侍御醫李德立、莊守和兩人。當同治帝出痘的第三天，這兩位太醫處方是用蚯蚓作藥引，頗使時人奇怪，因此翌日處方就無蚯蚓了。

是月初九日即帝染痘後的第九日，群臣入見帝「起坐氣色皆盛，頭面皆灌漿飽滿，聲音有力」，「且舉臂以示顆粒極足」，使群臣「不勝喜躍而退」。但其後數日結痂間有抓破，致流血少

寐，而御醫處方竟用桂枝、青皮，又用三仙，使每日遵旨看藥方的大臣們「不識其故」。

十三日御醫說「氣血不足」，藥方除桂枝外又加鹿茸。十四日早處方仍用鹿茸，用生耆熟地加麥冬。十五日處方去桂枝，全用涼血發散藥，是這樣的涼熱雜投，到二十日，痘痂雖漸落，而帝腰間腫疼作癰流膿，項脖臂膝皆有潰爛，李莊兩位御醫於此遂「意甚為難」了，蓋這些潰爛處，「根盤甚大，漸流向脊，外潰則口甚大，內潰則不堪言狀。」

病勢如此，仍當作「天花之喜」的喜事來辦，大沛恩綸；日連下數道上諭，第一道是崇上兩宮太后徽號；第二道以下用「奉懿旨」的名義，封慧妃爲皇貴妃、瑜嬪等晉位爲妃；第三道加恩內廷行走人員，自惇王以下，或賞食雙俸；或賞食進一級俸，如醇王之子，即後來繼統的載湉，年方四歲，已賞頭品頂帶，此時又賞食輔國公俸。

此外軍機大臣、內務府大臣、弘德殿行走的師傅、南書房、上書房翰林等，或賞雙眼花翎，或加宮銜，或優先補缺。亦內外文武大小官員均加兩級；京師各營兵丁，賞錢糧半個月。第四道上諭則爲減刑恤獄。

凡此皆爲兩宮太后「做好事」，以期化戾氣爲祥和，上迓天庥；不過，除了減刑恤獄，可能有人受益；以及士兵賞半月錢糧是實惠以外，其餘只是一場空歡喜，穆宗崩後，上開恩典，便即撤銷了。

在恩旨中，有王慶祺的名字，他的本職是翰林院侍講，以從五品而「賞加二品頂帶」，倘或穆宗無恙，則「二品」補實，即爲內閣學士；翰林熬到閣學，不出紕漏，則內轉侍郎，外放巡撫，必可大用。可惜此人福薄，其興也暴，其敗也速；玆據前引王慶祺遇穆宗微行事，續引下文：

> 太史與某部郎皆心驚不已，知遇上也。不數日上諭下，二人皆不次晉秩，某部郎以枉道為恥；辭不拜；太史則數遷至侍郎，宏德殿行走，所以蠱惑上者無所不至。上竟以此得痼疾不起，所謂出痘者，醫官飾詞也。及薨，人有撰輓聯諷其事者云：「宏德殿，宣德樓，德業無疆，且喜詞人工詞曲；進春方，獻春冊，春光有限，可憐天子出天花。」王後為陳六舟彈劾革職，永不敘用。

所謂某部郎，其實爲編修張英麟，字振卿，山東歷城人。「十朝詩乘」記：

> 王慶祺之入直講幄，張振卿都憲師，以編修同被恩命；在直未久，不善慶祺所為，即乞養

歸。慶祺膺眷日隆，華秩崇銜，輿論薄之。穆宗升遐後，坐典試匿喪為台諫劾罷，實借辭也。孫琴西太僕讀吳柳棠遺疏，感賦有云：「玉陛金鋪散曉光，鈞天一醉夢難辰，誰知十部龜茲外，別有人問萬寶常」。即刺慶祺而作。

按：張英麟同治四年翰林，曾典福建鄉試，官至左都御史，光緒二十九年會試，借闈河南，張爲四總裁之一。

「一朝詩乘」作者郭則澐，即於是科獲雋，故稱張爲「都憲師」。惟謂孫琴西詩，爲刺王慶祺而作，恐有疑問。若謂以萬寶常擬王慶祺，則尤不類。萬寶常、隋書、南史皆有傳，中華版「中外人名辭典」撮敘其人云：

隋人，齊時坐父罪，被配爲樂戶，因而妙達鐘律，工八音，造玉磬以獻於齊。開皇初，沛國公鄭譯定樂成，召問，寶常：「此亡國之音，哀怨浮散，非正雅之聲。」極言其不可。常奉詔造諸樂器，應手成曲，無所凝滯，見者無不嗟異，其聲雅淡，不為時人所好。家貧，無子，其妻以其臥疾，遂竊資物以逃，寶常見餓死，將死，取所著書焚之，見者於火中探得數卷行世。

如謂以萬寶常擬吳可讀，則有幾分近似，此爲另一重公案，後文將會談到，玆仍接敘穆宗病勢。

穆宗之疾，大致至十一月廿五以後，已成不治之勢。翁同龢日記：

十一月廿七日：方按云：膿汁雖見稠，而每日流至一茶盅有餘，恐傷元氣云。……總管張監云，起坐時少，流汁極多，殊萎頓也。

十一月二十八日：至奏事處，適太醫李德立、莊守和在彼，詢以兩日光景，則云：腰間潰處如碗，其口在邊上，揭膏藥則汁如箭激。丑刻如此，卯刻後揭又流半盅，前進溫補，並未見效，而口渴嘈雜作嘔，萬一陽氣過旺，陰液不生，誰執其咎？詢以人參當用，則曰：數日前議及，恐風聲過大，且非兩宮聖意。詢以今日用藥，……語甚多，大略多游辭也。

十一月二十九日：見於東暖閣，上坐榻上，兩太后亦坐，命諸臣一一上前，天顏甚瘁，目光炯然。……諭今日何日，並諭及臘月應辦事。樞臣奏毋庸聖及。臣奏：聖心宜靜。上曰：胸中覺熱也。退至明間。……有頃傳諸臣皆入，上側臥，御醫揭膏藥擠膿，膿已半盅，色白而氣腥，漫膿一片，腰以下皆平，色微紫，視之可駭。出至明間，太后又立諭數語，繼以涕淚，群臣皆莫能仰視。

穆宗崩於十二月初五下午四時左右。致死之因，言人人殊，有刻意爲之諱者；亦有吞吐其詞，語多含蓄者，前者如惲毓鼎「崇陵傳信錄」云：

惠陵上仙，實係患痘，外傳花柳毒者非也。甲戌十二月初四日痘已結痂，宮中循舊例謝痘神娘娘；旛蓋香花鼓樂送諸大清門外。是日太醫院判李德立入請脈，已報大安；兩宮且許以厚賞矣。

夜半，忽急詔促入診，踉蹌至乾清宮，則見帝顏色大變，痘瘡潰陷，其氣甚惡。德立大驚，知事已不可為，而莫解其故。未久即傳帝崩矣。

所記不獨與翁同龢日記大相逕庭；且與官書記載亦不同。如送痘神娘娘，早在十一月下旬；而李德立早知道不可爲，何得「報大安」。所記殊不足據。仍當以翁同龢親身經歷所記爲準。翁記：

十二月五日：卯正二入，軍機一起。昨方案云：「上唇腫木，腮紅腫，硬處揭傷皮，不能成

朧，僅流血水，勢將穿腮，牙齗糜黑，口氣作臭，毒熱內攻，食少寐減，理必氣血受病，議用消毒益氣，竭力調理。」脈象則稱弦數無力，藥照昨方稍有加減。……起居單內，飲食稍多苡米粥五次，半碗餘，藕粉老米粥亦略進。辰正三刻散。門遇孫子授云：「聞今日案內有神色漸衰，精神恍惚」等語。榮仲華亦來，語於庭中，據李德立稱：「勢恐內陷」云云。

蔭軒來，訪蘭生談，即入城。小憩未醒，忽傳急召，馳入，而無一人也，時方日落。有頃，恭邸、寶、沈、英桂、崇綸、文錫同入，見於西暖閣。御醫李德立方奏事急，余叱之曰：「何不用回陽湯？」彼云：「不能，只得用麥參散。」余曰：「即灌可也。」太后哭不能詞。

倉猝間，御醫稱方閉不能下矣，諸臣起立，奔東暖閣，上扶座瞑目，臣上前遽探，既彌留矣。天驚地坼，哭踊良久，時內廷大臣有續至者，入哭而退。惨讀脈案云：「六脈俱脫」，酉刻崩逝。

寶爲寶鋆；沈爲沈桂芬。英桂、崇綸皆內務府大臣；文錫則內務府堂郎中。未列文祥及榮祿；與前引「夢蕉亭雜記」謂榮祿「擅動樞筆，以致得罪沈桂芬」事，似有牴牾，其故待考。

其時在搶天呼地的哭踴聲中，人人心中有個疑問：誰是未來的天子？穆宗無子，照父死子繼的傳統，應先爲穆宗立嗣，方是正辦。但如照此一辦法，很難有抉擇的餘地。

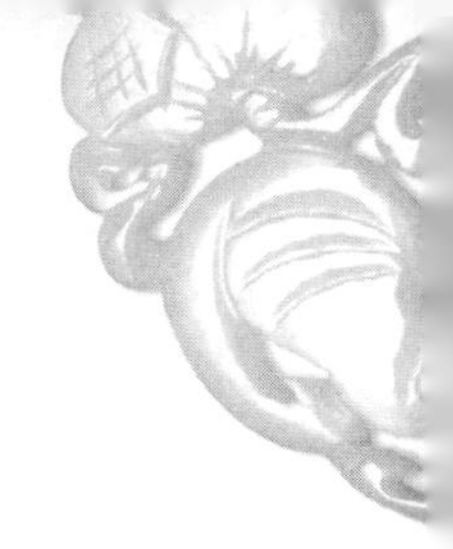

走筆至此，覺得須將宣宗的子孫，作一介紹，其中頗多與現代史有關者，想亦爲讀者所感興趣。

按：宣宗九子，居長的奕緯、奕綱、奕繼等三子皆早死；四子奕詝即文宗；五子奕誴出嗣仁宗第三子綿愷，襲惇郡王，晉親王；六子奕訢，在宣宗以奕詝繼位的遺詔中，同時封恭親王；七子奕譞封醇郡王；同治十一年晉親王；八子奕詥封鍾郡王，同治七年薨；九子奕譓，封孚郡王。

奕字輩下爲溥字輩，宣宗長孫載治，爲高宗第三子永璋之孫，奕紀之子。宣宗爲長子立嗣，依宗法而論，應在他的胞弟諸孫，亦即仁宗的曾孫中挑選，爲何以疏宗入繼？

我想，可能的解釋是，籠絡親貴；高宗諸子中，成親王永瑆一支，後嗣最盛，第二子綿懿出嗣爲永璋之後；綿懿第二子，亦即奕紀的胞兄奕經，官至協辦大學士，道光廿一年，英軍犯浙江定海時，被授爲「揚威將軍」，督師專征，以「勞師糜餉，誤國殃民」，削爵圈禁。由此可以看出宣宗倚重親貴，尤望後嗣昌盛的成親王子孫能爲社稷出死力的意向。

惇王奕誴五子，第二子載漪，出嗣爲瑞郡王奕忻之子，襲貝勒，光緒二十年進封郡王，軍機擬上諭時，誤瑞爲端，遂稱「端王」，此人是義和團之亂的罪魁禍首。

恭王長子載澂，無子；次子載瀅亦尚未生子。因在此時如欲爲穆宗立嗣，則只有載治之子溥倫，亦即後來向袁世凱勸進的「倫貝子」。但溥倫雖爲宣宗的嫡長曾孫，但載治卻爲疏宗；慈禧即據此理由，改變父死子繼的傳統；成爲兄終弟及，即在文宗的胞侄中，擇一爲子，繼承大統。當時的情況，據翁同龢十二月初五日日記：

> 戌正，太后召諸臣入，諭云：「此後垂簾如何？」樞臣中有言：「宗社為重，請擇賢而立，然後懇乞垂簾。」諭曰：「文宗無次子，今遭此變，若承嗣年長，實不願，須幼者乃可教育。現在一語既定，永無更移，我二人同一心，汝等敬聽。」則即宣曰：「某。」維時醇郡王，碰頭痛哭，昏迷伏地，掖之不能起。諸臣承懿旨後，即下至軍機處擬旨。
>
> 潘伯寅意必明書為文宗嗣；余意必應書為嗣皇帝，庶不負大行付託，遂參用兩人說定議。亥正請見，面遞旨意，（黃面紅裡）太后哭而應之，遂退。方入見時，戈什愛班奏迎嗣皇帝禮節大略：蟒袍補褂入大清門，從正路入乾清門，至養心殿謁見兩宮，方於後殿成服，允之。遣御前大臣及孚郡王等以暖輿往迎，寅正一刻聞呼門，則籠燭數百支入門矣。余等通夜不臥，五鼓出。

翁同龢親歷其境，所記有不盡，無不實。當時議論紛紛，如據實而記，纖悉不遺，說不定某年月日，因某句話賈禍，歷史上不乏此種前例；所以翁同龢下筆愼重，只記已定之事；不記未定之言。如羅惇曧「德宗繼統私記」，於議立時所記，即較翁記爲詳。

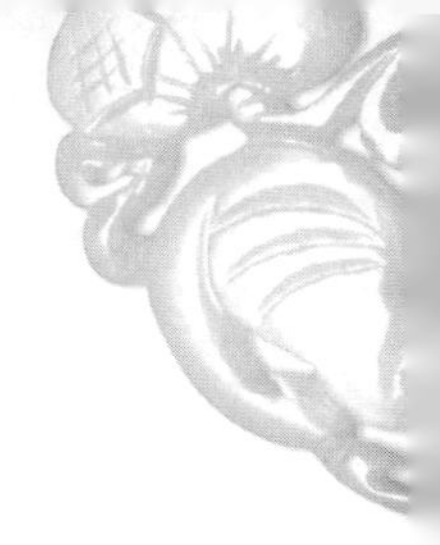

> 兩宮皇太后御養心殿西暖閣，召惇親王……等人，孝欽后泣語諸王：「帝疾不可為，繼統未定，誰其可者？」或言溥倫長當立。惇親王言，溥倫疏屬不可。后曰：「溥字輩無當立者……」

宣宗的曾孫，「溥」字輩只溥倫一人，而又實爲成親王之後，則如惇王所言，乃爲「疏屬」。故不可立。

由於「溥字輩無當立者」，則必立載字輩；翁同龢所記：「樞臣中有言，宗社爲重，請擇賢而立，然後懇乞垂簾。」當言於此時。我據諸家筆記細參，當時恭王似不無非分之想，據說，入夜召諸王親貴內務府，及「弘德殿行走」、「南書房行走」的「自己人」入殿時，恭王曾於朝房有言：「我似不宜入內。」其意若謂有迴避的必要；則心目中必曾想到，其長子載澂具繼統的資格。

由此以繹翁同龢所記，則此「樞臣」必爲寶鋆，而所謂「請擇賢而立」，即指載澂而言。載澂長於穆宗，其放蕩劣跡，尚未昭著；而資質穎慧，合乎「賢」之一字。至於「然後懇乞垂簾」一語，則爲提出此一筆「政治交易」的條件，意謂以載澂年齡雖可親政，但仍懇乞垂簾，由慈禧掌權。

無奈慈禧宗旨早定，蓄意要炮製一名符合她意願的皇帝，乃立醇王的四歲之子。醇王之「痛哭」、「昏迷」，未必爲恐懼，而是從未想通，他可能成爲「再世的興獻王」。穆宗不治，早見端倪，繼統問題，當然亦曾想過，但念頭不出兩個，一是爲穆宗立嗣，應在他的孫子輩，溥字輩中挑選，他根本還未到生孫的年齡，想都不必想；二是溥字輩若無當立者，則立載字輩，以恭王的身分與勢力，誰也不夠資格跟載澂匹敵。

向來議迎外藩繼統，名爲宰相與太后定策，實際上太后的意見只是一個重要的參考，大權操在宰相。因爲要談到萬世之計的大道理，太后怎能辯得過宰相？但想不到慈禧竟能一言而定天下。

醇王在心理毫無準備的情況，突然發覺有子爲帝，其心理上所感受的無比重大的刺激；表現爲看似不可理解而實可理解的行爲，是無怪其然的事。

是日入見諸臣，詳見遺詔：

> 慈安端裕康慶皇太后，慈禧端佑康頤皇太后御養心殿西暖閣，召惇親王奕誴、恭親王奕訢、醇親王奕譞、孚親王奕譓、惠郡王奕詳、貝勒載治、載澂、公奕謨；御前大臣伯彥訥謨詁、奕劻、景壽。

軍機大臣寶鋆、沈桂芬、李鴻藻；內務府大臣英桂、崇綸、魁齡、榮祿、明善、貴寶、文錫；弘德殿行走徐桐、翁同龢、王慶祺；南書房行走黃鈺、潘祖蔭、孫貽經、徐郙、張家驤入，欽奉懿旨，醇親王奕譞之子（載湉）著承繼文宗顯皇帝為子，入承大統為嗣皇帝。

遺詔所列人名，奕詳為「老五太爺」綿愉第五子，同治三年襲爵；貝勒載治即宣宗的長房長孫；奕謨為綿愉第六子；伯彥訥謨詁為僧王之子，後與醇王成兒女親家；奕劻為仁宗同母弟慶親王永璘之孫，此時爵位為貝勒加郡王銜；景壽為恭王同母妹壽恩固倫公主額駙。南書房翰林黃鈺字孝侯，安徽休寧人，咸豐三年傳臚，潘祖蔭字伯寅，蘇州人，咸豐二年探花，入翰林即值南書房，曾上疏救左宗棠，在「南齋」中最為資深，但官銜為「三品京堂」，故屈於侍郎黃鈺之次。孫貽經字子授，杭州人，咸豐十年翰林，徐郙字頌閣，江蘇嘉定人，同治元年狀元；張家驤字子騰，寧波人，與徐郙同榜。

按：南書房翰林五人，皆為南籍；此時沈桂芬當權，故南派獨盛，李鴻藻不足與敵；及至張佩綸散館留館，張之洞力爭上游，復以陳寶琛與南派氣味不投，此三人助李，北派方具氣勢。

光緒六年除夕，沈桂芬病歿，北派借中俄界址糾紛，興風作浪，得佔上風。此後兩派互為雄長者二十年，每遇大憂患，輒為兩派資作博局，大展身手；慈禧頗為厭苦，遂重用親貴及「滿洲家臣」。清朝之亡，南北黨爭不得辭其咎。附識於此，以結同治朝局。

此遺詔中，最緊要的是最後一句話：「著承繼文宗顯皇帝爲子，入承大統爲嗣皇帝。」此即翁同龢之所謂「潘伯寅意必明書爲文宗嗣，余意必應書爲嗣皇帝，庶不負大行付託，遂參用兩人說定議。」潘祖蔭是鑑於前明之失，明史「世宗本紀」：

> 武宗崩，無嗣，慈壽皇太后與大學士楊廷和定策，遣太監谷大用、韋彬、張錦；大學士梁儲，定國公徐光祚；駙馬都尉崔元；禮部尚書毛澄，以遺詔迎王於興邸。夏四月癸未發安陸，癸卯至京師，止於郊外，禮官具儀，請如皇太子即位禮；王顧長史袁宗臯曰：「遺詔以我嗣皇帝位，非皇子也。」大學士楊廷和等請如禮臣所具儀，由東安門入居文華殿，擇日登極。不允。會皇太后趣群臣上箋勸進，乃即郊外受箋。

世宗爲武宗堂弟，「請如皇太子即位禮。」自非世宗所願，群臣勸進，則爲武宗之繼統，而非繼孝宗之嗣，此後張璁等乃能窺探意旨，掀起「大禮議」這一場大風波。推原論始，楊廷和謀國，實有未周。

潘祖蔭之所以著重在「承繼文宗爲子」，在於防止醇王可能以「太上皇帝」自居。至於翁同龢之主張「必應書為嗣皇帝」，因德宗其時方四歲，將來如何不可知，唐朝類此立而復廢之事甚多，「必應書為嗣皇帝」，則名分大義已定，天下共見其聞，即難更改。有此一句，意在保障德宗之必能為帝，等於成擁立之功。

此後醇王與翁同龢傾心結納，以及德宗之視翁為師傅，情分不同，皆由此淵源而來。在翁同龢，則後半世功名富貴，窮通得失，亦在有此一念時，便已定了終身。個人與歷史的機運，同樣玄妙，觀此可知。

翁同龢與醇王的命運之改變，出於穆宗崩逝的間接影響；而直接受極大影響者，亦有兩人：一為王慶祺，一為皇后阿魯特氏。先交代前者。

穆宗之遇王慶祺，其時當在同治十三年正月初。圓明園應修各處，定於正月十九正式開工，穆宗親臨視察，歸途飲於酒樓，偶而邂逅，遂於正月十二日，命翰林院編修張英麟；檢討王慶祺在弘德殿行走的上諭。王慶祺如何導帝微行，無可考；所可考者，見翁同龢九月初十、十一等日所記：

上講書畢，皆退，已而中官傳旨，獨召王某入。

次日臣龢與王慶祺皆入，而命臣下取詩本。既而命臣作菊影七律一首。有頃乃散。

掌院保南書房翰林，口教寶鋆與王慶祺商酌。次日特召王公見於乾清宮。

據此，足見親信。穆宗既崩，監察御史陳彝奏參王慶祺，措詞頗爲含蓄：

天下之安危，繫乎民心之向背；民心之向背，繫乎君子小人之用舍。易曰：「開國成家，小人勿用。」甚可畏也。查侍講王慶祺，素非立品自愛之人，行止之間頗多物議，如同治九年，王慶祺之父王祖培典試廣東，病故江西途次；該員聞信，自應迅速扶柩回籍，乃於贛州見喪之後，不遠千里而至廣東，經該省大吏助以川資，勸勿出門拜客，始復潛蹤折向江西。夫官況清貧，告助僚友，亦人情所不免。

然如此忘親嗜利，中人以下所不肯為也。又去年王慶祺為河南考官，風聞撤棘之後，公然微服冶遊，汴省多有知之者。舉此二端，可見大概。至於街談巷議無據之詞，未敢瀆陳，要亦其素行不孚之明驗也。臣久思入告，緣伊係內廷行走之員，有關國體，躊躇未發，亦冀大行皇帝聰明天亶，日久必洞悉其人；萬不料遽有今日！悲號之下，每念時事，中夜憂惶；苟利國家，遑顧嫌怨。

況嗣主沖齡，實賴左右前後，罔非正人，庶幾成就聖德，宏濟艱難。如斯人者，若再留禁廷

> 之側，為患不細；非獨有玷班行而已。為此據實直陳，籲請即予屏斥，以儆有位，以順輿情。

按：陳彝字六舟，江蘇儀徵人，同治元年壬戌恩科傳臚，十三年由翰林補湖廣道監察御史，入台未幾，聞穆宗微行，就想上摺搏擊王慶祺，以難於措辭而罷。其實王慶祺的劣跡，在同官翰林時，已有所聞；如不提微行，只以王慶祺素行不端爲詞，首先發難，恭王等人有題目在手，或許可逐王慶祺出弘德殿。但即令如此，並不能阻止穆宗微行。

王慶祺被斥後，仍居京師，潦倒以歿。據金梁「四朝佚聞」云：

> 慶祺既被斥，輒語人云：穆宗親政後，太后仍多干涉，乃請修園為頤養計，意在禁隔，使勿再干政耳。竟為太后所覺，遂致奇變。

此爲妄言，意在諉過。衡諸實際，慈禧並非干政，而在干涉帝后之房幃，「奇變」實由此而生。以下談同治皇后。

按：同治皇后當時處境，如明末崇禎年間的熹宗張皇后。穆宗崩後半個月，嗣君以奉懿旨的名義，封同治皇后爲嘉順皇后。薛福成「庸庵文集」談「嘉順皇后賢節」云：

慈禧皇太后憐慧妃之未得尊位也，召穆宗諭以慧妃賢慧，雖屈在妃位，宜加眷遇；皇后年少，未嫻宮中禮節，宜使時時學習，帝毋得輒至中宮，致妨政務。穆宗性至孝，重違太后意，而又憐皇后之不得寵於太后也，乃不敢入中宮；亦竟不幸慧妃，常在乾清宮獨居無聊。既而有疾，慈安皇太后偵知諸太監越禮狀，於是兩宮太后輪流省親，帝疾稍瘳，太后回宮，亦召皇后留視之，皇后權素輕，不能以威襲諸太監，又性羞澀，守禮法，帝亦命皇后回宮，每苦口極諫，然後去。無何疾復大作。

按：薛福成之兄福辰，於光緒初年由李鴻章之薦，為慈禧治病；經常入宮，多聞宮闈之事；薛福成聞自其兄，所記較他人翔實。上引文中，措詞固有曲筆，而情事如見；慈禧以不喜嘉順皇后而干涉穆宗房幃；穆宗則賭氣獨居乾清宮；太監導之為餘桃斷袖之行，即所謂「諸太監越禮狀」，試問二十一歲的皇后，令太監不得為鄧通、董賢，這話如何說得出口？此則慈安太后不能作主於上，難辭其咎。

又，費行簡「慈禧傳信錄」云：

穆宗雖不學，而敏銳悉朝野情僞，其清文諳達愛仁伊精阿，暇頗拾市井間情狀與帝。同治中初，強符珍導之出遊，珍榮安固倫公主夫婿，時亦行走內廷者也。珍膽薄，慮致禍，往往避帝。迨載澂入伴讀，出少勤，然不過酒肆劇館，未敢為狎邪遊也。

倭仁嘗遇帝十剎海，愛仁嘗遇帝崇郊寺，廣壽嘗遇帝大宛試館，其他小臣與帝值者，不可勝數也。倭仁每切諫之。廣壽嗣值宏德，亦勸帝勿微行，雖納其言，而事過輒思動。又有奄杜之錫者，狀若少女，帝幸之。之錫有姐，固金魚池倡也，更引帝與之狎。由於溺於色，漸致忠反，兩后弗知也。

奕譞窺其事，流涕固諫。帝素愛重譞，慨然曰；「朕非樂此，第政事裁於母后，吾已將冠，猶同閒散，特假此陶情耳。今聞忠告，既知過矣，與汝約，親政後，日理萬機，非典禮不踰外閫矣。」譞舞蹈稱宗社天下幸，此同治十一年正月事也。

據此則穆宗早在大婚之前，即已微行。所言太監杜之錫事恐不確；穆宗崩後，處分有關人員，除王慶祺及內務府貴寶、文錫以外，太監有張得喜、孟忠吉、周增壽、梁吉慶、王得喜、任延壽、薛進壽等七人，如有杜之錫，亦必在其內。

按：同、光年間，京師勾欄，除八大胡同以外，面城磚塔胡同、口袋底一帶，亦爲薈萃之處。凡此銷金窩，爲內務府司官常到之處；而內務府人員每有內廷差使，常睹天顏；所以太監導穆宗微行，不敢出現於八大胡同、口袋底等處。只有崇文門外迤南、黃花院之三、四等娼寮，爲內務府司官所不屑一顧之處，方是天子的溫柔鄉；倘在清吟小班流連，當不致染患如此嚴重的性病。

「慈禧傳信錄」又記：

是年九月大婚。后阿魯特氏，後謚孝哲者也，莊靜端肅，不苟言笑，帝頗重之。后以帝己所生，立后當己為政，而綺女非己所選中，又睹其亦如帝旨，頗親孝貞，益怒。孝哲體微豐，趨將弗便，乃故令奔走以勞苦之。復以其不嫻儀節，責讓之。尤異者，謂帝行親政，國事繁賾，宣節慾，勿時宿內寢。帝既時外寢，忽忽不樂，群則更導為冶遊。

師保則倭仁、祁雋藻、綿愉已先死，奕譞自被譴後，憚帝偏急，務承順，罔敢匡救。清瘧令醫官治之，擬方多溫補，服之勢且內蘊，繼復染穢瘡，遂困頓不起。再令醫診視，不敢指為腎毒，則謬以痘症對，然所進藥，皆瀉毒清燥者。浹月竟瘳，兩宮大喜，詔舉慶典，晉內外諸臣秩，赦重囚，崇神祀，帝亦以蒙太后調護，且病中承代閱章疏，宜崇上徽號，令各官敬謹預備，此十三年十一月甲寅事也。

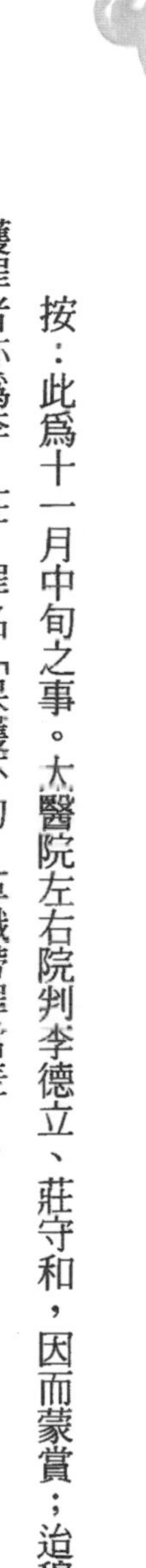

按：此爲十一月中旬之事。太醫院左右院判李德立、莊守和，因而蒙賞；迨穆宗既崩，首先獲罪者亦爲李、莊，罪名「保護不力，革職帶罪當差。」

此外，李慈銘日記，於穆宗起病至崩逝始末，所記亦具參考價值，引錄如下：

先是十一月朔，太白貫日，上即以是日痘發，遍體蒸灼，內廷王大臣入問狀。請上權停萬幾，兩宮皇太后裁決庶政，上許之。於是御前大臣軍機大臣等列議四事以上，其一，改引見為驗放，如初垂簾故事，識者已惡其不祥。

未幾以痘痂將結，遂先加恩醫官，左院判李德立、右院判莊守和，六品雜流官也，皆擢京堂，德立至越六級以三品卿候補，尤故事所無者。旋徧加恩內廷諸王大臣，至先朝嬪御，皆晉位號，凡所施行，俱如易代登極之典。又於大清門外結遺，焚燒采帛車馬，名曰送聖。都人皆竊竊私議，以為頗似大喪祖送也。上旋患癰，項腹皆一，皆膿潰。先十日已屢昏，殆不知人，於是議立皇子，而文宗無他子，宣宗諸王孫，皆尚少，無有子者。貝勒載治，宣宗長子隱志郡王之嗣子也，有二子，幼者曰溥侃，生甫八月，召入宮，將立為嗣矣，未及而上宴駕，乃止，宮廷隔絕，其事莫能詳也。

上幼穎悟，有成人之度，天性渾厚，自去年親政，每臨大祀，容色甚莊，而弘德殿諸師傅，皆帖括學究，惟知剿錄講章性理膚末之談，以為啟沃，上深厭之，乃不喜讀書，狎近宦豎，遂爭導以嬉戲遊宴。

蒞政以後，內務府郎中貴寶、文錫，與宦官日侍上，勸上興土木，修園籞，戶部侍郎桂清，管內務府，好直言，先斥去之。耽溺男寵，日漸羸瘠，未及再祺，遂以不起，哀哉。

李慈銘論穆宗之崩，歸咎於教育之失敗，洵爲至論，但教育之失敗，不獨倭仁、徐桐應該負責，尤在慈禧太后。至於逼得新婚而又愛重皇后的穆宗，耽溺男寵，涉足低級娼寮，則慈禧應任之咎，遠過於王慶祺。

但在慈禧看，應負責任的是皇后，兒子不聽話，往往歸咎於兒婦，世間婦人，大致皆然，慈禧則以一開始便有心病之故，成見更深。而在穆宗病中，婆媳更有幾次衝突。「慈禧傳信錄」云：

孝哲毅皇后為侍郎崇綺之女，明慧得帝心，而不見悅於姑，慈禧太后待之苛虐。十二月初四日，不知何事，復受譴責，後省帝疾於乾清宮，泣愬冤苦，帝宿宮之暖閣，屋深邃，苦寒，中以

> 幕隔之，慈禧偵后詣帝所，竊尾之，宮監將入啟，搖手令勿聲，去履韈行，伏幕外聽之，適聞后語，帝慰之曰：「卿暫忍耐，終有出頭日也。」慈禧大怒，揭幕入，牽后髮以出，且行且痛抶之，傳內廷備大杖，帝驚恐且悲，墜於地，昏暈移時始甦，痘遂變。慈禧聞帝疾劇，始釋后，而誣以房幃不謹，致聖躬驟危云。

此爲傳聞之詞，不盡確實。又有一說云：一日后往省疾，適李鴻藻入見，后欲迴避。穆宗謂后是「門生媳婦」，見師傅無妨；且正有大計待決。因爲李鴻藻草遺詔立嗣，以期皇后得爲太后。

以下說法，又有異詞，一謂李鴻藻不敢奉詔；一謂李鴻藻省疾後，即往謁慈禧，面奏其事，慈禧震怒，至統德殿牽后髮將掌摑之；而此時皇后又說錯了一句話，變成火上加油，以致命太監「傳仗」。

據說皇后情急之下，說了句：「媳婦是從大清門抬進來的，請太后留媳婦的體面。」慈禧生平以居西宮爲莫大憾事；以爲皇后有意諷刺，至欲以加諸太監的刑罰責皇后；穆宗驚恐，而致不起。穆宗之疾，官書的記載爲「痘內陷」；出痘受驚，可致內陷，蛛絲馬跡，深可玩味。

至於不爲穆宗立嗣，或謂如穆宗有子，慈禧即成太皇太后，不便垂簾。此爲不諳史事的皮相之談，北宋宣仁故事，傳爲美談；即在清朝，孝莊太后雖無垂簾的形式，而大致皆決於慈寧，太皇太后何嘗不可垂簾？所以不爲穆宗立嗣者，實際上就是不爲皇后留餘地；於是皇后非死不可了。

嘉順皇后崩於光緒元年二月二十，距穆宗賓天才七十餘日。死因傳說不一，或謂絕粒、或謂吞金；綜合各種說法，得出一個比較完整的過程是：當穆宗既崩，慈禧便有逼死嘉順皇后的打算，逐漸斷絕其飲食，皇后親筆作書，向其父問計。崇綺只報以「皇后聖明」四字；嘉順知母家不可恃，於二月十九夜吞金；二十日寅刻畢命。有上諭兩道，第一道是：

欽奉懿旨：嘉順皇后，孝敬性成，溫恭夙著，茲於本日寅刻遽爾崩逝，距大行皇帝大喪未逾百日，復遭此變，痛何可言！著於壽康宮行殮奠禮，擇期移至永思殿暫安。所有一切事宜，著派恭親王奕訢，會同恭理喪儀，王大臣暨各該衙門，查照例案，隨時妥籌具奏。

第二道是：

嘉順皇后於同治十一年作配大行皇帝，正位中宮，淑慎柔嘉，坤儀足式，侍奉兩宮皇太后，承顏順志，孝敬無違。上年十二月痛經大行皇帝龍馭上賓，毀傷過甚，遂抱沈疴；茲於本日寅刻崩逝，哀痛實深。著禮親王世鐸、禮部尚書萬青藜、內務府大臣魁齡、工部右侍郎桂清，恭理喪儀。其餘典禮，著各該衙門酌核例案，敬謹辦理。

舜崩於蒼梧，娥皇、女英雙雙以殉，只是傳說；稽諸信史，皇后殉帝，嘉順皇后創造了一個獨一無二的紀錄。故「清宮詞」詠其事云：

開國功名幾狀頭，璇閨女誡近無儔；昭陽從古誰身殉？彤史應居第一流。

因爲是空前之事，所以時人以此爲題入吟詠者不少；李慈銘「恭賦輓詞」，爲兩首七律：

才唱廉歌送素車，永安宮裡咽悲笳。碧桃愛種千年果，白柰愁簪二月花；阿母層城誰遣使？王皇天上自攜家。靈衣颯颯因風舉，知是長門望翠華。

凶門柏歷罷鶉儀，猶象深宮大練衣。扶荔風香圖史富，濯龍花發宴游稀；傷心寶玦辭瑤幐，幾見圓璫妒玉妃。鳳御裴稟知有恨，平恩銜命向金微。

「十朝詩乘」又收嚴玫君女史所賦輓詩兩律云：

昇遐帝駕六龍行，遂迫星軒返玉京。獨抱湘君捐玦恨，誰明姜后脫簪情；承華未建元良位，長信難居頤養名。但祝女中堯舜壽，垂簾仍復御昇平。

惠陵坯土已乾無？莫問忠貞晉大夫。神器祗應兄及弟，徽音那得婦承姑？鸞聲縹渺思黃竹，鳳采銷沈泣白榆。翹首愴呼天下母，千秋明月一輪孤！

此詩作於穆宗與后並葬以後，穆宗陵名惠陵；「晉大夫」指吳可讀。前後兩首皆深刺慈禧，「元良」本指儲君，此言不爲穆宗立嗣。「長信」太后所居；不建元良，則皇后不能爲太后，此即所謂「長信難居頤養名。」亦就是慈禧不爲嘉順留餘地。嚴玫君不知何許人；金閨筆墨，不傳於外，故能質直。

嘉順皇后之崩，最傷心的自然是崇綺一家。賽尙阿自兵敗被逮，論死被赦，至同治三年崇綺中狀元，由衰而盛；同治九年更出了一個皇后，是爲盛極；此時復又轉衰。十餘年間，家運三變，滄桑變幻，玄妙莫測。只是盛時少，衰時多；崇綺不得意達二十餘年，「清史稿」本傳：

光緒二年，充會試副考官，補鑲黃旗漢軍副都統。會河南旱，大吏匿不報，為言官所劾。上命偕侍郎邵亨豫按問，廉得實，巡撫李慶翔以下皆獲罪。四年，吉林駐防侍衛倭興額被盜誣控，詔與侍郎馮譽驥往讞，尋命崇綺署將軍專治之。倭興額控如故，事下侍郎志和核覆，得誣告狀，崇綺自劾，被宥。五年，出為熱河都統。御史孔憲瑴疏稱其忠直，宜留輔，不許。七年，調盛京將軍。九年，謝病歸。旋授戶部尚書，再調吏部，復乞休。

初，穆宗崩，孝哲皇后以身殉，崇綺不自安，故再引疾。二十六年，立溥儁為「大阿哥」，嗣穆宗。乃起崇綺於家，俾署翰林院掌院學士，傅溥儁。於是崇綺再出，與徐桐比而言廢立，甚得太后寵，恩眷與桐埒。

此是後話，表過不提。只談穆宗尊諡廟號，以為本章結束。

翁同龢同治十三年十二月十二日記：

會議尊諡廟號，原擬熙字毅字，余言：「前朝止一金熙宗，一明毅帝，皆何如主？不如孝字靖字為宜。」後奉硃筆為穆字毅字，以徐桐言，始用穆字也。

尊諡廟號依內閣專用之「鴻稱通用」上冊之上及上冊之中所開列的字義取用，「德容靜深曰穆」：「英明有執曰毅」。凡此字樣，皆是無功業足述，不得已而用之。文宗即位五年尚無子，頗以為憂；及至咸豐六年三月二十三日穆宗誕生；文宗以為天恩祖德所庇佑，賦詩有「庶慰在天六年望；更欣率土萬斯人」之句，以後亦常有詩詠得子。豈意甫冠而崩，死於惡疾又絕嗣；宣宗、文宗父子，在天果然有靈，當抱頭痛哭。

附帶可以一提的是，榮安固倫在穆宗崩後，竟亦香消玉殞。光緒元年正月初三有明發上諭；但據「清史稿」公主表，則謂薨於同治十三年十二月，死因死期皆不明。榮安公主為莊靜皇貴妃所出，長穆宗一歲；莊靜皇貴妃姓他他拉氏，初封麗妃，頗得文宗之寵。榮安公主於同治十二年八月，下嫁一等雄勇公圖賴之後的符珍，年已十九。至此與胞弟相繼仙去；文宗已無親骨血在世。此又文宗九泉之下，必當雪涕之事。

十二、德宗——光緒皇帝

德宗爲醇王嫡出長子，其母爲慈禧胞妹。當穆宗已成不治時，慈禧必已默定大計；但事先絲毫不露，此所以醇王遽聞有子繼統，震動過度，竟至昏厥。

迎立德宗時，方當四歲。其時慈禧住長春宮，親自撫養德宗，晚年自述當時辛苦，謂德宗秉賦甚弱，入宮時臍中流黃水，又畏雷，故風雨之夜，常親起照料。

按：德宗天性畏金鼓之聲；後來侍立觀劇，苦於大鑼大鼓而無可如何；復在慈禧積威之下，以致有極嚴重的神經衰弱症，驟聞巨響，每致遺洩。此爲末年侍疾之醫所言，自必可信。即如慈禧自道，以德宗的體格，將來難勝煩劇，亦可預見；易言之，迎立外藩，實不當選擇德宗。慈禧以私意而不考慮社稷蒼生；恭王常謂：「我大清朝天下亡於方家園。」確爲事實。

德宗御名載湉。湉爲僻字，安流之貌；後來母子水火，后黨拆「湉」字訾德宗爲「無心活死人」。德宗果然「無心」或可安享富貴，惟其有心振作，乃不能免禍；而德宗之思振作，則爲翁同龢啓沃所致。光緒元年正月二十日即位，翁同龢賦七律一首，題爲「皇上御極，天象昭融，恭紀一律」云：

旭日初騰曉漏催，山呼遙獻萬年杯。虹光合紀堯門瑞，日角曾瞻代邸來；二聖憂勤求上理，一時康濟賴群才。周南流滯臣心慰，敢羨鵷鸞接翼陪。

「二聖」謂兩宮太后；「代邸」則以沖齡之帝比之於漢文帝；漢文帝亦為外藩迎立，原封代王。其時正偕醇王、榮祿在東陵踏勘惠陵陵地，故云「遙獻」。末句已微露願大用之意。以後得為帝師，半為醇王進言；醇王因翁同龢在穆宗遺詔中必欲用「嗣皇帝」字樣，為醇王所心感，故傾心結納。而榮祿則本為醇王嫡系；榮與翁之訂交，且結為異姓兄弟，為醇王所拉攏，而淵源於此一「相度山陵」之行。

按：翁同龢於同治十年補閣學；此缺在內閣共四員，職掌批本。雍正以後，內閣之權移軍機，章奏皆為照例的題本；批本亦成故事。「清會典」載：「如學士有奉差者，在閣僅餘一、二人，不敷批本，由大學士開列三、四品京堂；翰林院侍讀，侍講學士；內閣侍讀學士銜名，請旨簡派一、二人，協同批本。」

由此可見，閣學的本職，無足重輕；其紅黑在是否兼禮部侍郎，是否奉差？翁同龢原兼弘德殿行走，此為第一等差使；穆宗既崩，回本衙門行走。光緒元年正月十二日，奉派與醇王、魁齡、榮祿相度山陵，此為短期差使，須俟奉安後方敘勞績。

明清帝皇，類皆生前擇定「萬年吉壤」，預修陵工，但此為中年以後之事；穆宗甫行大婚，安得事此不急且不吉之務，而擇定陵地，動工興建，非三、五年不能竣事。翁同龢為求速化，極力應酬醇王與榮祿；除慈禧外，決定德宗一生命運者，即此三人，而適會集一處，造化弄人，眞是不可思議。

翁同龢「瓶廬詩稿」，同治以前所作，只得一卷；卷二起自光緒元年，首即東陵道上之作，第三題爲「野寺盆梅盛開，淒然有作，次伯寅韻」；詩云：

> 此是江南第一花，相逢野寺漫長嗟。未成六祖菩提樹，浪說仙人萼綠華；鐵骨已經磨歲月，玉顏終恐宛塵沙。東坡廿首多諧隱，豈憶孤山處士家。

此翁爲狀元，籍隸江南；「此是江南第一花」，其爲自況，彰彰明甚，第一聯謂枉爲帝師；第二聯自憂前程。「東坡廿首多諧隱」之「廿」，應爲「卅」；東坡有「和文與可洋川園池三十首」七絕，多相從偕隱之意，末首「北園」，尤爲顯豁，詩云：

> 漢水巴山樂有餘，一髦從此首歸塗；北園草木憑君問，許我他年作主無？

按：東坡此詩，作於元豐二年，自徐州移知湖州時；其年初秋即以湖州到任謝表，爲人目作

謗訕朝廷，就逮赴獄。翁同龢徵此典，而繫以「豈憶孤山處士家」，詩意晦澀，正見其心境迷茫，患得患失之情彌顯。

在前引「正月二十御極」詩後，迭有次「催」字韻之作，其簡「榮仲華侍郎」一首云：

> 十手如流羽檄催，將軍瀟洒自銜杯。獨承父祖忠貞後，盡攬東南秀氣來；一語見心真國士，六曹無地展奇才。白頭橐筆吾衰甚，招悵行招得暫陪。

此詩恭維甚至；但榮祿的才具，亦寫得眞切。結句自傷憔悴，於羨慕之中，自然有盼望援手之意在內。

再下一首，便是恭維醇王了；詩云：

> 騶騎傳呼僕隸催，新篇捧到客停杯。果然大呂黃鐘奏，壓倒唐賢宋傑來；悱惻動人皆至性，陶鎔無迹是詩才。白頭舊史慚何用？一一齊竽許鑑陪。

原詩恰有一「才」字，一「陪」字；「才」可以用作頌，「陪」則正可自下。

東陵歸程，復有「催」字韻三首，「次韻醇邸留別簡園」云：

征輶已駕僕夫催，且酌村醪盡一杯。盤谷未容招隱去，簡園何日看花來？輕陰釀雪如留客，飛鳥依人解愛才。安得此身成石馬，隧門松儹永相陪。

「簡園」爲醇王自題行館之名。「才」字句取瑟而歌；「陪」字句以退爲進。「瀕行復次前韻奉答」，則爲兩首：

薄雪淒風銜鼓催，摩抄神劍引深杯（案有雷木劍）。虛衷每溯師承切，儉德親聆聖訓來（述上書房舊事，因敬誦宣廟晚年憂勤恭儉之德，聞者悚然，至於流涕）。坐覺清淡皆故實，即論餘事亦雄才，夜分欲和瓊瑤什，惆悵真無健筆陪。（其一）賈生憔悴百憂催，董子辛勤著玉杯，人物不居三代下，本原多自六經來。即今流俗空疎學，豈有文章著作才？奬借過倩徒悚息，通儒末席未容陪。

第一首「雄才」謂醇王，第二首「著作才」則自道。「董子」即末句的「通儒」，自非指榮

祿，應另有其人。

勘東陵後，復勘西陵；途中仍相唱和，但詩題不同。西陵在易州；翁同龢有「次韻荊軻山」二首，頗見狀元之才，錄之如下：

燕都南北三千里，況有屏藩趙在前，既得客卿精劍術，故應上將屬兵權；一時決策皆成錯，數語登車絕可憐。衍水竟誅遼薊拔，諸臣何以塞前愆。

一語應為客解嘲，酒人燕市本無聊，白衣祖道謀先洩，翠袖當歌氣已消；駿馬不留千里骨，虎狼終綴九賓朝。博浪狙擊終何用，底事無人議圯橋？

韻腳深穩，和韻而不見斧鑿之踰；第二首尤勝。末語謂留侯博浪一擊，亦歸失敗，而無人議其非者，以子房終於佐劉邦得天下，是以成敗論英雄，言外感慨，殊可玩味。

至八月間，翁同龢終於如願以償，署理刑右，兩宮太后召見；定爲德宗師傅，據翁八月十日記：

太后諭云：「汝係舊輔宜圖報。」叩頭對以：「受恩深重，即赴湯蹈火，皆所不辭。」

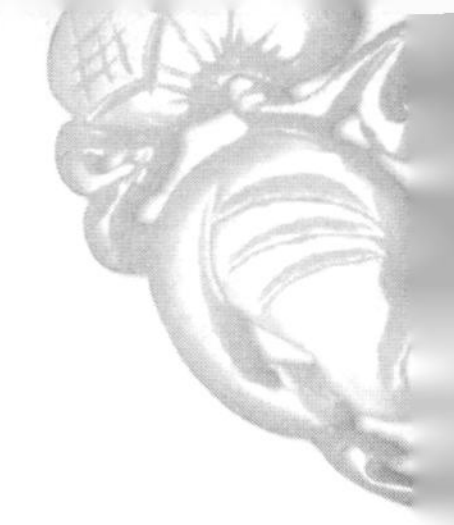

翁同龢的願望，可分兩方面來談，一是消極的，他以風雅自任，怕跟風塵俗吏打交道；且有他老兄翁同書下獄的前車在，更爲憂慮，所望者是內轉侍郎，而非外放巡撫。二是積極的，此與慈禧的本心相同，即是不甘於承認對穆宗的教育失敗，希望在沒有徐桐胡攪的情況下，造就一有道明君。

清朝的家法，皇子六歲就傅；德宗在下一年屆六歲，遂於是年十二月十二日頒懿旨：

皇帝沖齡踐祚，亟宜乘時典學，日就月將，以裕養正之功，而端出治之本。著欽天監於明年四月內選擇吉期，在毓慶宮入學讀書。著派署侍郎內閣學士翁同龢、侍郎夏同善授皇帝讀，其各朝夕納誨，盡心講貫，用收啟沃之效。皇帝讀書課程及毓慶宮一切事宜，著醇親王妥為照料。

但翁同龢因穆宗之事，不能不上奏一辭；夏同善亦有「鉅任難勝，懇辭恩命」一摺，照例不准，不在話下。

按：夏同善與翁同龢同榜，早在同治十年已補兵右，資格比翁爲深；但銜名開列在前，則以醇王與翁同龢早有成議。翁同龢授書，夏同善承値寫仿格等事，則是以翁爲主，所以列名於夏之前。

德宗入學日期，選定爲光緒二年四月廿一日，在翁同龢生日六天之前。

按：毓慶宮地當東六宮中路，東二長街之南，奉先殿與齋宮之間。康熙朝爲皇太子胤礽特建，爲清朝的「青宮」。乾隆朝爲幼年皇子所居；內禪後，指定仁宗住毓慶宮；元后孝淑皇后於嘉慶二年崩於此處。據乾隆詩注，謂毓慶宮有「地既不吉」之語，當時不知緣何選定此宮爲德宗書房；是否暗示德宗實際上仍在儲位，是個不無探索餘地的謎。

翁同龢四月二十一日記德宗第一天上學的儀節云：

與子松同詣上書房恭候。是日上始入學讀書，卯正親詣聖人堂行禮，從官皆補褂朝珠。余等站班後，與伯王、劻貝勒俱至毓慶宮，上御後殿明間寶座，余等四人行三跪九叩禮畢，上降座臨軒，向諸臣揖，余等皆跪答，從入西間。

「子松」爲夏同善的字；「伯王、劻貝勒」即伯彥訥謨詁及奕劻，皆爲御前大臣。翁同龢則自此進入順境，他本來已於光緒二年正月已正式補授戶部右侍郎；照例「管理錢法堂事務」，是個優缺，即爲「優其館穀」，調劑師傅之意。

四年五月升左都御史，五年正月調刑尙；由潘祖蔭接他的遺缺；三月，潘調工尙；至四月間忽有上諭，潘祖蔭與翁同龢對調。工部雖居六部之末，但爲第一肥缺，潘任職不過兩月，且以惠陵大工，「諸務妥貼」蒙恩旨，不意竟調刑尙。此缺清苦，而且不能當考官，亦不能當任何喜慶差使，因爲刑部尙書動筆，決無好事。潘祖蔭爲此大發牢騷，說翁同龢是「巧宦」。

翁同龢是否通過沈桂芬或醇王的關係，活動對調，不得而知；但潘祖蔭久值南書房，爲天子近臣，而仕途常有蹉跌，亦有自取之咎。此公大少爺出身，凡事看得不在乎；兼以口沒遮攔，了無忌諱，穆宗得疾，此公在南書房用蘇州話大放厥詞，說是「小囡瞎攬，攬出來個毛病。」及至調爲工部，要與內務府打交道；潘祖蔭是不會買此輩的帳的。工部如不能與內務府善處，安得久於位？

當此時也，正是吳可讀屍諫，爲穆宗立嗣一事鬧得天翻地覆之時。此案經過始末，拙作「同光大老」、「柏台故事」均曾詳談，這裡不必再贅述了。接下來有件大事，倒値得好好談一談，那就是慈禧在光緒六年的一場大病。

慈禧之病起於光緒六年春天。主治御醫仍爲左院判莊守和、右院判李德立，此二人看不好穆宗的病，也看不好慈禧的病。

但對穆宗，知其病因，而實在無計可施，只能用收歛的藥，盡力抑制，結果愈抑愈糟，對慈禧亦知其病因，且有把握可以治好，但不敢下藥，因而愈拖愈重，不能不下詔求醫；直督李鴻章保薦濟東泰武臨道薛福辰應徵。

薛福辰為薛福成的長兄，「庸庵文集」有「左副都御史薛公家傳」云：

公諱福辰，字撫屏，別號時齋，江蘇無錫薛氏……咸豐五年中順天試第二名舉人，援例以員外郎分發工部行走。

按：所謂「援例」即捐班之謂。舉起人急於用世，自可報捐；李慈銘即為一例。薛福辰旋以父喪；又値洪楊之亂，至同治初年始入都候補，頗不得志。「家傳」又記：

浮沉工部積六七年，居閒無事，乃大肆力於醫書，始宗長沙黃元御坤載之說，以培補元氣為主；繼乃博究群書而劑其平，出診人疾，無疢不瘳。……累試禮部不第，居工部又不補官，出參伯相湖廣總督合肥李公幕府，積勞改知府，分發山東補用；又以治河改道員，補濟東泰武臨道。越四年，丁內艱；服闋入都，格於例，不補官，將歸隱；適皇太后慈躬不豫，遍徵海內名醫，伯相李公鴻章，與總督李公瀚章，巡撫彭公祖賢，交章論薦。

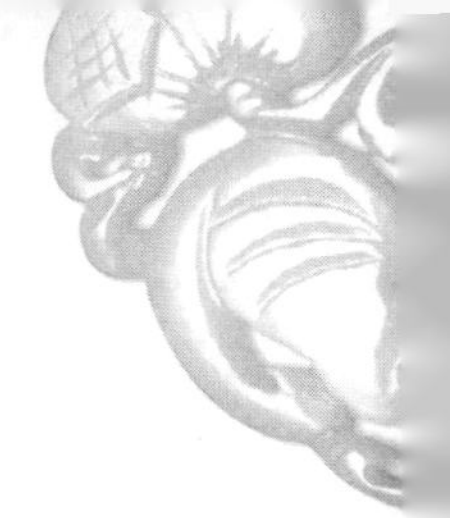

按：李瀚章爲湖廣總督，彭祖賢則湖北巡撫。以上敘其起因，如何入宮請脈，留待後文再敘；先談另一被薦者汪守正，杭州人，「重修平陽汪氏遷杭支譜」中「子常公傳略」云：

先生諱守正，字子常，杭州錢塘人也。性純孝，年十五，侍父病，刲臂肉和藥以療，卒不起，誓將身殉，以母在未果。服闋則銳意進取，博母歡心。十九，受知昆明趙蓉舫學使，補博士弟子員，有聲簧序。後屢躓鄉薦，聞髮逆勢焰焰，慨然有經世之志，遂納粟為知縣，分發河南。

趙蓉舫即同治初年的刑部尚書趙光。薛福辰困於春闈；汪守正則舉人亦未中，以秀才捐班知縣。薛汪出身，大致相同，亦是巧合。

汪守正有能吏之名，後來受知於山西巡撫曾國荃；光緒初年，山西大旱，汪守正適官平遙知縣；此縣爲票號發源地，多富戶，募捐容易，加以汪守正條理精密，業績斐然，曾國藩大爲讚賞，調任陽曲；此爲山西首縣，非能員不能勝任。初薦時，即在陽曲任內。

薛、汪於六月間到京；翁同龢六月廿三日日記：

旨下直省薦醫，李相薦薛福辰；曾沅浦薦汪守正，與御醫同至長春宮，召見請脈。

又廿四日日記：

薛與汪議論牴牾，薛云西聖是骨蒸，當用地骨皮等折之，再用溫補。汪亦云骨蒸，但當甘平。

據懂醫道的人說，「虛勞內熱」謂之「骨蒸」。而「地骨皮」則爲清血解熱的要醫。薛福辰的治法是先去「內熱」；再補「虛勞」。以後即由薛福辰主治，汪守正從旁參贊。問題是，骨蒸並非疑難雜症，李德立等豈能不知？

有個傳說是，薛、汪的脈案與處方不同；脈案所敘爲骨蒸，而處方用治蓐勞的藥。李德立不懂這個說假病、下眞方的訣竅，藥不對症，所以無功。

盛年的皇太后爲何會得蓐勞一症？其來有自，「清宮述聞」卷五，長春宮條注：

慈安、慈禧，同治時同居長春宮。迨光緒入承大統，慈安移鍾粹；慈禧獨居長春。

毛病就出在「獨居」；得承恩寵的，自然是內廷行走人員；而以榮祿的嫌疑最重。其時榮祿與沈桂芬暗鬥，落了下風，雖解工部尚書，內務府大臣一缺一差，但恩眷未衰，始終是負京師治安重任的步軍統領；五年六月，奉旨參修普祥峪、普陀峪兩萬年吉地（文宗陵寢名爲定陵；慈安、慈禧兩后不祔葬，則在定陵之東的普祥峪、普陀峪各營陵寢，合稱「定東陵」）；因而常得面謁兩宮，陳奏陵地施工情形。慈禧降尊紆貴，即在此時；結果成孕，以墮胎失血過多，致患蓐勞。

按：「清史列傳」榮祿傳：

（光緒）五年六月，參修……全工告成，懿旨賞大卷巴絲緞兩疋，並下部優敘。十一月以病固請開缺，允之。六年因已革知縣馬河圖夤緣開復，降二級調用，不准抵銷。

榮祿處分結案在光緒六年二月，徐一士「庚辰述往」云：

光緒六年二月，（榮祿）得降二級調用，不准抵銷之處分，係以兼任陵工差時，聽從已革知

縣馬河圖干求，擅准留工，奏充監修被劾一案，兵部比擬提督總兵，徇情濫舉匪人例議奏；光緒五年十一月已引疾開步軍統領缺，暨神機營差，時正被劾，益自危矣。

其時兵部尙書即爲沈桂芬。舊怨早已報復，何又爲甚，而榮祿方以陵工蒙優敘；則以奏請以馬河圖充陵工監修而被劾，功過兩抵大可自寬，又何必「固請開缺」？又據翁同龢是年二月十七日日記：「兵部議榮祿處分降二級調，摺尾聲明係察議，可否改爲降一級：旨著照例降二級，不准抵銷。」則處分從嚴，出於當時獨自聽政之慈安之意，何又不念榮祿陵工勞績，稍從寬典？凡此皆爲深可玩味的蛛絲馬跡。

至九月初，慈禧已能起床，力疾召見大世議伊犁交涉，但人極疲，聲音極低；見翁同龢日記。同時由所謂「庚辰午門案」，可知肝火極旺。

「一士類稿」記該事云：

清光緒六年庚辰，有午門護軍與太監爭毆一案，朝野注目，其事甚可述。八月十二日，孝欽后命侍庵李三順賫物出宮，致其妹醇王福晉。至午門，以未報敬事房知照門衛放行，護軍照例詰阻。三順不服，遂至爭鬨。三順以被毆失物歸訴。孝欽時在病中，怒甚，言於孝貞后，必殺護

軍。

此案據太監一面之詞，刑部擬罪甚重，而慈禧仍以爲輕；以致遷延多日，至十一月廿八日覆奏，護軍玉林、祥福發往邊疆充當苦差；而慈禧猶須格多嚴辦；廿九日頒上諭，逕自加重罪名：

> 此次李三順齎送賞件，於該護軍等盤查攔阻，業經告知奉有懿旨，仍敢違抗不遵，藐玩已極，若非格外嚴辦，不足以示懲儆。玉林、祥福均著革去護軍，銷除本身旗檔，發往黑龍江充當苦差，遇赦不赦。忠和著革去護軍，改為圈禁五年，均著照擬枷號加責。護軍統領岳林著再交部嚴加議處。

護軍定罪如此之重，而於違例的太監，不置一詞，聞者皆大爲不平；且因此而導致太監跋扈不法，關係尤重，「翰林四諫」自不得不有所言。

按：翰林院所屬有起居注官，設日講起居注官滿洲十人，漢十二人，掌侍直起居，記言記動，但名存實亡，而翰林對此兼差，仍十分重視，其故在兼日講起居注官，例得專摺言事，兼具言官的身分，其他未具「京堂」身分的翰林，如有所建言，須由堂官轉遞，翰林院的堂官爲掌院

學士，詹事府堂官爲正詹、少詹。所謂「翰林四諫」即兼日講起居注官的翰林四人，以敢於言事出名。此四人的姓名，說法不一，但皆屬於清流。

「清朝野史大觀」記：

光緒初年，承穆宗中興之後，西北以次戡定，海宇無事，想望太平，兩宮勵精圖治，乃重視言路。會俄人渝盟，盈廷論和戰，惠陵大禮議起；一時稜具風骨者，咸有以自見。吳縣潘祖蔭、宗室寶廷、南皮張之洞、豐潤張佩綸、瑞安黃體芳、閩縣陳寶琛、吳橋劉恩溥、鎮平鄧承修，尤激昂喜言事，號曰清流，高陽李文正公當國，實為之魁。疏入多報可，彈擊不避權貴，白簡朝入，鞶帶夕褫，舉朝為之震竦。松筠庵諫草堂，楊椒山先生故宅也；言官欲有所論列，輒集於此，赤棒盈門，見者驚相傳，次日必有文字。南皮畏見客，惟同志四五得入門；豐潤喜著竹布衫，士大夫爭效之，侍郎長敘，布政使葆亭，以國忌日嫁娶，鎮平素服往賀，座客疑且詫，俄而彈章上，兩親家罷官矣。尚書賀壽慈演皇槓，過琉璃廠寶名堂茗話，諸公合數人之力傾之，至摭拾曖昧為罪案，卒罷去。

上述諸人除鄧承修爲舉人出身，「入貲爲郎」復考取御史以外，此外皆爲當時的名翰林，文章議論，俱有可觀；清流之名大著，爲同光中興的鮮明象徵。當時「青牛」諧音清流，有牛頭、牛尾、牛肚的區分；等而下之名爲「青牛腿」，意指專爲清流奔走者；復有所謂「青牛靴子」，則又爲「青牛腿」而跑腿者。於此可以想見清流的地位及氣焰。

「翰林四諫」據「清史稿」卷四四四所舉人名爲黃體芳、寶廷、張佩綸、張之洞、有大政事，必其疏論是非。其實名翰林中，伉直敢言者，並不止此四人，如陳寶琛論「庚辰午門案」，即爲一例。

陳寶琛字伯潛，福州人，同治七年戊辰進士，點翰林，年甫二十一；光緒六年時，與張之洞爲詹事府左右庶子，均兼日講起居注官。十一月底午門案定讞，認爲此案如此結局，關係甚鉅，決意上疏力爭。張佩綸之侄人駿，與陳寶琛會試同年，兩家過往從密；張佩綸知其事而轉告張之洞，張與陳遂會銜上摺，胡鈞重編「張文襄公年譜」記：

> 十二月因案與陳弢庵太傅交章奏請裁抑閹宦，恭親王見而稱賞，謂同列曰：「此真奏疏也」！先是有中官率小奄二人，奉內命挑食物八盒，賜醇邸，出東右門，與護軍爭毆，遂毀棄食物，回宮以毆搶告。兩宮震怒，立褫護軍統領職，門兵交刑部，將置重典。
>
> 太傅擬上疏極諫，公謂措辭不宜太激，止可言漸不可長，門禁不可弛，如是已足，我當助君

言之；若言而不納，則他事大於此者不能復言矣。太傅以為然，改正義為附片，有云：「皇上尊懿旨，不妨加重，兩宮遵祖訓，必宜從輕，出自慈恩，益彰盛德。」公猶慮其太峻，夜弛書，謂附子一片請勿入藥。太傅以示幼樵侍講。侍講曰：「精義不用可惜。」卒上之。公聞而嘆曰：「君友諫不納，如何能企主上納諫乎？」翌日以俄事遇太傅於直盧，問消息如何。曰：「如石投水。」意謂留中也。

又數日，兩宮視朝，諭樞臣此案可照原議，毋庸加重。公聞之，折簡與太傅云：「如石投水，竟成佳讖」。

「太傅」指陳寶琛；陳於光緒十年罷官，里居二十餘年，宣統元年，始因張之洞之薦復起，授閣學，宣統三年五月放山西巡撫；當時親貴用事，賄賂公行，陳寶琛以紅包未到，竟不能到任，晉撫改授陸鍾琦，不數月武昌起義，陸死於任上。

陳寶琛則塞翁失馬，以候補侍郎值毓慶宮，爲宣統師傅，入民國後，「小朝廷」尊爲「太傅」，歿於民國二十四年，享壽八十八；其時宣統已成「滿洲國」的「康德皇帝」，而仍以「宣統二十七年」的「上諭」，晉贈陳寶琛爲「太師」。清朝的「三公三孤」，贈太師者共七人；漢人則只杜受田；合陳寶琛而爲二，可惜他這個「太師」，比他的「太傅」還不值錢。

幼樵即張佩綸。張幼樵爲同治十年翰林，晚於陳寶琛一科；但陳寶琛稱之爲丈，自稱爲侄，則以張人駿之故；猶之乎李鴻章科名年齡均高於翁同龢，但因翁同龢之兄同書，與曾國藩在翰林院爲同僚，以此淵源，亦稱之爲「丈」，是一樣的道理。

至於張之洞，其本性作風，上引胡編張譜一段文字，便是最好的說明，始以不用其言而興嘆；繼見「附子」生效，則謂「如石投水，竟成佳讖」。

按：如石投水，用「舊唐書劉幽求傳」中語：「忠以成謀，用若投水」；以石投水，如響斯應，此爲恭維陳寶琛之語。王湘綺謂張之洞「口舌爲官」，但亦有訣竅，即多建言，少搏擊。又喜用小巧工夫，爲其所尊者謀，娓娓瑣瑣，形諸筆墨，在旁人看來，不無肉麻之感。若謂張之洞起居無節，號令不時，爲人大而化之，如與潘祖寅大會名士，竟忘設席等等，以其爲疏略，則竊恐爲張之洞在泉下所笑。

回頭來談陳寶琛那篇恭王許之爲「眞奏疏」的文字，精義端在附片；主要的一段是：

臣職司記注，有補闕拾遺之責，理應抗疏瀝陳，而徘徊數日，欲言復止，則以時事方艱，我慈安端裕康慶昭和莊敬皇太后，旰食不遑，我慈禧端佑康頤昭豫莊誠皇太后，聖躬未豫，不願以迂戇激烈之詞，干冒宸嚴，以激成君父之過舉。然再四思維，我皇太后垂簾以來，法祖勤民，虛懷訥諫，實千古所僅見，而于制馭宦寺，尤極嚴明，臣幸遇聖明，若竟曠職辜恩，取容緘默，坐聽天下後世執此細故以疑議聖德，不獨無以對我皇太后皇上，問心先無以自安，不得已附片密陳；伏乞皇太后鑒臣愚悃，宮中幾暇，深念此案罪名有無過當，如蒙特降懿旨，格外施恩，使天下臣民，知至愚至賤荒謬藐抗之兵丁，皇上因尊崇懿旨而嚴懲之於前，皇太后因繩家法防流弊而曲宥之于後，則如天之仁，愈足以快人心而光聖德。

此一奏所發生的效果，還不在護軍處分不必加重，而是確認太監李三順有過失，交內務府慎刑司責打三十板；首領太監劉鈺祥罰月銀六個月。至於此案之經過，及事態之嚴重，亦不妨補述。

據王少航「方家園雜詠記事」附記云：

慈禧遣閹人赴醇王府，出午門，凡閹人出入，例由旁門，不得由午門，值日護軍依例阻之，閹恃勢用武，護軍不讓。閹歸告慈禧，謂護軍毆罵；時慈禧在病中，遣人請慈安臨其宮，哭訴被人欺侮，謂不殺此護軍，則妹不願活。慈安憐而允之，立交刑部，並面諭兼南書房行走之刑部尚書潘祖蔭，必擬斬決。

祖蔭到署傳旨，訊得實情，護軍無罪。秋審處坐辦四員提調，皆選自各司最精於法律者也（時刑署中有八大聖人之稱），同謂交部即應依法，倘太后必欲殺之，則自殺之耳，本部不敢與聞。

祖蔭本剛正，即以司官之言覆奏。慈安轉告慈禧，慈禧大怒，力疾召見祖蔭，斥其無良心，潑辣哭叫，搥床痛罵。祖蔭回署，對司官痛哭，於是曲法擬流。自是閹人攜帶他人隨意出入，概無門禁。

又，金梁「皇室聞見錄」云：

凡內廷有舁出物件，應由敬事房先行「照門」，如未照門，不得放行。光緒初，有太后賜件，未經「照門」，護軍阻之，太監不服，互毆，奔奏。太后大怒，謂統領岳林應處斬。恭親王曰：「岳林失察，罪至交議，護軍應斥革耳。」太后曰：「否則廷杖。」王曰：「廷杖乃前明虐政，不可法。」太后怒：「汝事事抗我，汝為誰耶？」王曰：「臣是宣宗第六子。」太后曰：「我革了你。」王曰：「革了臣的王爵，革不了臣的皇子。」太后無以應，始如議，然怒極矣。

凡此所記，或不盡可靠，但當時既有此傳說，可知此案確曾引起軒然大波。而兩宮及恭王與慈禧叔嫂之間，意見益深，亦可想像得之。

光緒七年三月十一，宮中傳出一件離奇大事，說是有位太后駕崩。其時慈禧病勢雖已大有進步，但亦可能翻覆；因而都以爲崩逝者是慈禧；及至進宮，方知爲慈安太后。王先生「述庵秘錄」云：

慈禧既病數月，孝貞后獨視朝，辛巳春三月十日晨，召見軍機，御容和怡無疾色，但兩頰微赤，軍機退。午後四鐘，內廷忽傳孝貞崩；命樞府諸人速進。向例帝后疾，傳御醫，先詔軍機悉其事，醫方藥劑，悉由軍機檢視，時去退直五小時，宮廷暴變，諸臣皆大驚。

抵宮，見孝貞已小殮，而慈禧坐矮凳，言東宮向無病，日來未見動靜，何忽暴變至此！諸臣仰慰頓首，出議喪事。曩時后妃薨，即傳戚屬入內，瞻視後小殮，歷朝以為常。孝貞薨，椒房無預其事者，眾咸嘆為創聞。

按：慈安太后之父名穆揚阿，官廣西右江道，早故；子廣科、洪楊亂平，放杭州將軍，於光緒六年歿於任上，其子恩熹襲爵，沒沒無聞。家門冷落，與方家園慈禧母家之勢焰煊赫，不能相比。

至於慈安的死因，留待後述；「清人筆記」謂喪禮甚薄，則稽諸史實，信而有徵；慈禧之別有用心，灼然可見。慈安之崩，爲慈禧病中思量，與李蓮英輩反覆計議，決意獨攬大權之始，值得詳記。

按：慈安太后大喪，派惇王、恭王等以大臣等八員，「管理禮儀」，漢大臣只翁同龢一人；而所能盡心，只擬謚一事，翁同龢三月十八日記：

內閣擬上欽肅敬恪等字，余抗言曰：「貞字乃始封嘉名，安字亦廿年徽號，此二字不可改。」寶相云：「欽字恭邸所定。」余曰：「此豈邸所應主議哉？」復與伯寅申之曰：「貞者，正也，當時即寓正位之意，且先帝所命也。」議遂定。

定制，皇太后尊謚，於原晉徽號內保留十字，另加四字，連例有的「天、聖」字樣，共爲十二字，計增六字，而「孝」爲起首必有，配合「天聖」二字的字樣，以其身分而定，亦少斟酌的餘地。

故就實情而論，要緊字眼，端在第二字，清朝諸皇后謚譜第二字，或切其身分，或尊其地位，或敘其生平，或道其賢德，或補其缺憾，大致皆屬允當。內閣擬上四字「欽肅敬恪」四字，下二字非美謚，上二字則又不似慈安爲人，「鴻稱通用」上冊之下，取用列后尊謚：「神明儼翼」或「威德悉備」皆曰「欽」，「嚴畏自飭」或「攝下有禮」皆曰「肅」。所謂「神明」、「威」「嚴」、「攝下」，皆與慈安的性格、行誼不符，比較而言，則欽勝於肅，恭王定爲「欽」字，猶是不得已而短中取長之意。

至於後謚對「貞」之解釋，則爲「德性正固」或「率義好修」。翁同龢特拈「貞者正也」之義，尤爲侃侃正論，可爲大臣「正色立朝」一語，作一注解。至謂「此豈邸所應主議」，則議謚爲內閣之職，亦即宰相之權，相權即君亦不能奪，何況親貴？但其時備位宰輔者，李鴻章以文華殿大學士遙領，左宗棠爲東閣大學士，年資雖居次輔，不諳京朝故事，且回閣辦事未幾，寶鋆則惟恭王之命是從，恭王尚不敢有所主張，何況寶鋆？此外全慶、靈桂、文煜，伴食而已。宰相婞婀取容，故翁同龢與潘伯寅，遂得於此事僭攝相權。翁同龢晚年以書生而誤國，但平生可愛之事亦甚多，此爲其一。

在爲慈安議謚一事上，慈禧落了下風，但亦可能正因爲翁同龢有「貞者正也」的議論，激起慈禧的反感；所以在擇定慈安葬期時，慈禧的手法，眞可說是玩弄王公大臣於鼓掌之上。

先是六月底上諭，報慈禧太后「大安」，各省保送醫士，賞賚有差；旋於七月初降諭：「孝貞顯皇后奉移普祥峪定東陵永遠奉安，著欽天監於八九月間選吉期具奏」；彷彿慈禧病已痊癒，將親送慈安梓宮至山陵。

迨至選定九月初九移靈；十七卜葬，隨即又有一諭：「是日奉慈禧太后恭送孝貞顯皇后梓宮至普祥峪永遠奉安」，卻又綴以一語：「沿途毋庸另備御道。」這等於暗示，表面說「恭送」，實際上是不打算「恭送」的。

於是先意承志的佞臣，紛紛上疏諫勸，謂慈禧大病初癒，不宜跋涉，太后不出，小皇帝當然亦不能遠行。至八月初，由禮親王世鐸領銜，亦上疏，作同樣的勸諫，乃於八月初九降諭：

僉稱皇太后訓政勤勞，實係宗社之重，現在甫報大安，尚未復元；往返長途，復加傷感，於節勞調攝均非所宜。又以朕依侍慈闈，事事仰蒙調護，若暫疏定省，必致昕夕廑懷，亦非頤養之道。謹遵康熙二年聖祖仁皇帝成憲，停止躬送等語；情詞肫摯，出於至誠，披攬之餘，曷勝悽愴。

仰惟皇太后聖躬甫臻康豫，衝寒就道，時歷旬餘，誠非所以資保衛而昭慎重；謹據王大臣等所奏，竭誠籲請，仰蒙垂鑒微忱，俯允停止送往。朕受孝貞顯皇后顧復深恩，昊天罔極，值此奉安大典，不克盡哀盡禮，此心何以自安？茲奉皇太后懿旨：皇帝尚在沖齡，銜哀遠出，懸系實深，諸王大臣等所陳，係仰體萬不得已之苦衷；為此酌經從權之請，尚其以付託為重，勉循成憲，俯順群情，允如所請。欽此；慈命諄切，敢不祗遵。敬念靈輿在道，永奠山陵，未獲躬親大事，夙夜熒熒，負疚何極？將來諏吉舉行恭謁典禮，再行侍奉皇太后敬詣山陵，虔申誠悃。

我不知道當初議定慈安奉安日期的過程如何？但可確定者，在事大臣必然考慮到慈禧病體是否宜於跋涉；如慈禧不能作長途旅行，則十歲的皇帝即不宜單獨遠行。因此，在六月下旬報大安後，七月初即降諭擇葬期，其相關之跡，殊爲顯然。

乃既定葬期，且慈禧復經兩個月的調養，健康情形更有進步，而忽然生出一個「衝寒就道，時歷旬餘，誠非所以資保衛而昭慎重」的理由；既然如此，當初應顧慮及之，何以有「在八九月間擇吉期」之諭？於此可見，顯然是慈禧不願意送葬；甚至是她故意佈置的圈套。發動此議者非不得意或聲名向來不佳的大臣，即爲名不見經傳的翰林，與操守有問題的御史，「翰林四諫」及響噹噹的言官，奏稱「慈輿未可遠涉郊坰」者，一個都沒有；其爲由內務府人員所策動而上奏者，其跡亦頗顯然。

既然皇帝不能親送慈安太后入山陵，則典禮應有代行之人，因而有此上諭：

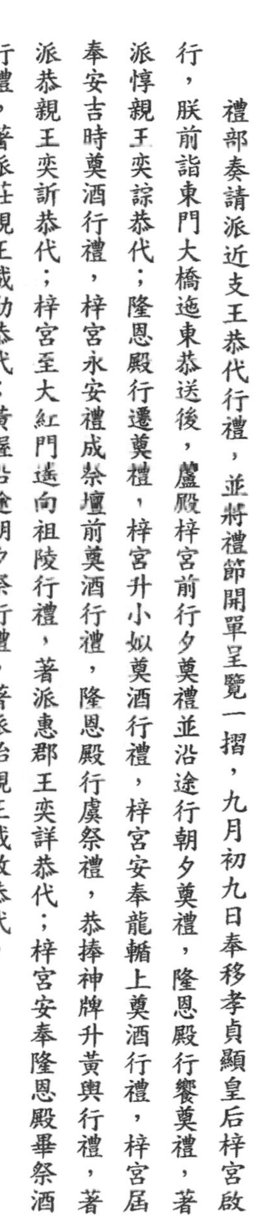
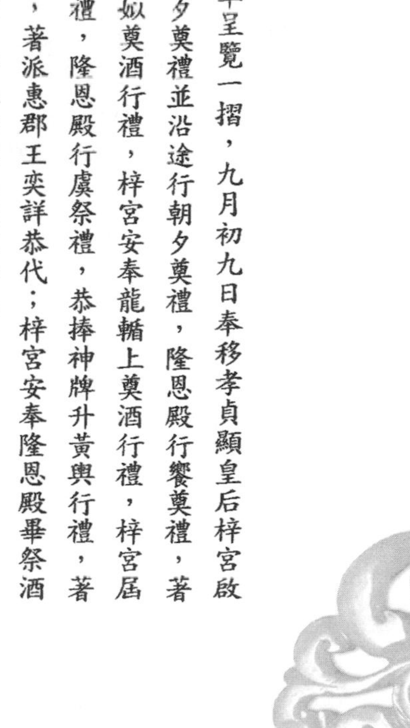

禮部奏請派近支王恭代行禮，並將禮節開單呈覽一摺，九月初九日奉移孝貞顯皇后梓宮啟行，朕前詣東門大橋迤東恭送後，蘆殿梓宮前行夕奠禮並沿途行朝夕奠禮，隆恩殿行饗奠禮，著派惇親王奕誴恭代；隆恩殿行遷奠禮，梓宮升小舁奠酒行禮，梓宮安奉龍輴上奠酒行禮，梓宮居奉安吉時奠酒行禮，梓宮永安禮成祭壇前奠酒行禮，隆恩殿行虞祭禮，恭捧神牌升黃輿行禮，著派恭親王奕訢恭代；梓宮至大紅門遙向祖陵行禮，著派惠郡王奕詳恭代；梓宮安奉隆恩殿畢祭酒行禮，著派莊親王載勛恭代；黃幄沿途朝夕祭行禮，著派怡親王載敦恭代。

由這張名單可以看出來，代爲行禮的近支王，以恭王爲主；其次是惇王。問題是何以無醇王？莫非他不是近支？說穿了不稀奇，慈禧的意思是，從穆宗崩逝，嘉順皇后殉節以後，慈安當太后的日子也就結束了；德宗是她的皇帝、是她的嗣子，一切都跟慈安無關。這層關係，她要把它劃得清清楚楚；表示「唯我獨尊」之意。

於此，我們實不能不懷疑，慈安之崩爲慈禧所鴆毒。

「清人筆記」談此事者不一而足，引錄其中之一：

光緒七年，慈禧太后忽患疾甚劇，徵集中外名醫治之，皆無效，蓋由誤認為血膨所致。惟無錫薛福成之兄福辰診其脈，得病之所在，脈案固血膨也；藥劑則皆產後疏瀹補養之品，故奏效如神。

慈禧后病既癒，慈安后知其多失德，思所以感悟之；某夕，置酒宮中，為慈禧后慶，酒既半，慈安后摒去左右，殷勤追述咸豐時北狩木蘭，猝遭大故，肅順擅權，宮中顛沛艱危之狀；及同治時同臨朝十餘年事，甚悉，欷歔涕零久之。慈禧后亦悲不自勝。慈安后忽慨然曰：「吾姐妹今皆老矣，旦夕當歸天上，仍侍先帝，吾二人相處二十餘年，幸同心，無一語勃谿；第有一物，乃疇昔受之先帝者，今無所用之矣。然恐一旦不諱，失檢藏，或為他人所得，且至疑吾二人貌合好而陰妒嫉者，則非特吾二人之遺憾，抑且大負先帝意矣。」

語次，袖出一函，授那拉氏，使觀之。那拉氏啟視，色頓變，慚不可仰。函非他，即文宗所付之遺詔也。觀畢，慈安后仍索還，焚於燭上。曰：「此紙已無用，焚之大佳，吾今日亦可以復命先帝矣。」是時慈禧后慚憤交加，強為感泣態，慈安后百計慰藉之，遂罷酒而散。

關於文宗付慈安的所謂「密詔」，爲清宮末年一大疑案；入民國後，諸家筆記中有談及此事者，說文宗見懿貴妃（慈禧原封號）生子後，漸有攬權跋扈之狀，而皇后溫原，恐將受欺，因仿

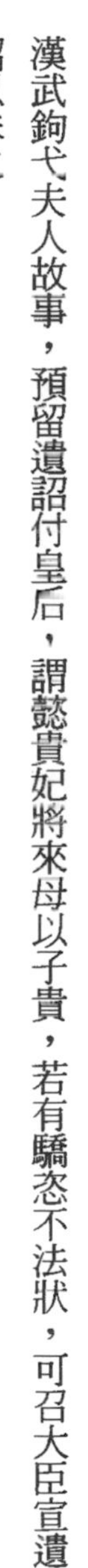

漢武鉤弋夫人故事，預留遺詔付皇后，謂懿貴妃將來母以子貴，若有驕恣不法狀，可召大臣宣遺詔以誅之。

或謂此議出於肅順，此亦極可能，因肅順在熱河時，即極力裁抑慈禧太后。肅順未必知鉤弋故事，但「肅門六子」，皆爲名士，肅順或從門客之言，亦未可知。

> 越數日，慈安后偶因事至慈禧后宮，慈禧后執禮甚恭，非復如曩時之驕縱，侍者竊異之；慈安后亦陰自喜，以為前日所為之果有效也，豈知別有意在！二人坐談時，慈安后覺腹中微饑，慈禧后令侍者奉餅餌一合進，慈安后食而甘之，謂似非御膳房物，慈禧后曰：「此吾弟婦所餽者。姐喜此，明日文令其再送一分來。」慈安后方以遜辭謝，慈禧后曰：「妹家即姐家，請弗以謝字言。後一二日，果有餅餌數合進奉，色味花式，悉如前。」慈安后即取一二枚食之，頓覺不適；然亦無大苦，至戌刻，遽逝矣。年四十有五。

據「清人筆記」，慈安喜零食，又有午睡習慣，睡起後，常進果餌，故如眞有鴆毒之事，自以置於糕餅中爲最可能。

總之，慈安爲慈禧謀殺，雖非鐵案，而諸多跡象，可爲有力的旁證；其最可疑者爲無三月初十的脈案。慈安是時確有感冒未疾；現成有一日侍宮中的薛福辰在，爲之診脈處方，謂小恙無足爲慮。及至傍晚，薛方訪閻敬銘時，驟聞噩耗，驚愕莫名。

按：帝后暴崩，非中風即心臟病；慈安體氣素健，即令有此病根，則有薛福辰在，豈不能及早發覺，加以診療？於此可知，慈安之暴崩，爲死於非命；而除慈禧以外，又有何人能致東朝於非命？

問題是，慈禧作主以外，爲之設謀及下手者何人？玆先引「慈禧外紀」第十章記「慈安太后之崩」云：

慈禧行事，皆深資榮祿之臂助，故極其寵任，以總管內務之故，得以隨時出入宮廷。一千八百八十年，即光緒六年，榮祿與同治帝一妃，忽犯嫌疑，以此事言於慈禧者，為光緒帝之師傅翁同龢；當時宮中競傳，慈禧親自於此妃房中查出，此為極大之罪，遂褫榮祿之職，其後七年，皆投閒散。

慈禧志意剛強，雖極寵任之人，既犯法，亦不肯寬之也。但不久即生悔心，以失此忠誠得力之僕，繼之者無一人能及之。榮祿有膽有識，極忠於慈禧；慈禧深倚重之，今一旦失去，雖感不便，然其所犯之罪太大，不欲驟然起用，以失體於朝臣。且對於榮祿，亦不肯降氣以輕恕之，而自變其初心也。

因此事慈禧亦頗疑及東宮，有意用此計以陷害榮祿，至一千八百八十一年之三月，即光緒七年，以總管太監李蓮英之驕橫，而兩宮太后復起爭端，慈安謂李蓮英為慈禧所寵任，其目中只有慈禧，而不知有己，藐視太甚，致其餘之太監，亦尤而效之。又言，李蓮英權勢太大，人皆稱之曰九千歲，爭論極劇，竟無調停之餘地。人言慈禧含怒於心，不能再忍，而慈安之死機伏於此矣！頗有謠傳慈安之薨，為中毒者。

按：「慈禧外紀」爲「清宮二年記」的姐妹篇，作者雖爲英人，而記述頗有可取。譯者冷汰，不知何許人；譯筆頗爲負責。上引之文，作參考極有價值；但當守「盡信書不如無書」之戒。謂翁同龢向慈禧告密，此爲必無之事；又謂慈禧「疑及東宮，有意用此計以陷害榮祿」，更爲不明慈安性情，及宮中規制之言。

值得作參考；或者說可資爲佐證的是：第一、宮闈醜聞，果然與榮祿有關；其次，承慈禧之意，主謀及下手者，是李蓮英。「清人筆記」中記其出身云：

「皮硝李」者，孝欽后之梳頭房太監也。名蓮英，直隸河間府人。本一亡賴子，幼失怙恃，

落後不羈，曾以私販硝礦入縣獄，後脫羈絆，改業補皮鞋，此「皮硝李」三字之徽號，所由來也。

河間本太監出產地，同鄉沈蘭玉向與有故，先為內監，見而憐之，蓮英遂懇其引進。適孝欽后聞京市盛行一新式髻，飭梳頭房太監仿之，屢易人，不稱旨。蘭玉偶在闥闥房言及；闥闥房者，內監之公共休憩所，蓮英嘗至此訪蘭玉者也。既聆孝欽后欲梳新髻事，遂出外周覽於妓寮中，刻意揣摹，數日技成，蘭玉為之介紹。蘭玉竟薦之，而蓮英遂從此得幸矣。迨東宮既殂，益無忌憚，由梳頭房晉為總管，權傾朝右，營私納賄，無惡不作。

此記頗多未諦，太后梳頭，須從妓寮中學新樣，更爲奇談之尤。按：「皮硝李」外號之由來，乃因李蓮英本業爲硝皮作坊的司務，以好賭負債，無所得償，不得已「淨身入宮」，年已三十，半路出家的太監，與自幼在宮中者，人情閱歷，大不相同。而李之以爲慈禧梳頭得寵，實得力於他的硝皮手藝。

此話怎講？原來慈禧自入中年，頭髮枯落；而所謂「雁尾」的「旗頭」，梳蓖極緊，髮更易落，所以每日晨妝以後，絲絲縷縷，滿佈兩肩。慈禧輒痛責梳頭太監；而此爲無可奈何之事，以故閹人一聞充太后梳頭之役，無不失色。李連英即由此承之；否則梳頭太監爲太后的「身邊

人」，李蓮英資格既淺，又乏淵源，無由得此美差。

然則莫非李蓮英梳頭，慈禧的頭髮就不掉了？當然不是。只是髮落如故，慈禧不易從鏡子中看到而已。這就是李蓮英的手藝派上了用場；既業硝皮，可稱處理毛髮的專家，一面梳頭；一面找些新聞跟慈禧閒聊，而就在慈禧分心之際，很巧妙地將落髮一摘一捻，藏入掌中，使得慈禧產生一種錯覺，以爲只有李蓮英梳頭，她的頭髮才不會掉。

當然梳頭的本事，李蓮英還是要的。據唐魯孫先生說，「雁尾」以大爲美。髮多則大，所以少婦的雁尾，必大於老媼；此和滿妝之髻，道理相同，銀絲盈顛，何來盛鬋？這也就是慈禧何以痛心她掉髮的緣故。

至於說李蓮英「無惡不作」，實不免言過其實；此由於一提起李蓮英，總不免使人想起洪波的形象之故。有一次我跟洪波說：「李蓮英不是你所演的那副德性。」他回答得妙：「不是那副德性，還能叫洪波嗎？」於此可知，李蓮英自李蓮英，洪波自洪波，不可混爲一談。

李蓮英自然是小人，但至少比小德張要好得多。我曾經參考各種資料，研究李蓮英的爲人；大致說來，他之對於慈禧，猶如一般高門大族，老管家之於當家掌權的老太太，他心心念念所想的，就是如何讓這位老太太體健神怡，全家大小，平安度日。是故所務者爲取悅於慈禧，而所忌者即爲慈禧生氣。至於弄權自所不免；暗箭傷人，亦往往有之，但跋扈囂張，肆無忌憚則未有所聞。

王小航曾記李蓮英一事云：旅順築港完工後，醇王由李鴻章陪同，出海視察；慈禧派李蓮英隨後，名爲伺候醇王，實際上是代慈禧作耳目，看看新建的海軍，究竟是怎麼個樣子？而一時輿論嘩然，以其啓宦官監軍之漸。李蓮英一路謹守法度；淮軍爲李蓮英所備的行館，頗爲華麗，卻而不用，只隨醇王起居。醇王見客，則一旁侍立裝煙；執役事畢，退歸私室，不見外客，一無所擾。

李蓮英識此大禮，基本上還是鑒於安得海的前失，不敢爲慈禧找麻煩。當時請流雖盡，而言路上「翰林四諫」及鄧鐵香等人的餘威猶在，如果李蓮英言行不謹，必有人以白簡相擊；而約束宦官，責在慈寧，語中欲避太后而不可得，所以李蓮英此行特別謹愼。巡海歸來，醇王大讚，慈禧自然也有面子；李蓮英的寵信益固，這是他聰明的地方。

慈安既崩，慈禧大權獨攬；且亦有意炫耀權威，如六月底加恩醫者一諭：

皇太后自上年春間聖體違和。多方調攝，現已大安，朕心實深慶幸。惟念慈躬甫就綏和，仍宜隨時靜攝，旰宵訓政，未可過涉焦榮，朕惟有於定省之餘，籲懇聖慈遇事節勞，寬懷頤養，日益康強，以慰天下臣民之望。

下年竇廷奏請飭各省保送醫士，當經寄諭各省督撫，詳細延訪，保送來京，旋據李鴻章、李瀚章、彭祖賢保送道員薛福辰；曾國荃保送知縣汪守正；吳元炳、譚鈞培保送職員馬文植到京。由總管內務府大臣帶領各該員，同太醫院院判等每日進內請脈，所擬方劑，均能謹慎商榷，悉臻妥協，允宜特沛恩施：前山東濟東泰武臨道薛福辰，著記名以道員遇缺題奏，並賞加布政使銜；知府用候補直隸州知州，山西陽曲縣知縣汪守正，著記名以知府遇缺題奏，並賞加鹽運使銜。

署右院判莊守和，著補授左院判，賞給三品頂戴，並賞還花翎；四品銜御醫李德昌，著補授右院判，賞給三品頂戴並賞帶花翎；醫士欒富慶、佟文斌，均著以御醫遇缺即補，並賞加五品頂戴；前署右院判李德立之子兵部主事李延瑞，著以本部郎中遇缺即補。並欽奉懿旨：薛福辰、汪守正、莊守和、李德昌、馬文植，各賞給匾額一方以示優異。

薛福辰、汪守正皆爲朝廷命官，與本業爲醫者不同，以方伎見功，酬庸之道甚多，不當升官；濫用名器而恭王不能諫止，終於有甲申全班出軍機的大政潮，其來也漸，殊非偶然。

又，諭中所謂「職員馬文植」即常州儒醫馬培之，以爲俞曲園治癒險症而聲名大噪；徵醫時，爲江蘇巡撫吳元炳所保薦，會診時亦頗有貢獻。但太監時有需索，馬文植心不能平；既無仕進之心，不必留戀，因而託詞有暈眩舊疾辭差。回里後，因有慈禧御筆所賜匾額，遂有「太醫」

之名，診務極盛，乃至鉅富，亦可說是不虛此行。

馬文植既歸，薛福辰益顯重要；是故官符如火，特簡廣東雷瓊道，占一實缺；至「報皇太后萬安」後，特賞頭品頂帶，調補直隸通永道，因駐通州，慈禧猶嫌侍疾不便，擢之爲順天府尹。

此外尚有各種「將相大臣所不敢望」的恩賞，以致頗遭妒嫉；光緒十二年十二月，江南道御史魏迺勷上摺參薛福辰，奉上諭：

御史魏迺勷奏薛福辰玩視大典請嚴議一摺，玉粒納倉，與壇廟大典不同，且邵曰濂獲咎係因久曠職守；該御史參劾府尹薛福辰臨期不到，輒謂較邵曰濂情節有加，深文周內，措詞已屬失當；所請以太醫院官改用，尤屬膽大妄言，不可不予以懲儆，以杜攻訐之漸。魏迺勷著交部議處。玉粒納倉，向係兼尹府尹聯銜具題，屆期躬詣太常寺交收，此次薛福辰因何臨期不到？畢道遠曾否前往？均著明白回奏。

「玉粒」指米穀，所謂「玉粒納倉」爲祭先農壇的典禮之一；「清史稿」禮志二：

先農……其秋，年穀登，所司上聞，擇日貯神倉，備供粢盛。尋定先農歲祭遣尹行，大興、

宛平縣官陪祭。

至於邵日濂獲咎，因官居太常寺卿，衰病戀棧，這年春天請假至八十天之多；及至冬至祭天大典將屆，太常寺職司甚重，邵日濂又復請假，致爲言官所參。與薛福辰比較，情節輕重不侔，故上諭中加以指斥。

按：順天府府尹其實就是順天府知府。凡一省省城所在地的府爲首府；順天府則猶首府之首府，既爲首善之區，且下二十四縣，爲全國最大的一府，故稱府尹，秩正三品；而京朝大官甚多，呂極不侔，體制有別，辦事不免扞格，故例簡尚書兼管順天府，稱爲「兼尹」與「大學士管部」的情況相似。

此時順天府兼尹爲兵部尚書畢道遠，如何覆奏不可知；薛福辰則奏稱，以是日黎明先詣先農壇交收，再至太常寺，因道路較遠，時已辰末。未予處分，旋即調任宗人府府丞。徐一士論此節云：

宗丞、京尹均正三品，而宗丞班在京尹之上，為大三品卿之一，京尹猶小三品卿也。此係升擢，惟京尹有地方之責，事任較重，宗丞則閒曹耳。

上引文見「一士類稿」、「壬午兩名醫」；又云：

魏迺勷照部議降三級調用。迺勷以言官彈一京卿，竟以「膽大妄言」獲此重譴，則緣對福辰以療病進用含譏刺之意，致觸孝欽之怒耳。在福辰若可快意，而實難免隱憾在心，恥以醫進而為人指目也。

薛福辰本恥以醫進，而魏迺勷之「請以太醫院官降補」，為上海人打話，是有意「觸霉頭」，益感委屈，偏偏此一委屈，又是世俗所艷羨不置者，倘有一言半語的牢騷，他人以為其詞有憾，其實深喜，或致譏刺，則委屈之中更有屈。

據薛福成傳乃兄，薛福辰實有治事之才，歷數其政績如：

一、在山東道員任：為巡撫丁文誠公（寶楨）所倚任，凡整軍、治獄、賑飢及防河大工，壹埤遺之。塞侯家林決口也，公綜理全局，聯絡兵民，捧土束薪，萬指駿作，窮四十五日夜之力，河流順軌，民困大蘇。

二、在直隸通永道任：通州為出都孔道，僦車者公私駢集、牙儈把持，大為民病，公創設官車局，排斥浮議，力任其難。

三、在順天府尹任：值歲大祲，災黎嗷嗷待哺，公精心擘畫，集巨款，選賢良，濯痍噓槁，全活甚眾。為監司時，即深惡屬吏之瘝官者，糾彈不少貸。

薛福辰不但有治事長才，且勇於任事。慈禧果能於醫道之外，復能重視他的「本行」上的長處，以及他內心的委屈，當魏迺勷「請以太醫院官降補」時，上諭讚揚其政績，並破格擢升，如當時江西巡撫德馨聲名不佳，以薛福辰升調接替，俾得一盡其醫道之外之所長，此始能使薛福辰生感激知遇之感。乃以慈禧私心自用，總希望將薛福辰置於近處，以備緩急，結果他救了慈禧的命；自己的一條命卻送在了慈禧手裡。

薛福成云：

伯相李公暨丁文誠公、前順天府尹沈公秉成，屢以治行尤異密薦，天子亦自知之，顧以醫事荷殊眷，而吏治轉為醫名所掩，頗用此鬱鬱不樂。公素性通敏、閱事多，於世路險巇，人情曲折，必欲窮其奧而探其隱，然天性徑遂，凡人一言之善，或一事稍可人意，則傾誠推服，必逾其量倍蓰，或稍拂其意，則賤簡之也亦然，其待交遊與在家庭之間，莫不皆然。頗用情未協於中，則意氣稍不能平，意氣不平，而養生之道戾矣。

薛福成又記，薛福辰好圍棋，其夫人王氏屢勸不聽，舉棋子投諸井。王夫人早卒，沒有人再能勸阻，以故在通永道任內，常秉燭達旦或自演棋譜，或與客對奕。治事用心甚專，已耗心血，復又耗之於棋，一支蠟燭兩頭點，其爲不支，未卜可知。

薛福辰經此精神打擊，益加頹唐。次年二月繼吳大澂爲左副都御史，因病不能視事，數次奏請開缺，扶病南還，歿於無錫老家，得年五十有八。

現在再談汪守正。此人雖爲捐班的「風塵俗吏」，但出於眞正的書香世家。洪楊以前，四世藏書，一門風雅；「杭郡詩輯」：

汪憲字千陂，號魚亭，錢塘人。乾隆乙丑（十年）進士，官刑部陝西司員外郎，有振綺堂稿。注云：魚亭性耽蓄書，有求售者，不惜豐價購之，點注丹黃，終日不倦。

乾隆三十七年詔求遺書，其長君世標以秘籍進經御題「曹洧舊聞」、「書苑菁華」二種；恩賜「佩文韻府」一部，文綺二端，足為海內嗜學之儒勸矣。

汪憲數子皆能繼家聲，次子汪璐，生子汪諴，父子皆爲舉人；汪諴取家藏書編目，計三千三百種，六萬五千卷；汪諴長子汪遠孫，字久也，號小米，盡發先世藏書而讀，其別業所在地即名之爲小米巷，距寒家不遠。陳用光「振綺堂書目序」：

余來杭州，聞汪舍人（按：汪遠孫官內閣中書）遠孫家藏書甚富，借觀其目，舍人既以臨安志見贈，並索為目錄序。舍人之藏書，分經史子集為四部，部各有子目，而所證其書之佳否真偽，及得書之緣起，自注於上方甚詳，且秩然有條理也。

是故振綺堂藏書雖非最富，而振綺堂書目則頗爲士林所重。可惜洪楊之亂，大多散失。汪守正可能是汪小米的孫子或侄孫，同治七年六月底，慈禧報大安，恩賞以知府補用，不久補揚州知府；未到任而調天津。雍正年間，天津由衛改府，地位日漸重要，至李鴻章建海軍時，天津可說是北洋的首府；亦是淮軍的天下，夾一個「非我族類」而又不甘於唯唯聽命的汪守正在內，李鴻章大感不便，因而將汪調宣化府以遠之。不數年鬱鬱而終，其間遭遇長官同僚的杯葛歧視，自不難想像。

其傳略贊曰：

先生以一縣令視疾內廷，聖眷優渥，恩賞屢加，而其才行志節又足以符際遇之隆，獨以其抗直之氣不自遏抑，齎志以沒，豈非命耶？雖然，是亦何損於先生哉？

當慈安暴崩，慈禧精神未復，自光緒七年初夏至八年夏天，大政常數日一裁決，軍機中，恭親王銳氣已消，王文韶何能比沈桂芬，景廉更不能比文祥，掌權者寶鋆及李鴻藻。寶鋆本傾向南派，沈桂芬既歿，南派聲勢不振，寶鋆頗有寂寞之感，而北派魁首李鴻藻，則有清流為後援，羽翼大張，其中最活躍的是張之洞，亦首先脫穎而出，七年十一月簡放山西巡撫。

按：翰林自七品至四品，升遷極慢，須經多次遷轉，故有「九轉丹成」之號，「開坊」後如轉至詹事府洗馬，因出路極窄，往往停滯不前，亙十年之久，亦為常事，故得此缺者，每以杜詩「一洗凡馬萬古空」自嘲。

而張之洞自同治二年中探花；四年散館得一等第一名以後，六年放浙江主考，出闈放湖北學政；十二年放四川主考，出闈後即充四川學政，十年之間，兩得試差；兩任學政，且皆以副考官充任，謂非朝中有人，其誰能信？但此尚由於寶鋆之力，同治二年寶鋆奉派為殿試讀卷官，張之洞策論奇橫可喜，為其所識拔。及至入光緒，升遷之速，則非寶鋆之力。

張之洞於光緒五年二月補國子監司業，八月開坊為左春坊中允，九月轉洗馬；翌年五月即晉右庶子，十五個月的工夫由正六品升至正五品，在翰林中除特旨外，循資遷轉很少有此現象。然而猶未及此後之官符如火，七年二月補翰林院侍講學士，此職從四品，九轉已將丹成，但內轉京堂，外放司道，亦須數年經歷，而自慈安太后暴崩後，慈禧除大賞襄事喪儀王公大小諸臣以外，六月初以特旨擢張之洞為內閣學士並加禮部侍郎銜。試問張之洞何德何功，蒙此異數？

百年以後，回顧往事，雖非洞若觀火，但凌空循象，若現若隱，如慈安暴崩之時，張之洞有為議穆宗立嗣的那股勁道，以御醫下藥是否有誤，疏請究治，將使慈禧陷於無可自解的窘境；乃此時如李慈銘所譏者，甘為「仗馬」，惟以不鳴為貴，故慈禧於事平後亟亟酬庸；其用意有三：

第一、張之洞為李鴻藻的手下第一大將，加恩於張，即表示對李的尊重。

第二、示意清流，能如張之洞者，皆得蒙重賞

第三、使張之洞感恩圖報。張之洞晚年自道「調停頭白范純仁」；且明知清之必亡，仍「苦追落日到虞淵」，非報清朝，實報慈禧。

閣學外放，例為巡撫；但由從四品的侍講學士，不到十個月成為封疆大吏，而謂無特殊原因，此又人所難信。

張之洞之任晉撫，出於李鴻藻所保，李歿後，張之洞挽以聯云：

元祐初政，世稱司馬忠純，再相未幾時，淒涼竟墮天下淚；
籌邊非長，我愧晉公薦疏，九原不可作，蒼茫空負大賢知。

上聯恭維慈禧爲宣仁太后，而李鴻藻領導的北派爲「元祐正人」，則翁同龢的南派自是僉壬。下聯則公在以李德裕自居。

李德裕爲裴度所薦，李宗閔由是怨裴度，而李宗閔、牛僧孺處處與李德裕爲難，即所謂「牛李黨爭」，則張之洞自命爲李德裕，顯然指翁同龢爲李宗閔，當時是翁同龢最盛之時，而張之洞，在湖北大辦實業，用錢如泥沙，故有「屠錢」之號，與以後岑春煊的「屠官」，皆爲雋語。

翁同龢手握財權，多方裁抑，以故張之洞恨之刺骨；但此聯爲「薦疏」，實則烏有，不過每日召見軍機時，論及簡放督撫，口頭一言；而慈禧不能不許之者，以李鴻藻有挾而求。就此實況而言，張之洞得任封疆，與司法黃牛之敲詐被告，實在沒有兩樣。

不過，談到慈禧的政治手腕，實在很厲害。當時她所忌者，一是慈安，二是恭王，三是清流；但容易也是最難的是第一步。慈安之「後事」居然如此容易料理，可說出乎慈禧的想像，因

而放手進行第二、第三步。

這兩步其實是在同時進行，利用清流打擊恭王時；亦即是陷清流於自絕之地。恭王的指使者是慈禧，而總其成者是醇王，主謀者皆知孫毓汶，而我很疑心是榮祿；換句話說，榮祿是參謀長，孫毓汶不過擬作戰計畫的高參而已。

孫毓汶之被選任來擔當此一任務，是因爲孫與恭王有一段私怨；茲先引「清史稿」孫毓汶傳：

> 孫毓汶，字萊山，山東濟寧州人，尚書瑞珍子。咸豐六年，以一甲二名進士授編修。八年，丁父憂。十年，以在籍辦團抗捐被劾，革職遣戍。恭親王以毓汶世受國恩，首抗捐餉，深惡之。同治元年，以輸餉復原官。五年，大考一等一名，擢侍講學士。先後典四川鄉試，督福建學政。光緒元年，丁母憂。服闋，起故官。尋遷詹事，視學安徽。擢內閣學士，授工部左侍郎。十年，命赴江南等省接事。時法越事起，毓汶以習於醇親王，漸與聞機要。適奉硃諭盡罷軍機王大臣，毓汶還，遂命入直軍機，兼總理各國事務大臣。時當國益厭言路紛囂，出張佩綸等會辦南北洋、閩海軍務，餘亦因事先後去之，風氣為之一變。十五年，擢刑部尚書，尋調兵部，加太子少保。歷典會試、順天鄉試，賞黃馬褂、雙眼花翎、紫韁。二十年，中日媾和，李鴻章遣人齎約

至，廷臣章奏凡百上，皆斥和非計。

翁同龢、李鴻藻主緩，俄、法、德三國亦請毋遽換約。毓汶素與鴻章相結納，力言戰不可恃，亟請署，上為流涕書之，和約遂成。明年，稱疾乞休。二十五年，卒，予謚文恪。

毓汶權奇饒智略，直軍機逾十年。初，醇親王以尊親參機密，不常入直，疏牘日送邸閱，謂之「過府」。諭旨陳奏，皆毓汶為傳達。同列或不得預聞，故其權特重云。

按：翁同龢咸豐十年十二月十日記：

僧邸參孫毓汶不適調遣，請革職枷示，發新疆。奉旨免其枷號，即革職發新疆。詞臣居鄉，乃被斯議，亦奇矣哉！

其實即因孫毓汶抗捐而爲恭王所不滿，授意僧格林沁，以孫毓汶辦團練不遵調遣參劾。恭王待人，一向寬厚，惟獨此事，稍覺過刻；孫毓汶受辱忒甚，因而怨不可解。

除恭王以外，孫毓汶與翁同龢亦有心病，相傳孫毓汶曾與翁同龢爭狀元不得，其事不甚可信，但孫毓汶之視翁同龢，猶李鴻章之視張之洞；但宦途榮枯不同，翁同龢早在光緒五年由刑右

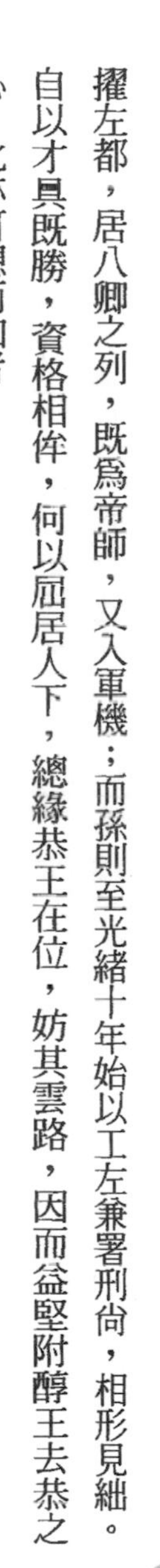

擢左都，居八卿之列，既爲帝師，又入軍機；而孫則至光緒十年始以工左兼署刑尚，相形見絀。自以才具既勝，資格相侔，何以屈居人下，總緣恭王在位，妨其雲路，因而益堅附醇王去恭之心；此亦可想而知者。

不過，發動這樣一個政變，已跟造反差不多，因而策畫進行，極其隱密。謎底揭曉，只能說一聲：原來如此！恍然於心，而無從細說其究竟。但掩飾的浮談，則可一一批駁；如「花隨人聖盦摭憶」引趙竹君所談云：

> 甲申（光緒十年）時，秉政者恭邸與高陽李文正鴻藻。恭邸自庚申和議後，內平髮捻回匪，外與各國駐使，周旋壇坫，承文文忠之後，雖不悉當，尚畏清議。高陽則提挈清流，開一時風氣，忌清流者亦因之而起。
>
> 法越事起之前，合肥丁內艱，奪情回籍，守制百日，朝廷以合肥統北洋淮軍，即命向隸淮軍之張樹聲署直督以鎮率之。其子藹青，在京專意結納清流，為乃翁博聲譽，此時即奏請豐潤幫辦北洋軍務；忽為言官奏劾疆臣不得奏調京僚。豐潤仍留京，因而怨樹聲之調為多事。樹聲甚恐，頗慮其挾恨為難，非排去不安。然豐潤恃高陽，又非先去高陽不可。藹青即多方慫慂清流，向盛伯熙再三遊說，彈劾樞臣失職。伯熙為動，乃不意並樹聲亦論列之，此則非藹青所料。

此說不通之至。張樹聲奏調張佩綸，即有其事，事先必獲本人同意，言官奏劾，何能怨張樹聲多事？即令生怨，亦止於怨而已；何能挾恨，更何能爲難？而況排去張佩綸，莫非即可免難？張佩綸的知交都到哪裡去了？至於欲排張佩綸，而必欲先排李鴻藻；排清流魁首李鴻藻之法，爲「多方慫勇清流」，此種形同囈語的欺人之談，如知出於何人之口就不足爲奇了。趙竹君又云：

前述藹青與豐潤一節，其時南皮知之最穩，諄諄見告，謂年輩晚者，應知當時朝局變更之所自，後來世變之有因也。

按：張藹青名華奎，即當時爲人譏作清流腿者，其時爲舉人；十五年成進士，官至川東道，在重慶與日本、英國領事辦交涉，能以理折人，入「清史列傳」循吏傳。此決非湖塗不量力之人；張之洞之信口開河，徒見其用心之不可告人，而作「豐潤侍高陽之言」時，不知尚憶及一歲之間由侍講學士，搖身一變而爲山西巡撫之由來否？至趙鳳昌（竹君）素有闊通機敏之名，乃不過二十年前之京華煙雲，已不復了了，竟誤信張之洞之言，甚矣哉，是非之難明！

「甲申政變」集政客波詭雲譎手腕之大成。孫毓汶的設計，如俗語之所謂「一計害三賢」，即李鴻藻亦吃了一個啞巴虧；而最大的受益者為南皮兄弟。於此首須請讀者作一瞭解者，即自光緒五年中俄伊犁分界交涉後，外交方面糾紛迭起，美國有排華事件；日本有派兵入韓事件；法國有否認中國在越有宗主權事件，以致兵戎相見，北派主戰；南派則自沈桂芬歿後，王文韶不足以繼衣缽，他本亦無意在此，翁同龢有志而資望未逮，故北派聲勢空前，孫毓汶與榮祿，看準了恭王心力交瘁，銳氣殆盡，得用北派這一股強大的聲勢，不難一舉擊倒，因而說動靜極思動，躍躍欲試的醇王，獻謀於慈禧，奉准後方始發動。料人料事，精打細算，悉如所期；張佩綸、陳寶琛都上了圈套，同病相憐，交情特厚；盛伯羲無端為虎作倀，懊喪欲死，曾向恭王請罪，恭王反好言相勸，氣度眞不可及。

欲知孫毓汶的佈置，最有意味者，是李慈銘的三段日記：

昨作書致翁叔平師，言時局可危，門戶漸啟，規以堅持戰議，力矯眾違，抑朋黨以張主威，誅失律以振國法。不料言甫著於紙上，機已發於廷中，樞府五公，悉從貶黜，晴天震雷，不及掩耳，可深駭矣。（光緒十年三月十三日）

赴天津，主講學海堂。自辛未入都，忽忽十四年，未出國門一步；朝夕之景，近視階庭；行坐之蹤，不離咫尺；履屐皆得所安，匕箸亦授以節；至寢食之早晚，書策之縱橫，尤有常度，勿

容少變。今雖近出，且定歸期，而撫景慨然，不能自已。（同日）

考差卷為福珍廷相國取置第一，都下人人傳說矣；及簡放學政既畢，外論紛然，無不為余不平者。余一生偃蹇，當軸皆以簡傲目之，濟寧尤銜余甚至。此中得失，何足置懷，臧氏之子，焉能使予不遇哉。（光緒十四年四月廿四日）

如上所記，有兩點特別値得注意，第一、李慈銘爲李鴻章聘往天津講學，館穀甚厚，自此亦甘爲仗馬；但出都之日適當政變之時，此非巧合，後文將有解說；而與第二點有關。第二、「福珍庭」應作「福箴庭」，即刑部尚書協辦大學士福錕；「濟寧」指孫毓汶，山東濟寧州人。

按：子、午、卯、酉鄉試之年，放各省主考及三年一任的學政；先由保學；雍正三年起保舉、考選並行；乾隆三十六年後，學政尚有特旨簡放者，各省主考則純由考選，凡翰林及進士出身的部院司官，皆得應考，不願者聽。以李慈銘的資格而論，不可能放學政，但考差則在可得不可得之間。

李慈銘於光緒六年五十二歲，始成進士。是科會試四總裁雖以景廉居首，而實由翁同龢主持，得李卷大喜，特取爲第一百名，以示壓卷；並以其三場文字，刻入闈墨。翁同龢極重此一比

他還大一歲的老門生，如果李慈銘想入翰林，決無問題，但桑榆境迫，家累綦重，不得不遷就現實。

他有「殿試賜出身後，乞翰林院陳情，還郎中本班；五月九日得結果以原職敘用，感恩述懷二首」五律云：

> 丹陛除書下，郎曹許卻回，速親無薄祿，溷俗便凡才；白髮心逾短，青雲眼倦開，一官寧自擇，朝論恤衰頹。
>
> 敢薄承明選，清華讓少年，主恩容避席，吾意在歸田，魚麥平生夢，桑榆夕照天，任他三島地，百輩躡飛仙。

按：是科共三二九人，入翰林者九十二人，舉成數故言「百輩」。以其在士林的聲望學力，雖非翰林，即主會試，亦無人不服，此言其試差之可得。

不可得者，即爲賜出身後仍還郎中本班。道光年間曾有上諭，試考差的捐納各官中式進士，並中式進士後加捐者，俱於題本內註明，此即資格上的欠缺；因爲仕途之捐納與考試，涇渭分明，先捐納後考試，猶可謂之急於用世；如果考試中選，不願循資而進，藉捐納以躐等，則直是以應試爲獵取功名之具，衡文取士，先有慚色。且捐納既花本錢，則將本求利，或不免出賣關節。

從這方面去分析，李慈銘雖取第一而仍不能放主考，亦不得謂之枉屈。惟既在可得與不可得者之間，則得與不得，視乎主事者的態度；二年恩科復又如此，「兩試兩取第一，皆付沉淪，此自來所無」，則「濟寧尤銜余甚至」一語，信而有徵了。

以上不嫌辭費，談李慈銘之就聘天津及與孫毓汶相敵視，正足以證明孫毓汶爲「甲申政變」的主角，爲恐李慈銘在京搗亂，所以由醇王授意李鴻章，以甘辭厚幣，聘往天津，既以遠之，亦以塞口。

至於整個佈置，是利用了各種因素與人物，首先被利用的是閻敬銘。當時樊增祥在京，有七律兩首紀云：

數行嚴旨出深宮，同日三公策免同，上意用兵誰決策?中書伴食久無功。清流禍起衣冠盡，甘露時危政府空，至竟聖朝全體貌，上尊恩禮貫初終。

左戶星郎昔起家，鈐山聲望滿京華，朝廷多事由藍面，台諫無人裂白麻，海內騷然皆怨苦，人情不近必姦邪。相公不識周官字，自比荊舒意太夸。

這兩首詩轉引自「十朝詩乘」。手頭沒有「樊山詩集」，但相信必是刊落之作，因爲這兩首七律實在不高明。

當時樊山閱歷尚淺，交遊欠廣，世故不深，詩功亦還不到火候，看朝中當局，如在雲山霧沼，因而用「甘露」一典，不但談不到貼切，根本就是大錯特錯。

按：唐文宗太和九年「甘露之變」，爲兩個躁險小人鄭注、李訓播弄而成，宰相王涯、賈餗腰斬於長安西市的刑場「獨柳」之下，梟首示眾，親屬無問親疏皆死，被禍極慘。而「甲申政變」，恭王以下全班出軍機，故有第一首「全禮貌」云云的結句。

郭則澐以爲「次首謂閻文介」，信然；起句即知。北齊稱掌度支的戶部官爲「左戶」，漢明帝以爲郎官上應星宿，故六部郎曹可稱「星郎」。閻敬銘散館後分部，補戶部福建司主事，乃部十八清吏司，列銜以江南居首，按實則福建獨尊，他司司官，小則六七，大則八九，從無超過十員者，惟有福建司的郎中、員外、主事共十二人之多。

因爲福建司兼核直隸錢糧，而尤爲繁雜者，直隸旗地的管理及雜款支出，自陵寢祭祀到京師五城冬天施粥，亦歸福建司職掌。打交道的對象，都是有來頭的，看上去是苦力，亮出底牌來也許是「紅帶子」都說不定，所以非常難纏，且多與書辦有勾結。但閻敬銘不憚其煩，斤斤較量；

嚴正不私，爲胥吏所畏。爲此，胡林翼才會奏調他到湖北辦糧臺。

以下就開罵了，第二句罵他是嚴嵩；第三句罵他是盧杞；第四句罵他是鄭注，最後說他怎可自比王荊公；「周官」即「周禮」，王安石著「周官新義」十六卷，以爲周置泉府之官，以權制兼併，均濟貧乏，變通天下之財，今欲理財，當推明先王法意，修泉府之法，以收利權。此所謂託古改制；而樊樊山則謂閻敬銘周官尚未讀通，自擬於王荊公，不無吹牛之嫌。

閻敬銘在當時，不但「名滿天下，謗亦隨之」，而且譽之者讚不絕口；詆之者深惡痛絕，爲兩極端；且有先毀後譽，或先譽後毀，爲一大矛盾，如慈禧召見時，曾不經意稱閻敬銘爲「丹翁」，而其歿也，謚之曰「介」，凡此半由「錢」之一字而起。

翁同龢長農曹時，閻以大學士管部，操度支之實權。十五年年底戶部封庫，積銀一千二十七萬九千四十兩，爲嘉、道、咸、同四朝所未有，但吝爲慈禧遊觀興作之用，此爲謚「介」之由來。

樊樊山之極口醜詆閻敬銘，自然亦有深恨。早在光緒初年山西大旱時，即有人指閻敬銘乘機賤價購入大批田產，爲子虛烏有之事。原來閻敬銘交卸山東巡撫，在中條山講學十六年後，光緒八年復起爲戶尚；十年二月統籌新疆南北兩路全局，疏陳三事，裁減兵額，不准吃空。以致西征糧臺應酬京官窮翰林的「炭敬」、「冰敬」、「節敬」，不得不停，生計大窘，故恨閻刺骨。

今讀樊樊山以「甘露之變」比擬「甲申政變」之大錯，最明白不過的一件事是，如果眞有鄭注、李訓，則試問誰是仇士良？若謂是李蓮英，則當時尚少人知有此一閹；倘謂指醇王，亦太擬於不倫了。

撇開此一節不談，推測「甲申政變」的前因後果，大致如此：

一、倒恭王者及其目標與動機：

①慈禧太后：思獨攬大權。

②醇王：不甘投閒，思一逞身手，並實現其對法不惜一戰的主張。

③榮祿：效忠於慈禧及醇王，及爲本身打開困境。

④孫毓汶：爲修恭王之怨，並創造本人的政治前途。

⑤李鴻藻及北流：於恭王並無惡感，但爲掃蕩殘餘的南派勢力，實現其強硬的外交主張，不能不默許倒恭行動。

二、在慈禧支持下的任務分配：

①總其成：醇王。

②聯絡各方：榮祿。（按：榮祿與李鴻藻交情極深。）

③策畫：孫毓汶。

三、策略：

①欲逐恭王，非全班出樞不可。同治四年三月，慈禧手詔斥恭王，則以恭王跋扈之故，於他人無尤；此番則國事敗壞至此，在樞廷者，人人有責，未可僅咎恭王。且全班出樞，正可示人以全爲公是公非，無絲毫私怨在內。

②若是，則不得不犧牲李鴻藻，故首須取得李鴻藻及清流要角之諒解，其說詞要點爲：甲、非示恭王，由醇王操持政柄，不能實現清流主戰之議；乙、若主戰，則清流皆可大用；丙、李鴻藻不過暫時退出政府，不久仍將重用。

③由於牽涉李鴻藻之故，不可能期望清流上章彈劾；故須另覓適當人選發難。

④此人以盛昱爲上選；因爲：甲、肅親王之後，天皇貴胄，彈章中措詞較嚴不妨，且便於慈禧召見；乙、亦爲名翰林，且以敢言著稱；丙、主戰；丁、與南士比較接近，可泯南北相爭之跡。

⑤但盛昱非可指使者，尤忌諷示專劾某人，但以疆事敗壞爲言，只須勸勸盛昱上摺言時事，泌問其內容。摺上後，慈禧召見，隨即明發預先擬就的上諭；原摺留中，不必發抄，以免牛頭不對馬嘴，拆穿西洋鏡。

⑥發動之時，須藉故遣恭王出京，使其措手不及。

⑦繼任人選，醇王不使出面，以禮王世鐸虛領，用閻敬銘以示朝廷「勵精圖治」之意；並可收暗示此次政變可能爲閻所發動之效。孫毓汶當然須入軍機；此外尚可位置兩人，在六部尚書中，有廣壽、額勒和布、張之萬、文煜、麟書等五人，可供挑選；而用戶部尚書額勒和布及刑部尚書張之萬者，不獨以此二人，皆爲伴食之流，而用張可慰撫北流；用戶尚額勒和布，可加深此次政變當由閻敬銘所發動之印象。

以上策畫，醇王未必全知其用意；即榮祿恐亦有爲孫毓汶所欺隱之處，如「甘露之變」以前，李訓之忌鄭注。可斷言者，當十年正月初四，明發以工左孫毓汶兼刑尚（其時兵尚爲彭玉麟，不到任，亦不開缺，而以刑尚張之萬兼署，故可以孫毓汶兼署刑尚）時，即已定議，俾作爲屆時避嫌之張本。

因爲工部堂官除非有修行宮、修陵寢等等大工，方有出京之必要；而刑尚則隨時可以奉旨出京查案。到得二月間，時機成熟，遂於二月廿七日明發，命孫毓汶及兵尚馳驛前往湖北查辦事件，顯示被查辦者爲統兵大員，但不在湖北；向例查辦欽案，虛指地點，藉以保密。此舉一則爲孫毓汶避嫌；再則製造山雨欲來的緊張氣氛，爲政變作先聲。

到得二月底，情勢發生變化，使得孫毓汶，無須出差；因爲他此行的使命，是由於在越南對法作戰失利，查辦雲南巡撫唐炯及廣西巡撫徐延旭，而軍機在發表孫毓汶的任務後，忽又建議將唐、徐二人革職拿問，並以貴州巡撫張凱嵩、署理湖南巡撫潘鼎新分別調補，而又不用明發上諭，此爲前所未有之事，以致爲人資爲口實；其實恭王心力交瘁，和戰兩難，以致有此乖張的措施，加速了政變進行的速度，而恭王仍在鼓中。

三月初八日，盛昱終於發難了。翁同龢日記如下：

初八日：入對時，諭及邊方不靖，疆臣因循，國用空虛，海防粉飾，不可以對祖宗。臣等慚懼，何以自容乎？

初九日：皇太后親臨壽莊公主府第，賜奠。在公主府傳膳，醇王進。

初十日：頭起，急急退，而四封奏皆未下。二起三刻多，竊未喻也。

十二日：軍機起，孫毓汶、醇王凡五起。而前日封事總未下，必有故也。

十三日：御前大臣六部等滿漢尚書一大起，軍機無起。聞昨日內傳大學士尚書遞牌，即知必非尋常。恭邸歸，於直房辦事，起下，傳散，遂詣書房，諳達未來，余等先入，已而伯王到，余即退。聞有硃諭一道，欽奉懿旨。是日未正一刻退；退後始由小軍機送來諭旨，前數百字，真胴目怵心矣。

十四日：醇王頭起二刻，懿旨：軍機處遇有緊要事件會同醇親王商辦，俟皇帝親政後再降懿

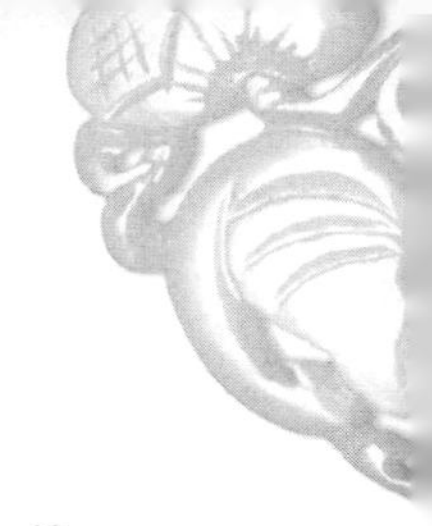

旨。

十五日：始知前日五封事，皆為法事。惟盛昱則痛斥樞廷之無狀耳。

盛昱一奏，遲不上，早不上，上於三月初八，實在湊得太巧了。巧合者有兩端，一是壽莊公主薨於二月十五；壽莊公主爲宣宗第九女，醇王同母妹，因此，慈禧得以借名賜奠，在公主府召見醇王密議；二是適逢慈安太后二周年忌辰，得以調虎離山，遣恭王往祭，初九動身，十三回京，東陵往返共五日。

於此可知，三月初九爲一關鍵，最後定議，即在此日。翁記中初十之所謂「二起三刻多，竊未喻也」，此「二起」即爲召見醇王；當是翁同龢罷官後，刪改日記，故意隱去醇王字樣。

至十二日召見孫毓汶，則朝廷將有大舉措之風聲已外洩，故李慈銘致書翁同龢，勸其附和北流主戰之議；當時猶以爲逐去主和諸樞臣，不意有十三日的嚴旨。翁同龢所說的前數百字如下：

欽奉懿旨，現值國家元氣未充，時艱猶鉅，政多叢脞，民未敉安，內外事務，必須得人而理，而軍機處實為內外用人行政之樞紐，恭親王奕訢等，始尚小心匡弼，繼則委蛇保榮。近年爵祿日崇，因循日甚，每於朝廷振作求治之意，謬執成見，不肯實力奉行。屢經言者論列，或目為壅蔽，或劾其委靡，或謂昧於知人。本朝家法綦嚴，若謂其如前代之竊權亂政，不惜居心所不敢，亦實法律所不容。只以上數端，貽誤已非淺鮮，若仍不改圖，專務姑息，何以仰副列聖之偉烈貽謀？將來皇帝親政，又安能臻諸上理？若竟照彈章一一章示，即不能復議親貴，亦不能曲全耆舊，是豈朝廷寬大之政所忍為哉！言念及此，良用惻然。

以下是處分：

一、恭王：加恩仍留世襲罔替親王，賞食親王全俸；開去一切差使，並撤去恩加雙俸，家居養疾。

二、寶鋆：原品休致。

三、李鴻藻：內廷當差有年，囿於才識，遂致辦事竭蹶，開去一切差使，降二級調用。

四、景廉：祇能循分供職，經濟非其所長，處分同李鴻藻。

五、翁同龢：甫直樞廷，適爲多事，惟既別無建白，亦有應得之咎，加恩革職留任，退出軍機處，仍在毓慶宮行走，以示區別。

這道處分的上諭，出於孫毓汶的手筆。百年之後的今天來研究，最微妙的是兩句話，一是李鴻藻的「囿於才識、辦事竭蹶」；二是翁同龢的「以示區別」。區別者何？第一、甫直樞廷，責任不大；第二、翁同龢彼時主和，與主戰派不同。而主戰的李鴻藻，既然「囿於才識」，即爲否定其主戰的見解；而主戰的調兵遣將，又未辦好，此即「竭蹶」。

原來孫毓汶主和、慈禧亦主和；這年是她五十萬壽，正打算著大事舖張，決不願打仗。她在召見臣工時，口頭上責備恭王軟弱無用，實可謂之包藏禍心。張佩綸當時如能參透此中機關，就不致有馬江之辱，身敗名裂之禍。至於醇王，確是一廂情願地主戰，但不久就作了一百八十度的轉機，暫且擱下；後文將會談到。

緊接著的第二道上諭，便是派禮王世鐸、戶尚額勒和布、閻敬銘、刑尚張之萬在軍機大臣上行走；工左孫毓汶在軍機大臣上學習行走。這副班底，自是輿論所不滿；李慈銘如果在京，一定爲發動清議攻擊，這就是要將他「資遣」到天津的原因。

李在天津於十七日得知詳情；日記如下：

> 聞十三日朝廷有大處分，先是同年盛庶子疏言法夷事，因劾樞臣之壅閉諱飾，遂一日逮兩巡撫，易兩疆臣，而不見明詔。次日，東朝幸九公主府賜奠，召見醇邸，奏對甚久。是日恭邸以祭孝貞顯皇后三周年在東陵，至十二日甫回京覆命，而嚴旨遂下，樞府悉罷，而易中駟以駑產，代蘆菔以柴胡，所不解也。

「所不解者」不僅李慈銘；最令人困惑者，盛昱原疏，當時並未發抄。直至十五日始交軍機，外間始終未見原文。不發抄的原因是，盛昱原疏與十三日的嚴旨接不上頭，盛昱所嚴劾者是李鴻藻與張佩綸，摘要引錄如下：

> 唐炯、徐延旭自道員超擢藩司，不二年即撫滇粵，外間眾口一詞，皆謂侍講學士張佩綸薦之於前，而協辦大學士李鴻藻保之於後。張佩綸資淺分疏，誤采虛聲，遽登薦牘，猶可言也；李鴻藻內參進退之權，外顧安危之局，義當博訪。務極真知，乃以輕信濫保，使越事敗壞至此，即非阿好循私，律以失人僨事？何說之辭？恭親王、寶鋆久直樞廷，更事不少，非無知人之明，與景廉、翁同龢之才識凡下者沒，乃亦俯仰徘徊，坐觀成敗，其咎實與李鴻藻同科。

此段文字，說得明明白白，罪魁禍首是李鴻藻；恭王、寶鋆「俯仰徘徊、坐觀成敗」是不負責任，故應同科。但上諭則巧爲顚倒，幾乎完全歸咎於恭王；則盛昱原疏倘或發抄，兩王手足鬩牆之眞相立見。

至此，盛昱方知受人利用，遂又上一疏，以圖補救：

寶鋆年老志衰，景廉、翁同龢小廉曲謹，斷不能振作有為，力圖晚蓋，均無足惜，恭親王才力聰明，舉朝無出其右，祗以沾染習氣，不能自振；李鴻藻昧於知人，闇於料事，惟其愚忠不無可取，國步阽危，人才難得，若廷臣中尚有勝於該二臣者，奴才斷不敢妄行瀆奏，惟是以禮親王世鐸與恭親王較，以張之萬與李鴻藻較則弗如遠甚，奴才前日劾章請嚴責成，而不敢輕言罷斥，實此之故，可否請旨飭令恭親王與李鴻藻仍在軍機處行走，責令戴罪圖功，洗心滌慮，將從前過舉認真改悔，如再不能振作，即當立予誅戮，不止罷斥。

此疏之必如石沉大海，可想而知；清議對親政府風評之不佳，更可想而知，但孫毓汶對輿論雖可不顧，軍機辦事能不能不出紕漏，卻非關心不可。其時正從湖南、四川、江蘇各地調兵往廣西增援；福州海防，亦已吃緊，而越南怎麼搞出來一個太原；港名馬尾，是否形容其形勢，若是，則形如馬尾的形勢，又該怎麼樣的一個地形？凡此都使在轍子胡同新構適園看奏摺的醇王，大為困擾。

於是先叔曾祖恭慎公，以刑部侍郎在軍機大臣上行走。是新政府中唯一不靠關係，亦無作用，純粹為了政務能順利推行而被延攬的一員。

茲先引錄「清史稿」本傳如下：

許庚身字星叔，浙江仁和人。咸豐初，由舉人考取內閣中書，當代同官夜直，一夕票二百籤，署名牘背。文宗閱本心識之，以詢侍郎許乃普，乃普為其諸父行也，遂命充軍機章京。故事，大臣子弟不得入直，是命蓋異數云。十年，車駕獮木蘭，召赴行在。是時肅順方怙權勢，數侵軍機事，高坐直廬，有所撰擬，輒趣章京往屬草。庚身以非制不許，使者十數至，卒勿應。（高陽按：肅順非軍機大臣，故不應。）肅順慚且懟，欲中以危法，未得間。穆宗纘葉，特賜金以旌其風節，命隨大臣入直。

同治元年成進士，自請就本班，補侍讀，累遷鴻臚寺少卿。母憂歸、服竟，遷內閣侍讀學士，入直如故。進「春秋屬辭」，被嘉獎補光祿寺卿，典試貴州、督江西學政，頗以天算、輿地諸學試士。

光緒四年，授太常寺卿，擢禮部侍郎，調戶部、刑部。十年，法越事起，充軍機大臣，兼總理各國事務，晉頭品服。時樞府孫毓汶最被眷遇，庚身以應對敏練，太后亦倍仗之。十四年，晉兵部尚書，十九年卒，謚恭慎。

庚身自郎曹至尚侍、直樞垣垂三十年，與兵事相始終為最久云。

恭愼公同治元年殿試，卷在前十本內，名次爲二甲第二名，亦即第五名，向例無不入翰林者。但其時平洪楊戰事，正當緊要關頭；而恭愼公因軍機章京例在方略館値宿，飽讀清朝開國以來用兵的紀錄，對兵要地理之嫻熟，無出其右，因而爲恭王所留，本以內閣典籍升內閣侍讀候補，遂歸本班，即補實缺。

恭愼公之精於兵要地理，有兩個故事可談。一是當同治三年六月，金陵克復，紅旗報捷後，恭愼公知次日兩宮召見軍機，必詢金陵戰況，因而連夜繪製金陵地圖，雙方兵力，屯聚處所，攻守路線，一一用小旗標示，恭王從未到過江南，對金陵茫無所知，得此大喜，翌日爲兩宮講解，清晰詳明，大蒙讚賞。

第二是對醇王的諷勸。汪康年（汪守正之侄，清末名報人，筆名「醒醉生」）「莊諧選錄」記：

法越之後，醇賢親王將命神機營出征以耀武。許恭慎公知其不可，而難於發言，因作書與王云：「以王之訓練有素，必所向克捷，惟慮南北水土異宜，且聞彼地煙瘴，倘兵士遘癘瘴，有所折挫，不特於天威有損，且於王之神武亦恐有所關礙。」於是王大省悟，次日見恭慎曰：「汝言服恭慎云。

大是，且兵士以戰死，固其分，若以瘴死，使致損挫，豈不笑人，吾已止是命矣。」由是王益敬

按：醇王過問政務，雖由孫毓汶逐日「過府」面商請示。但醇王亦每就恭愼公函商，故宮博物院所輯「文獻叢編」，所收甚夥。光緒親政後，翁同龢藉書房之便，暗中干政，與孫毓汶不睦，多賴恭愼公調和其間。

翁爲先伯高祖文恪公門生，與恭愼公原爲世交弟兄；同治元年，翁充房考，中卷甚少，他房中卷多而與翁交好者，移數卷歸翁，此名之爲「撥房」，用意在助其多收一份贄敬，恭愼公適在撥卷之中，故又有師生關係，但翁之視恭愼公，猶如視李慈銘，從未以師自居，日記中每言恭愼公暗中衛護之勞，交情殊非泛泛。

但初期政務，實由孫毓汶爲醇王之謀主，而傾陷清流的手法，即爲請君入甕。茲據「近代中國史事日誌」，摘記易樞後的有關措施如下：

三月二十五日：密諭李鴻章保全中法和局，通盤籌畫，酌定辦理，不可遷延觀望。

四月初十日：密諭李鴻章以和議條款：一、切實辨明越為我屬。二、杜絕雲南通商。三、不

賠兵費。四、保全劉永福部。

四月十二日：李鴻章與福祿諾會談，議定中法簡明條約五款：一、法國保全助護中國南界、毗連北圻，不受侵犯。二、中國將駐北圻防營，即行調回邊界，並於法越所有已定與未定各條約，概置不問。三、法國不向中國索賞償費，中國允許法國在毗連北圻邊界通商，日後另定商約規則。四、法允與越議改條約之內，不插入傷礙中國體面字樣，並將以前與越南所立各約，盡行銷廢。五、中法另派全權大臣於三個月內，悉照以上所定各節會議詳細條款（明日李函告總署）。

同日：內閣學士廖壽恆，左副都御史張佩綸，祭酒李端棻等，交章論和局宜愼，當持國體。

四月十三日：通政使吳大澂奏，和議不能允從四端。

四月十四日：命通政使吳大澂會辦北洋事宜，內閣學士陳寶琛會辦南洋事宜，翰林院侍講學士張佩綸會辦福建海疆事宜。

由此可知，執持和議，本爲朝廷既定之政策，此爲慈禧作主，孫毓汶、醇王雖主戰，而觸及實際，方知戰實非易，態度亦漸形轉變。但清議言路，方發爲慷慨激昂之論，民氣方張，不可遽抑；這是孫毓汶早就看到的，而「你要打仗，就請你去打」的策略，亦是早就定下了的，所以張佩綸、陳寶琛、吳大澂既有反對和議的主張，遂有分別遣辦軍務之命。

此三人的任命、性質作用皆不同。張佩綸最艱鉅；陳寶琛其次；吳大澂最便宜，這也是看出來吳大澂並非甚麼主戰派，不過功名之士借這個題目沽名釣譽而已，把他派到北洋，李鴻章自有手段能收服他。

結果馬江一敗，張佩綸身敗名裂；當時閩籍翰林潘炳年等聯名劾張云：

張佩綸平日侈談兵事，際此中外戰局伊始，臨事自當確有把握。及閱閩信，陳其種種謬戾情形，則喪師辱國之罪，張佩綸實為魁首，而何如璋次之。何以言之？朝廷以督撫不知兵，簡張佩綸及劉銘傳。劉銘傳往渡台，則封煤廠，撵法人。

張佩綸出都，即聞其言，頗快之。到閩後，一味驕倨，督撫畏其氣焰，事之維謹，排日上謁，直如衙參，竟未籌及防務。至法船駛入馬尾，倉卒入告，張得勝緝引港奸民請辦，張佩綸竟置不理，眾益駭然。而張佩綸尚侈然自大，漫不經心，水陸各軍，紛紛號召。迨各將請戰，又以朝旨禁勿先發為諭。臣等不知各口要擊之諭，何日電發，不應。初三以前，尚未到閩，即使未到，而諭旨禁其先發，非並輪船起椗，管軍火而亦禁之也。一概不允，眾有以知張佩綸之心矣。身為將帥，足未嘗登輪船，聚十一艘於馬江，環以自衛。各輪船管駕，連疊陳連艦之非，張佩綸斥之。入白開戰之信，張佩綸又斥之。事急而乞援，緩師於夷，如國體何？開炮而先狂竄，如軍令何？中岐在馬尾，彭田乃鼓山後鹿，張佩綸自諱其走，欲混為一，如地勢可？敵舟攻馬尾，張佩綸於是日始竄至彭田，而冒稱力守船廠，如不能掩閩人耳目何？且何如璋實匿戰書，張佩綸素與之同處，知耶不知耶？臣等不能為張佩綸解也。臣聞張佩綸敗匿彭田，以請旨逮罪為詞，實則置身事外。

證以外間風聞，張佩綸特與其黨援之人，私函電致，有閩船可燼，閩廠可燬，豐潤學士必不可死之語，是則張佩綸早存一不死之心，無怪乎調度乖謬於先，聞戰逃脫於後，竟敢肆無忌憚至此也。

所謂「黨援之人」指李鴻章。當時李力主和議，張佩綸亦看出慈禧的意向，及樞府有意爲難的用心，所以在天津曾與李鴻章長談；李告以和議旦夕可成，萬勿啓釁，迫不得已開仗，亦決不可先動手。

張佩綸深信其言，而何璟、張凱嵩又正好卸責，陽示推崇，暗中推諉，兩不接頭，有此大挫。朝廷先擬薄譴，因福建京官，群起而攻，遂有遣戍之厄；陳寶琛亦牽連，而以「誤保匪人」革職；只有自晉撫升任粵督的張之洞，與彭玉麟相互標榜，身名俱泰。當時名流詠馬江之役者，

不知凡幾；而獨以諧聯；膾炙人口；其一云：

福州真無福；
法人原無法。

揆諸實，下聯不虛。其二云：

兩何沒奈何；
兩張沒主張。

兩何謂督撫何璟、船政大臣何如璋；兩張一爲張佩綸，一爲奉旨援閩之張樹聲。其三云：

八表經營，也不過山右禁煙，廣東開賭；
三江會辦，且先看侯官革職，豐潤充軍。

下聯謂陳寶琛、張佩綸；上聯則嘲張之洞。張在山西禁種罌粟；督粵則以籌餉之故，奏請復開「闈姓」票。起句爲張之洞的一個笑話，初授山西巡撫，到任謝恩摺中有「身繫一隅，敢忘八表經營」，此在雍乾時必遭詰責；雖朝廷不與計較，而時人頗資爲口實。相傳張之萬有一次使用兩隻懷表，有人怪而詢之；張之萬答說：「此無足怪？不見舍弟有八表之多。」一時傳爲笑談。

至於嘲張佩綸之詩，則以梁鼎芬的「簣齋學書未學戰；戰敗逍遙走洞房」，爲謔而且虐。「孽海花」描寫張佩綸向李鴻章求娶其幼女情事，頗爲傳神；但亦不免形容過甚，而李鴻章與張佩綸別有淵源，結姻實有付衣缽之意。

茲先引錄李慈銘光緒十四年十月初七日記：

聞合肥以女妻張幼樵。合肥止一女，繼室趙夫人所生，敏麗能詩，甚愛，今甫逾二十；幼樵年四十餘，美鬚髯，已三娶矣。

按：李鴻章不止一女，遺集中有「萬年道中寄鏡蓉、瓊芝二女並示靜芳侄女」一題；又「六弟及諸女和余」云云一題，張佩綸者，當爲瓊芝。

按：張佩綸之父名印塘，字雨樵，出舉人起家，久在浙江任州縣，官至安徽臬司。有子六人，張佩綸行三。李鴻章曾爲張印塘作墓表云：

咸豐初，安徽寧池太廣兵備道豐潤張君，用大臣薦，遷雲南按察使。於是洪秀全反，安徽戒嚴，巡撫蔣忠愍公請留君自佐；君則上書言六事，蔣公以聞。有忌君者，格不用，蔣公出君廬州，使募軍；而安慶陷，詔以君為安徽按察使。洪秀全既據金陵，賊艘縱橫，大江中安徽瀕江而城，又新刳於賊，城赤立無門闌，附郭無居人，官無舍廨，無寸兵半粟，行省僑置廬州矣。君受事方以掇拾安慶殘遺拊集還定之。為事未幾，金陵賊連艦上犯，再略安慶，城北十許城有關曰集賢，道安慶北出則關要其衝，君曰：「城敝惡不可守，吾且守關。」事聞，天子曰：「城敝惡，不與凡不守者比。」

賊叩關，不得逞，遂據城，君逐之，皆挐舟法，賊去，君空其城不居，還守關；天子又曰：「城敝惡不可守，守險其可。」然文吏猶持不居城之君罪，竟罷君官。賊既去安慶，遂犯南昌；南昌守不下，折而再趨安慶，則君已去集賢，守關者不能禦，天子峻法誅之。

自是後，呂文節公、江忠烈公相繼死難，江淮間無完土。於是人思君守關勞，而謂議君者為非。君雖議罷，仍署按察使，是時安徽阨塞數二關，南則集賢，東則東關；東關者在巢含界上，賊自濡須巢湖以窺廬州，則東關要其衝。初，君守集賢；鴻章率鄉兵守東關。

接張印塘寧池太廣兵備道遺缺者，相傳爲慈禧之父惠德，以棄地革職，旋即病歿；身後蕭條，遺屬歸旗，道過清河，得縣令吳棠賻贈，能安然回京。文中所指蔣忠愍公爲蔣文慶、呂文節公爲呂賢基，江忠烈公爲江忠源。呂賢基以侍郎回籍辦團練，李鴻章以翰林院編修奉旨隨同辦事，故有「率鄉兵守東關」之語；其時爲咸豐三年初。

於此可知，李鴻章與張家是世交，說得深一點，與張印塘曾共患難。有此一層淵源，張佩綸縱然意氣風發，筆鋒凌厲，但李鴻章拿出這層關係來籠絡，他是不能不賣帳的。

後另一方面看，張佩綸能從李鴻章之教，即爲願承衣缽的一種表示。李鴻章擬以衣缽付張佩綸，這話過去從無人說過，百年來猶是初發其覆。當時所以無人記述其事，則以李鴻章用心極深，知者不多，而事與願違，已不可能實現其計畫，且無論李鴻章本人、家屬、部屬、以及張佩綸本人與知交，皆視此爲極大忌諱。如光緒十六年九月，樊樊山抵京後，致書張之洞，談與張佩綸晤面經過，並述其境況云：

受業前過天津，與豐潤傾談兩日，渠雖居甥館，迹近幽口。據云，合肥始以「津通」之故，意不能無望，自函丈節次電信，深相推挹，渠已渙然冰釋。至「三廠」交伊接替，則自云無出山理，且云不婚猶可望合肥援手，今在避親之列，則合肥之路斷矣。又云在甥館本不與公事，惟函丈三廠事，若有稍近瑣屑，不欲經達合肥者，可電致渠處，渠當代達云云。

又云，合肥此次得書甚喜，渠在旁云，事事皆可助，惟錢不能助。合肥云，錢亦能助，如部撥山東修河之六十萬金，若推延不解，我亦可代催。又如鋼軌既出，我少買洋軌，多以軌價付鄂，俾資周轉，是亦相助之道也。

受業窺此兩人，均已為函丈所用，豐潤尤有結托之意，但使時時假以書問，必效臂指無疑。渠又云，密電可不用，緣電報房密邇合肥，若渠致鄂電，密不能繙，必使合肥生疑，此亦實情。

在津時，渠云，合肥三日內必復書，渠俟見合肥信後，再作復函，此時想均達籤室矣。總之，幼樵識見之明決，議論之透快，其可愛如故，吾師何妨招其遊鄂？縱不能久留，暫住亦復甚佳。渠在京窘迫已極，郎舅又不對（小合肥欲手刃之），絕可憐也。

按：所謂「津通」云云，謂李鴻章擬以海軍經費修天津至通州鐵路，張之洞曾加反對。「三廠」云云，殆指張之洞在湖北所辦紡紗、織布、繅絲三廠，經營困難，擬委張佩綸接替，即等於歸北洋接辦，而張佩綸婉拒。

所言「合肥之路斷矣」，在就婚之前，爲首當考慮之事；功名重於婚姻，就有作爲者來說，理所必然，如不以「避親」爲嫌，自斷援引之路，可知功名即在婚姻之中。因付以衣鉢，必有淵源，否則不足以服眾；在李鴻章看，長子經方原爲胞侄承繼，資格亦太欠缺；張佩綸原爲世交晚輩，又爲翰苑名流，才具過人，今若申以婚姻，則呂盧傳刀，眾無間言。但李經方卻不是如此想法，「手刃」之言，或不免過甚其詞，但郎舅利害衝突之激烈，已可想見。

從李鴻章方面看，他之必須培養一個接班人，實爲從本身經驗中所悟出的至善之計，其效用自近而言，則爲獲得一有力的助手；自遠而言，又分消極、積極兩者，消極爲保李氏身家，積極則爲光大其事業。

所謂「本身經驗」即由湘軍遞嬗爲淮軍的歷程，所予李鴻章的啓示。同治三年六月十六日曾九克金陵後，曾國藩立即著手作急流勇退之計，爲一弭身家大禍於無形的、非常聰明的做法。

我以前曾談過曾國藩爲其弟四十生日賦詩以賀，中有「今朝一酌黃花酒，始與阿連度更生」之句，友人以爲何致如此，舉以相質；茲引錄最權威，而且自在台公開以來，從未人引用過的，最珍貴的史料，亦即當日親自參預金陵之役，在曾九幕府的趙烈文的「能靜居日記」，以證明曾國藩確有得慶更生的心境。趙烈文記是日破城後，下午五時至翌日天明情事云：

> 申刻將盡，忽報中丞回營，余偕眾賀，中丞衣短布衣，跣足，汗淚交下，止眾弗賀，出傳單

示余，命作奏，始知居前鋒者為武明良、劉連捷、朱洪章。火發時，城崩凡二十餘丈，磚石飛落如雨，各軍為石擊傷數十名，煙起蔽天，時東南風吹煙過北，劉朱為煙所蔽，不見缺口；武原派三隊接應，在稍後見之，躍馬先入，賊死拒，官軍一擁皆上。……

擬摺稿一件，中丞及楊制軍，彭侍郎會銜。中丞前奉旨，令克城之日，與楊彭共奏故也。入內呈交中丞手。

酉戌間，望城中火光燭天，回想吾里及蘇省陷時，景象不異。生世不幸，逢此多艱，既以干戈將定為喜，復以崑罔一炬為悲，五中紛亂，惝怳無主。傍晚間各軍入城後，貪掠奪，頗亂伍。余又見中軍各勇營者皆去搜括，甚至各棚廝役皆去，擔負相屬於道。余恐事中變，勸中丞再出鎮壓，中丞時乏甚，聞言意頗忤；張目曰：「君欲余何往？」余曰：「聞缺口甚大，恐當親往堵禦。」中丞搖首不答。

至戌末，余見龍脖子至孝陵衛一帶放炮，知有竄賊。時城雖復，而首逆未就擒，悍黨李秀成、林紹璋等咸不知下落，大事未為了當。余復於臥榻搖中丞起，請派馬隊要截，中丞不以為然。臥良久，起，張燈取余所擬奏稿，增刪略者，錄出一通；復命彭椿年擬一稿、並屬余商酌。

余言：「回營一層不必提，且諸將戰功，此次既係奉旨，僅奏大略，則隨摺應保人員，皆當由中堂續再詳奏。」中丞言：「不必取巧，似近諱飾。至各將功績，我處不奏，中堂必不肯詳

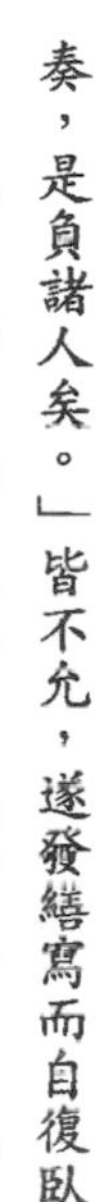
奏，是負諸人矣。」皆不允，遂發繕寫而自復臥。

至四鼓時，城弱來報有馬賊二百餘，步賊千計，冒官軍衣裝，並攜帶婦女，從缺口衝出。守候者崑字及湘後左右，蓋精銳太半在城內未返，餘皆疲頓不能阻之，僅殺數十人。出城後由孝陵衛福字（李泰山）、節字（蕭孚泗）等營卡門出，亦莫能遏，其眾投句容路而去云云。

報者不敢驚中丞臥，余以意度之，偽酋必在其中無疑。余時觀文案諸友，繕摺未竟，聞報不禁浩歎。中丞與彭毓橘正閉目酣臥，急叩門請之起，商定摺內增數語，為後來地步；中丞稱善，並飛札馬隊營官伍維壽追剿。余仍出視摺，繕就，天已明，即包裹發遞，余始臥。

記中的「中丞」指曾國荃，其官銜爲浙江巡撫；「楊制軍」爲楊岳斌；「彭侍郎」爲彭玉麟；「中堂」則爲曾國藩。趙烈文的記載可以澄清兩點疑問。

朝旨令克城之日與水師將領楊岳斌、彭玉麟共奏，即爲明白詔告曾國荃，克金陵不可獨居其功。此時之曾軍，以無過爲功；換句話說，只要撐得住，破城之功是誰也搶不走的。但破城之後，咎愆多端，且非無心之失，實乃有意爲之，「能靜居日記」，佐證歷歷；試爲斷案：

一、破城後首逆未就擒，悍黨無下落，大事未爲了當，遽爾由前方回營；趙烈文奏報中主張不提此層，而曾九以「不必取巧，似近諱飾」而拒之，言誠而意詐，所謂「君子可欺其以方」，此時趙烈文尚未悟出，曾九縱容部下爲匪，大肆掠奪，鉅細不遺，知後來言官必有嚴劾之者，爲本身預留餘地，故特回營，且須預先奏報。有此「不在場之證明」，至多得一「約束不嚴」之處分而已；否則豈不應與明末之「江淮四鎮」、「雲間僨帥」相提並論？

二、城崩缺口二十餘丈，只老弱殘兵防守，曾九豈不知此爲一大漏洞，而所以置之不理者，非故留出路以縱敵，即此時號令不行，無法調派精銳防守，兩者必居其一。而以前者爲近；因初起時皆忙於搜括，入夜應已飽貪壑，亦當稍稍奉公，果然如此，何得於四鼓生變？

茲再摘引趙烈文翌日所記如下：

> 天明……上中丞條陳四事：一、請止殺，督令各歸各館，閉門候查，派隊逐門搜查，分別良莠審辦，既全脅從，復可得真正賊首。二、（略）。三、（略）。四、（略）。中丞允後三條而緩前一條。
>
> 時城中偽天王府、忠王府等尚在，餘王府多自焚。賊呼城中弗留半片爛布與妖享用。官軍進攻亦四面放火，賊所焚十之三，兵所焚十之七；煙起數十道，屯臨空中，不散如大山，紫絳色。亭午，二偽府皆燒。
>
> 下午信至，中丞派馬隊追賊者已回，言賊出實二、三千人，官軍飛追不及，僅獲一人，言偽

幼主洪瑱福、偽忠王李秀成已皆去。……傍晚謁中丞，以偽酋皆走，請速告中堂，商定續奏，弗落人後，中丞不可。

趙烈文明確記載，六月十七日下午，曾國荃已知洪瑱福在逃；趙主張先告曾國藩出奏，曾國荃不可，這是評定曾國荃功罪、湘軍究有幾何貢獻，及曾國藩、左宗棠結怨的是非曲直之一個決定性的證據。

有此一證據，我只能說曾九的運氣太好，不生在乾隆年間，而張廣泗、柴大紀生不逢辰，所以死得冤枉；王湘綺作「湘軍志」，將克復金陵一役，題作「曾軍後篇」，「以數語淡淡了之」，無怪其然，曾九自有取侮之道。

按：克金陵後，初次由楊、彭、曾會奏之摺，尚存六七分眞相；及至由曾國荃咨請官文，曾國藩會奏克復金陵的詳情，則於重要關節處蓄意欺罔，例如下列兩端：

一、謂六月十六日夜三更，「僞忠王傳令群賊，將僞天王府及各僞王府，同時舉火焚燒」。而據趙烈火所記，則「二僞府」係十七日午間，爲官軍所焚；因已劫掠一空，非嫁禍祝融不可，此爲學自宮中太監的伎倆。

二、謂「城破後，僞幼主積薪宮殿，舉火自焚，應俟僞宮火熄，挖出洪秀全逆屍，查明洪瑱福自焚確據，續行具奏。」

推測曾九的用心，以爲洪瑱福一十餘歲少年，倉皇逃命，不死於兵荒馬亂中，即難有所作爲，即令其殘部奉之復起，則前有「建文」的故事可以搬演，「火中出一屍」，指爲洪瑱福自焚的證據；後面便可仿康熙處置「朱三太子」之例，以眞作僞，硬指爲假冒，誰又能確證其人爲眞；誰又敢確證其人爲眞？

那知偏偏就有這樣一個人：那就是左宗棠。我原來的看法，認爲左宗棠揭穿眞相，主要的是由於曾氏兄弟及李鴻章封爵，以及「江南滋貨盡入曾軍」而激起的意氣使然；自從看了趙烈文所記，我的看法修正了。左宗棠此舉意氣的成分少，而不得不然，以求早日完成本身所負的、規復全浙的使命的原因來得多，其不得不然之故，列之如下：

一、凡大征伐，必重首逆之制服；首逆在逃，則所經之地的地方官及統兵之員，豈可知而不報？倘或如此，則洪瑱福逃到江西，沈葆楨定必奏報，謂曾經左宗棠防區，試問朝旨詰問，左宗棠何詞以解？

二、金陵之破，乃因城中糧盡，而亦圍之甚久方下，一如破城，即以洪瑱福、李秀成爲主要目標，不論生死，忽使得脫，捷音通傳各地，其餘洪軍縱不能傳檄各地，但群龍無首，瓦解之勢已成。乃城破而其幼主竟能衝出缺口，李秀成入羅網之消息亦尚未外傳，度亦得脫；如此則金陵之破，不但未能打擊洪軍殘部之士氣，且反使洪軍輕視官軍，興起猶有可爲之感，而況黃文金、楊輔清、李世賢、汪海洋等，皆非易與之輩。總之曾國荃大功告成，而左宗棠壓力加重，事實如此，豈可不預先聲明？

三、以左宗棠的看法，爲山九仞，既已成矣，何二十餘丈一缺口不能派重兵防守，任令洪軍冒充官兵逸出，此不啻以鄰爲壑，有意嫁禍。若謂牽涉意氣；此爲意氣之所由生。

總之曾國荃於金陵城破之日，毫無處置，其部下與明末流寇無異；而當時竟無嚴劾之者，仍以能靜居日記證之，六月二十一，即破城第六日記云：

計破城後，精壯長毛，除抗拒時被斬殺外，其餘死者寥寥，大半為兵勇扛抬什物出城，或引各勇挖窖後自行縱放，城上四面縋下老廣賊匪，不知若干。其老弱本地人民不能挑擔，又無窖可挖者，盡情殺死。沿街死屍，十之九皆老者，其幼孩未滿三歲者，亦斫戮以為戲，匍匐道上。婦女四十歲以下者，一人俱無，老者無不負傷，或十餘刀，數十刀，哀號之聲，達於四遠，其亂如此，可為髮指。中丞禁殺良民擄婦女，煌煌告示，遍於城中，無如各統領彭毓橘、易良虎、彭椿年、蕭孚泗、張詩日等，惟知掠奪，絕不奉行。不知何以對中丞，何以對皇上，何以對天地，何以對自己。

又蕭孚泗在偽天王府取出金銀不貲，即縱火燒屋以滅跡。偽忠酋，係方山民人陶大蘭縛送伊營內，伊既掠美，稟稱派隊獨擒，中丞亦不深究。本地之民，一文不賞亦可矣，蕭又疑忠酋有存項在其家，派隊將其家屬全數縛至營中，鄰里亦被牽曳，逼訊存款，至合村遺民竄匿，喪良昧理，一致於此，吾不知其死所。

這樣一個雙料的土匪。而爵膺五等之封，帽拖雙眼之翎，朝廷所以不能申以綱紀者，其故有二：第一、漢人勢力方盛，查辦恐激出變故；第二、平洪楊皆統兵大員就地籌餉，朝廷既未發庫帑充軍餉，即不能按律論法。但話雖如此，倘有言官群起而攻，爲清議所難容，即爲國法所易伸，是故曾國藩亟亟於解散湘軍的陸勇；而水師未得地利，贓污較輕，猶可浣滌而用。此即金陵克復後，曾國荃帶隊回湘；曾國藩重定長江水師章程之由來。

問題是，金陵雖復，捻匪待剿，湘軍陸勇盡撤，須有接防之師；於是淮軍代之而起。李鴻章自居爲湘鄉「門生之長」，猶如武俠小說中描寫武林幫派的「掌門人」，實有保全師門之功。

倘無淮軍接替，不能容曾九及其「先登十將」，攜輜重全身而退，那時曾國藩的處境，就很艱難了；曾國藩初起時，持法極嚴，何桂清畢命西市；翁同書械繫詔獄，皆由曾國藩以軍法相繩之故，如以其人之道還治其身，麻煩極大，「今朝一酌黃花酒，始與阿連慶更生」，其中身敗

名裂之危機，只有他們弟兄自己體會得到。

李鴻章深知曾國藩「辦大事以找替手爲第一」那句話，別有奧妙；當然早就在打算了。但這個替手有三個條件：一是忠；二是才；三是格。忠是先決條件，不忠於己，一切都不必談。才則須大才，要能將將，還要能將洋將；否則接不下，擺不平。具備這兩個條件，李鴻章在部屬中還可以勉強找得到；第三個就難了。

所謂「格」者資格；必須是翰林，而且是眞正的翰林。翰林有紅有黑、有眞有假，如徐世昌是翰林，但從未得過撰文、考官等等屬於翰林的差使，便是黑翰林；旗人則多不通的假翰林。必須久在翰苑，曾列講班，義理辭章，卓爾不群的，才算是眞正的翰林。李鴻章是翰林，任首揆二十餘年，但從未得一試差，引爲平生莫大憾事；此雖爲翁同龢等有意爲之，但亦未嘗不是以非我輩中人視之之故。

湘淮將帥，不由科第而致身通顯者，當時號爲「八大生員」，就是八個秀才，據「萇楚齋隨筆」統計如下：

一、曾國荃，兩江總督，優貢。

二、彭玉麟，兵部尚書，附生。

三、劉坤一，兩江總督，附生。

四、劉長佑，雲貴總督，拔貢。
五、李瀚章，兩廣總督，拔貢。
六、張樹聲，雲貴總督，廩生。
七、劉蓉，陝西巡撫，廩生。
八、李續宜，安徽巡撫，附生。

淮軍系統中，固亦過翰林，其人即「萇楚齋隨筆」作者之父劉秉璋；「清史稿」本傳：

劉秉璋，字仲良，安徽廬江人。參欽差張芾軍，敘知縣。咸豐十年，成進士，選庶吉士，授編修。同治元年，李鴻章治兵上海，調赴營。洋將戈登所練常勝軍駐滬，滋驕。淮軍之至，服陋械絀，西弁或侮笑之。秉璋語眾曰：「此不足病也，顧吾曹能戰否耳。」明年，從克常熟、太倉。

鴻章使別募一軍圖嘉善分寇勢，遂提兵五千赴難，克楓涇、西塘，遷侍講。進攻張涇匪，約水師夾擊，彈丸貫胯下，不少卻，卒克之。規平湖，其酋陳殿選降，於是乍浦、海鹽、澉浦皆反正。又明年，與程學啟攻嘉興，秉璋入東門燔藥庫，寇駴亂，眾軍乘之，城拔。進取湖州，攻吳漊、南潯，所向摧靡。浙西平，賜號振勇巴圖魯。歷遷侍講學士。

四年，授江蘇按察使，從曾國藩討捻。時捻騎飆疾，國藩與鴻章皆主圈制策，秉璋力贊之，破捻匪、沛、宿遷南，追至倉家集，捻大潰。又敗之淮南，長驅蒙城，捻西走，自此捻分東、西。

國藩令秉璋軍豫西，專剿東捻，與提督劉鼎勳俱。其冬，追入鄂。六年，除山西布政使。未上，捻自孝感小河溪竄河口鎮，與鼎勳軍追之，勳軍前鋒遇伏，總兵張遵道戰死，勢益熾，秉璋橫截之，始奔豫。

七年，鴻章代國藩督師，議扼運蹙捻海隅。秉璋駐運西，捻撲濰河，將自沂、莒窺江淮。秉璋亟渡河詣桃源，會浙軍清江。亡何，賴酋率殘騎數千至，追破之淮城。事寧，被賞賚。父憂歸。服痊，起江西布政使。

按：李鴻章與劉秉璋原有師生之誼，劉在京候試，時李已成翰林；劉曾從之讀書。但師弟間形跡不甚親密，其中緣故，不為外人所恐。惟劉秉璋里居有年，至光緒九年復起，任浙江巡撫；任內有兩件措置得宜，一件是胡雪巖破產，查追公款，固然責無旁貸；達官貴人存於阜康錢莊的私款，亦多函託劉秉璋設法保全，是件相當棘手的事，應付不善，易生嫌怨；肆應有道，亦易見好。劉秉璋大致做到了要求。

再一件便是中法戰事，蔓延及於浙閩海口，「清史稿」本傳續敘：

會法越構衅，緣海戒嚴，秉璋躬履鎮海，令緣岸築長牆，置地雷，悉所有兵輪五艘，輔以紅單師船，據險設防。十一年，法艦入蛟門，令守備吳杰轟拒之，傷其三艘。越數日，復入虎蹲山北，再敗之，法將迷祿中砲死；然猶浮小舟潛窺南岸，復令總兵錢玉興隱卒清泉嶺下突擊之，敵兵多赴水死。

逾歲，擢四州總督。州境窵遠，外接番、夷，內叢奸宄。秉璋曰：「盜賊蠻夷，何代蔑有？以重兵臨之，幸而勝，不為武；不幸而不勝，餉械轉資寇，是真不可為矣。」故督蜀八年，歷平萬縣、茂州、州北、秀山土寇，其大小涼山、拉布浪、瞻對各夷畔服靡恆，則用趙營平屯田法，數月間皆慴伏，加太子少保。御史鍾德祥劾提督錢玉興及道員葉毓榮不職狀，事下湖北巡撫譚繼洵，廉得實，秉璋坐濫舉罷。

初，丁寶楨督蜀，稱弊絕風清。秉璋承其後，難為繼，故世多病之。未受代而民教相鬨，重慶先有教案，秉捻初至，捕教民羅元義、亂民石匯等寘之法。至是各屬繼起，教堂被燬者數十，教士忿，牒總署，指名奪秉璋職。朝廷不獲已，許之，秉璋遂歸。三十一年，卒。總督周馥及蘇紳惲彥彬等先後上其功。復官，予優卹，建祠。

丁寶楨承「一品肉」吳棠之後，清廉之名特著；劉秉璋承丁寶楨之後，其「難爲繼」自有其不得已的苦衷。丁寶楨既以清廉出名，則舊部鄉人來投者，決不存任何奢望；而劉秉楨的舊部鄉人則不然。相傳丁寶楨每至用度匱之，而又不願向藩庫預支養廉銀時，用皮箱一隻，內貯雜貨，外貼總督衙門封條，抬到典當押當一萬銀子，朝奉如數照付，不問箱中何物；當的是一張封條，亦即是總督的一方關防。到丁寶楨收到養廉銀，將原箱贖回，輒以爲常，從無人說過閒話。倘或劉秉璋亦有此一舉，言路必有舉劾者。丁寶楨可行者，劉秉璋未必可行，此亦「難爲繼」之一端。

不過，李劉雖有師生之誼，資格亦夠，而李鴻章既無意培植劉秉璋接班；劉秉璋亦不想接統淮軍。因爲李鴻章御將，時刻警惕的是，勿使「合而謀我」，所以採取「見神說神話，見鬼說鬼話」的單線領導方式，諸將之間，大致皆有矛盾，你不服我，我不服你，如劉銘傳，早就不願屈居偏裨，另求發展；劉秉璋的情況，約略相似，這正也就是李鴻章何以須別謀求才之道的原因。

李鴻章之看中張佩綸，有他的一把如意算盤；分析如下：

一、北派勢力方張，而張佩綸爲北派的靈魂，如能收服張佩綸，就眼前而論，消災救難，可救一時之急。

二、其時中國被迫接受列強挑戰，而應戰的途徑，也就是所謂國防政策，有「陸防」，「海防」兩大論爭；左宗棠主陸防，李鴻章主海防。李鴻章如果想實現他的主張，必須取得兩種支持力量，一是醇王的同意，二是清議的贊成。而這兩種支持力量的取得，都可透過張佩綸來達到目的。

三、湘軍平洪楊，淮軍剿捻，特定的任務皆已達成。淮軍的素質不如湘軍，早已暮氣沉沉；李鴻章既主海防，則淮軍對他來說，一無用處，反而形成一個包袱。李鴻章自己看得很清楚，他已由「中年戎馬」轉入「晚年洋務」的階段；但如不能在「戎馬」上有個替手，則即使海軍辦成，洋槍長矛雜出，打爛仗的淮軍，仍如冤魂纏腿，擺脫不掉。倘能培植張佩綸，由海防的理論開始，進而規劃，再進而統率；他本人則以首輔回京入閣辦事，主持總署。這一來淮軍的包袱不丟自丟；而洋務與海防的內外呼應協調，視戰力強弱，定和戰大計，外交國防循一定的方針進行，國力可以日漸充實，而不致於因爲立場的忽硬忽軟，政策的搖擺不定，發生掣肘、牴觸，一事無成，徒然暴露了許多弱點的現象。個人的勳業名望，當然亦由此而進入一個更高更穩的境界。

平心而論，李鴻章的打算，實在很高明。無奈事與願違；清朝的氣數，他個人及張佩綸的運氣都不好，馬江一敗，對他培植張佩綸的計畫，實在是個致命的打擊。張佩綸形象之受損，造成李鴻章左右對張的阻力，更甚於清議之認爲張佩綸不足恃。但李鴻章卻仍本初衷，援以贖金，約以婚姻，打算照預定計畫進行；但淮軍既得利益集團，奉李經方爲首領，純以鬧家務的方式來阻止張佩綸干預公事，連李鴻章亦無可奈何。

由前引梁鼎芬致張之洞函中，所述過天津與張佩綸晤談的情況，可以想見其處境；以及對李鴻章仍能發生相當作用的實況。張爲同治十年辛未科；梁爲光緒六年庚辰科，年輩較晚，本無淵源，但梁鼎芬的同窗同年于式枚，乃在北洋幕府，因于之介紹，方始相識。張在甥館，與淮軍將領無所往還；即與岳家諸郎，形跡小疏，可與談者不數人，一爲于式枚；一爲范肯堂。

當時北洋有「西席東床」之號，東床自是張佩綸；西床謂指于式枚則不然，于只司章奏，無非文字之役；范始參與密勿。沈雲龍教授「現代政治人物評述」內「通州三生——朱銘盤、張謇、范當世」一文云：

（張）季直……至光緒二十年甲午，始以恩科會試中第六十名貢士，旋應殿試，閱卷大臣仍爲翁同龢，乃以一甲一名賜進士及第，授翰林院修撰，年已四十二矣。時肯堂正客李合肥幕；合肥與常熟政見兩歧，張范遂亦異趣。未幾，中東衅起，翁李和戰之爭，世傳二公陰主之，蓋曾於家書中各露其微指也。范伯子（高陽按：范肯堂兩弟受學於兄，詩文並有時名，世稱「南通三范」，故肯堂自稱「伯子」）文集卷七，祭季直封翁潤之先生文有云：「嗟兩弟之兄弟，逐風塵之累遷；既酸鹹之各殊，亦升沉之各天。」

甲午之役，范肯堂主和與張季直主戰，其見解分歧之由在張季直入吳長慶幕，深知日本對韓國的野心，得寸進尺，了無止境，遲早必戰，不如早決；而范肯堂則熟悉北洋內幕，未足言戰。

海軍經費移用於修頤和園，北洋艦隊只是外強中乾的空架子，他人不知，猶有可言；翁同龢日在內廷，甲午之前，無軍機之名，有權臣之目，而夸夸其言，逼出李鴻章不得不孤注一擲的僵局；其中原委曲折，范所深知，頗爲不滿，詩集中有光緒十九年秋「剖瓜即事」一首，皮裏陽秋，嘲諷極妙；詩爲五古：

秋高氣始揚，剖瓜不在堂（高陽按：「不在」似為堂名），上有天蒼蒼，照此瓜心黃。瓜身一天地，青皮裡黃瓢，中有如許子，濁亂黃中央；萬黑四三白，一白肥而長。妻拿指笑語：此殆瓜中王。嗟嗟汝弗見，瓠子用斗量；諒此渺小物，天豈有意昌！見異把不釋，適肖愚夫腸。呼奴速進帚，掃置糞壤旁。

昆明湖初名大泊湖，又名西海；修清漪園時，整理擴大，匯爲巨浸。好大喜功，以漢武自命的乾隆，因易湖名爲昆明，設戰船，仿福建、廣東巡洋之制，命福建水師千總把總、教練香山健銳營兵弁水戰；每年夏天舉行水操。以後興廢不常，至咸豐庚申，清漪與圓明、暢春、長春諸園並焚，即未再舉。

直到光緒十三年，忽又舉行，並添設武備學堂；至頤和園落成，德宗猶曾奉慈禧觀操，至十六年停止。醇王即歿於是年冬天。所謂「昆明易渤海」，有這麼一段近於兒戲，自己騙自己的故事在內；可知此語非翁同龢所「託諷」。

頤和園最富麗之處有二，一爲排雲殿，據筆名「思舊上人」所輯「頤和園」導遊記：

（排名殿）宮門五楹，南向臨湖，額曰排雲門。門前銅獅二，左右太平花各一株，左枯，今存右一株。排衙石十二，形似十二屬，皆移自暢春園者。臨湖牌坊，南榜曰「星拱瑤樞」；北曰「雲輝玉宇」。湖岸碼頭為御舟停泊處；門內蓮池，中駕石橋，東殿曰「玉華」；西曰「雲錦」。

度橋登階，北上遞高，達二重宮門；門內東殿曰「芳輝」；西曰「紫霄」。正殿額曰「排雲殿」；內簷額曰「大圓寶鏡」。重簷四脊，上覆黃瓦，內外各五楹。內殿又橫列複道，以連左右夾室，凡二十有二楹；原為延壽寺之大雄寶殿基。殿前平台丹陛，周以白石欄，陛三出各九級。

台上分列銅龍銅鳳爐鼎香薰等，其左右分列銅缸四，右陛側置懸鐘銅架。殿內正中地平床，上設寶座、御案、宮扇；旁列琺瑯獅犼寶塔、香薰。床階下分列琺瑯仙鶴燭台，儀制略如仁壽殿。慈禧太后原擬以此作正寢宮，因原為佛殿基地，乃定居「樂壽堂」，則以此殿為慶典受賀之所。

排雲殿本慈禧定於光緒二十年甲午六十萬壽時，受賀之處。且不說海宇承平，但使無甲午東海熸師之慘，大典亦當照常舉行，則其盛況眞如郭璞遊仙詩：「神仙排雲出，但見金銀台」；天上王母不可見，疑人間固眞有王母。奈何彤「雲」密布，推「排」不開！同治甲子平洪楊，以女主戡定大亂，五千年史中一奇；但誠如蘇州人打話：「秀氣拔盡」；故以後慈禧逢甲皆不利。

同治十三年甲戌四十歲，獨子夭折，清朝帝系竟絕；光緒十年甲申五十歲，有中法之役；二十年甲午六十負；三十年甲辰七十歲皆大殺風景，蒼蒼者天，始終不讓她稱心如意過一個整生日。莫謂天道無知；眞如俗語所說：「善有善報、惡有惡報，倘或不報，時辰未到。」願我與讀者長壽，靜觀報應。閒話表過不提，再抄一段關於樂壽堂的記載，以見慈禧在庚子年逃難以前所享的那一份天家富貴：

北堂七楹，榜曰「樂壽」，為德宗御書，因乾隆舊名重建，乃慈禧皇太后燕寢之宮。階下左右分列銅鹿銅鶴鑪薰各二；銅瓶銅缸各一。堂中設寶座、御案、圍屏、宮扇、花台、果盤、魚缸、墩瓷、桃式銅鑪薰諸物。前堂南出者五楹；後堂北出者三楹！於夾室之半為左右複室各一楹。

太后寢室梳妝常在西室，帳褥及坐龍靠背，仍當年舊物；晝息更衣則在東室。進膳在堂中寶座前，臨時設餐案，中左右凡三，膳房例饌分列左右案，器皿金底銀蓋；進時挨次撤蓋捧上。餐前於階下東列銅鹿銅鶴前置鑪案，張、魯二監手制七八食品進，名曰「上作菜」。

按：「上作菜」之名，不見於其他任何有關清宮的記載。張、魯二監，不知爲誰？張可能是「小德張」，待考。觀其記載，如目前若干大餐館，對客調製牛排、炸野雞片，出鍋即上桌的情形相似，此爲前朝帝皇所未有過的享受。

以下記慈禧在園的起居：

太后黎明即起，妝盥畢進早點。八時前於堂前乘八人肩輿張黄蓋，出德和門，御仁壽殿，召見臣工。

班次在五六起上，至遲十時退御，還宮傳早膳，餐後午息一時，披覽章奏訖，乃出遊，煙茶等一切用具隨輿；司銀庫監亦攜銀錁隨從，備須賞也。太后嗜水煙，用時侍監跪進，紙拈擺動即燃，不假口吹；一吸撤出，他監又另易侍候時御，再次一如之。吸畢隨沖洗，另候傳進。

下午四進傳晚膳，既昏便入寢宮，內室臥榻前，秀女輪班侍值，堂內外內監分值；侍植諸監，常著袍褂，在御前執褻者，則於外褂上高紮護襟，亦不得易用便服，有過即責以杖。

東西配殿各五楹，為秀女休憩室，堂側廊北東西二室，為侍上老女僕張媽等五住所；秀女數十人均由張管領。庚子外兵入都門，太后乘輿經此，至仁壽殿前折出，易乘便車；張登後輿倉卒西幸，患難相從，因而恩眷特隆耳。

至於海軍之不能擴充增強，由於經費移用於修頤和園，固爲主要原因；而非唯一的原因。翁同龢曾經奏定，海軍在十一年內不得添購一槍一炮，則即有經費，亦不能用於海軍；而翁同龢之所以有此一奏，則以北洋經辦軍火採購，弊端叢生之故。是故李鴻章仍須對甲午戰敗負大部份責任。

甲午之役起因，可追溯至十年前的甲申。王伯恭「蜷廬隨筆」，記此案極詳；王伯恭名儀鄭，爲翁同龢門生，被薦入北洋機器局，多聞內幕，又曾客韓，與袁世凱相熟，所記多未經人道，但亦頗有未諦之處，其隨筆中「甲申朝鮮政變始末」云：

中國人之健忘，有極可笑歎；而貽禍君國，幾召滅亡，尤可駭痛。甲申朝鮮之亂，中日定約，同時撤防，以後有必須出師者，彼此知照同時進兵，不得一國背約，私出軍隊。

訂約時，朝旨派吳大澂、續昌前往蒞盟。乃吳續二公到漢城後，韓人問其有無全權？答曰：「無之。」韓人曰：「既無全權，不得與聞。」吳續二公，以此進退維谷，難於覆命。乃謀於項城，覓得其稿閱之，遂據以返報。時清卿為幫辦北洋大臣，彥甫亦官侍郎，項城方以同知保升知府。吳續二公德項城，欲與通譜稱兄弟，袁不敢承，乃以師禮侍二公焉。

防軍撤後，項城以管帶改為通商委員，戊子己丑之間，項城電告合肥，謂朝鮮已潛降俄羅斯，降表為其邏得，請速派海軍提督丁汝昌，率戰艦往問其罪。合肥忘甲申中日之約，遽電丁提督東波。而丁方巡海長崎，兵士與日警相爭未解，不能奉令即往。事又旋為韓人所聞，國王遣其參判李用俊，奉表來京，辯無其事，且謂降表係袁偽造云云。政府久以朝鮮事專責合肥，不更為計，而合肥又以彼中之事，偏聽項城，以此國王雖有表章，亦置不理。

按：吳大澂與續昌的頭銜，分別爲「查辦大臣會辦北洋事宜左都御史」，及「查辦大臣辦理奉天海防兩淮鹽運使」，其時朝鮮爲藩屬，內部發生變亂，故中朝出以「查辦」的名義，實際上

則以英美駐日公使之調處，與日本外務卿井上馨談和；至漢城後，吳續因不具全權身分，井上馨拒絕會晤。吳大澂則得袁世凱之助，突入正在舉行日韓會議的朝鮮政府，提出警告，命查辦亂黨，勿與日本草草訂約；與井上彼此怒顏相向。吳大澂完成此一示威行動，對「查辦」的任務，算是有了一個交代。

至所謂「戊子、己丑間」，袁世凱電告李鴻章，謂韓人已潛降俄羅斯，事在十四年九月底，袁世凱據英國消息，謂俄韓訂立密約。李鴻章電出俄國的洪狀元（鈞）查詢，消息不實。王伯恭又記：

自是韓人與項城，遂不相能，復遣李用俊來華，輦金以求撤袁。而合肥復忘光緒八年與朝鮮訂約，互派通商委員，如有不合，彼此知照立即撤回之條，以項城為所保薦，迴護前奏，終不肯易，且疑朝鮮人之不免詭詐也。是役以丁汝昌未率艦隊往討，日本人初無聞知，故能相安無事。

按：韓王確曾兩次請調袁世凱，第一次在十四年七月；第二次在九月。其實韓王有一政治顧問美國人德尼，與袁世凱不和；請調袁世凱，當出於此人的建議。及至李鴻章始終支持袁世凱，德尼遂向韓王辭職，但逗留漢城不去，挑撥中日關係。王伯恭又記：

至甲午夏，項城電告合肥，以朝鮮新舊兩黨相爭為亂，漢城岌岌，請速派兵往平。合肥仍不記前約，奏派直隸提督葉志超，率眾赴之。而提督聶士成，自請先往詳探；聞吾禮闈報罷，屬其幕友李穀生入都，請吾同往，以吾曾客朝鮮，與其國士大夫多相識，或可訪得其實也。

余謂：「事本無忌，可以一電安之，不勞眾動。」穀生言：「行期已定，不可中止。」余謂：「既如是，幸毋多帶兵卒，吾將歸省，不克偕往，君其善為我辭。又吾聞葉軍門頃以洪蔭之為軍師，洪雖北江先生之曾孫，其人兼誇詐陰險之長，吾丙戌春與之同寓勒省旃上海寓中，相處三月，深悉其底蘊，煩告葉君，未宜傾心待之也。」葉統兵至朝鮮，初無亂事。

項城曰：「公歸，韓人又蠢動矣，請姑駐兵平壤，以坐鎮之，俟人心之大定，再班師可也。」項城見洪蔭之，極為傾倒，蔭之亦不俗遽去，因慫勇葉公暫駐平壤。

按：勒省旃名方琦，江西新建人，曾任江蘇、福建、貴州等省巡撫。洪蔭之即洪述祖；「北江先生」謂洪亮吉。洪述祖之長子洪深，留專攻戲劇，與田漢齊名；先德後裔，皆有大名，洪述祖本人的名氣亦不小，爲民初刺殺宋教仁的主角，於民國八年四月伏法。沈雲龍教授曾作「暗殺宋教仁案的要犯洪述祖」一文，收入「近代政治人物論叢」，於洪之生平，考證詳明，堪爲信史；惟於「洪述祖之政治淵源」漏去與葉志超、袁世凱一段；「蜷廬隨筆」所記，可補沈文不足。而王伯恭謂洪述祖「兼誇詐陰險之長」，證之後來事實，不可謂王伯恭無先見之明。王伯恭又記：

> 平壤者，箕子故鄉，尚有井田，為朝鮮通國勝境，官妓尤多；葉公至，徵歌選舞，顧而樂之，將老是鄉矣。而日本聞葉提督率兵入其國，大驚；以為輕背前約，是必將夷為郡縣也，因議大出師，與中國爭。事為合肥所聞，亟奏請撤戍。

而是時張季直新狀元及第，言於常熟，以日本蕞爾小國，何足以抗天兵，非大創之，不足以示威而免患。常熟韙之，力主戰。合肥奏言不可輕開釁端，奉旨切責。余復自天津旋京，往見常熟力諫主戰之非，蓋常熟亦我之座主，向承獎借者也。乃常熟不以為然，且笑吾書生膽小。

余謂：「臨事而懼，古有明訓，豈可放膽嘗試？且器械陣法，百不如人，似未宜率爾從事。」常熟言：「合肥治軍數十年，屢平大憝，今北洋海陸兩軍，如火如荼，豈不堪一戰耶？」余謂：「知己知彼者，乃可望百戰百勝，今確知己不如彼，安可望勝？」常熟言：「吾正欲試其良苦，以為整頓地也。」余見其意不可回，遂亦不復與語，與辭而出。到津晤呂秋樵，舉以告之，秋樵笑曰：「君一孝廉，而欲與兩狀元相爭，其鑿枘也固宜。」

按：張謇從恿翁同龢主戰，亦有與袁世凱爲難之意在內。光緒十年，張謇有與袁世凱絕交書一通，爲瞭解袁世凱早年情況，及如何在韓崛起的最佳史料，特分段引錄，並加注釋如下：

筱公內調金州，以東事付司馬，並舉副營而與之，竊想司馬讀書雖淺，更事雖少，而筱公以三代世交，肫然相信，由食客而委員，由委員而營務處，由營務處而管帶副營，首尾不過三載。今筱公處萬不得已之境，僅挈千五百人退守遼海，而以中東全局為司馬立功名富貴之基，溯往念來，當必有感知遇之恩，深臨事之懼者，及先後見諸行事，及所行函牘，不禁驚疑駭笑，而為司馬悲恨於無窮也。

「筱公」指吳長慶，字筱軒，安徽廬江人。父廷香以舉人在籍辦團練，咸豐四年殉難，贈雲騎尉世職；由吳長慶承襲，並繼領鄉團，從官軍立有戰功，授官守備。李鴻章創淮軍，吳長慶所部編爲慶字營；剿捻時頗具勞績，賜號巴圖魯，賞穿黃馬褂。光緒六年以廣東水師提督幫辦山東軍務；八年朝鮮內亂，奉命領軍艦三艘，渡海按治。朝鮮內亂係李王之父，號稱「大院君」者所策動；吳長慶直入王宮，挾大院君至海口，登艦送至天津，復擊散亂黨。十年移防奉天金州。

袁世凱，河南項城人。袁氏爲大族，世凱叔祖袁甲三爲名御史，咸豐三年佐侍郎呂賢基辦團練，保障江淮，厥功甚偉，官至漕運總督；以欽差大臣督辦安徽軍務，同治二年病歿，諡端敏。袁甲三有一侄名保甲，字受臣，即爲袁世凱生父，世凱出嗣於胞叔保慶；嗣父既歿，袁世凱以少小無賴，不容於族里，不得已往山東。

按：公孫子陽即公孫永，晉末高士；馬文淵即馬援。「公孫子陽見馬文洲」，不知何所喻。待考。「老師、先生、某翁、某兄」的稱呼變化，多知爲袁世凱既貴以後之事，據此，則未貴已是另一副面目。「支應所」亦糧臺之一，惟以司銀錢出納爲主。張謇早年即具經濟才，此亦一證。

筱公以副營畀司馬，有舉賢自代，衣缽相傳之意，受人知者，雖其人之一事一物，亦須顧惜，而司馬自矜家世，輒嘩然謂：「是區區何足奇？便統此六營，亦玷先人。」夫子孫當思祖父所以榮當時而福後人者，兢業以紹其休，不應蹈君家公路本初四世三公之陋說。且由司馬之說，則令叔祖端敏公，令堂叔文誠公，進士也，尊公及令堂叔子九觀察，舉人也，司馬何以並不能博一秀才？玷有先於此大於此者，何不此之恥，而漫為夸說，使人轉笑筱公付託之非，易一人而如此焉，司馬謂其尚有良心乎？

「公路、本初」謂袁紹、袁術。端敏爲袁甲三之謚；文誠爲袁甲三之子保恆，官至戶部左侍郎，謚文誠。「尊公」謂袁世凱生父保中；「子九觀察」謂其嗣父保慶，官至江南巡道。

筱公於北洋，三十餘年之舊部也；司馬於北洋，輾轉因緣而竊承其呼吸者，裁年餘耳！司馬嘗為僕等說李某忌文誠公事；憤恨不已；今何以裁得其一札，公牘私函，便一則曰「稟北洋」，再則曰「稟北洋」，豈昔所謂怨者，今已修好耶？抑挾北洋之虛聲，以籠罩一切耶？抑前所云者，不過因李某方冒天下之不韙，而姑假此說以附清議之末耶？

按：「李某」指李鴻章。袁保恆曾爲左宗棠司糧臺，而李、左素不和，則李鴻章之忌袁保恆，自無足怪。所謂「李某方冒天下之不韙」，指中法衝突中，李鴻章主和議而言。

願司馬息心靜氣，一月不出門，將前勸讀之「呻吟語」、「近思錄」；「格言聯璧」諸書，字字細看，事事引鏡，勿謂天下人皆愚；勿謂天下人皆弱，腳踏實地，痛改前非，以副令叔祖、令堂叔及尊公之令名；以副筱公之知遇，則一切吉祥善事，隨其後矣！此信不照平日稱謂而稱

「司馬」，司馬自思，何以至此？若果能復三年前之面目，自當仍率三年前之交情，氣與詞涌，不不覺刺刺；聽不聽，司馬自酌。

未幾，吳長慶赴朝鮮，袁世凱始有委員的名義；由於吳長慶另一幕客朱銘盤的推薦，得以會辦營務處，此職即現代兵制中的參謀長。光緒十年四月，中法議和，吳長慶內調時，分兵一半交袁世凱率領留駐朝鮮；官職亦已保至同知，所以張謇稱之爲「司馬」。

袁世凱得吳長慶一手提拔，及吳一離朝鮮，「不兩月，自結李相（鴻章），一切更革，露才揚已」，頗令吳長慶難堪。這便是張謇致書切責的由來。

司馬初來，能為激昂慷慨之言，且謙抑自下，頗知向學，以為是有造之士，此僕等貿然相交之始。迨司馬因銘盤一言之微，而得會辦營務處之號，委札裁下，銜燈煌煌然，迎謁東撫，言行不掩，心已稍稍異之，然猶以少年氣盛，不耐職事，需以歲月，或有進境也。

按：吳長慶雖爲武官一品，但巡撫掛兵部侍郎銜，故提督謁巡撫亦須「堂參」，易言之，山東巡撫陳士杰爲吳長慶的上司，而袁世凱爲吳長慶的部屬，越次迎謁東撫，便有將凌吳長慶而上

之心，故張謇、朱銘盤心以爲異。

僕等與司馬雖非舊識，貧賤之交，而往春初見，雖詡詡作公孫子陽見馬文淵之狀，一再規諷，不少愧悔，此一可笑，謇今昔猶是一人耳，而老師先生某翁某兄之稱，愈變愈奇，不解其故，此二可笑，謇司筱公支應所，司馬既有領款，應具領結，謇因司馬問領結格式，遵即照寫，輒斥為何物支應所，敢爾誕妄！不知所謂誕妄者何在？勿論公事矣，謇於司馬平昔交情如何？而出此面孔，此三可笑！

按：「呻吟語」明朝呂坤所作，分內外兩篇，內篇分性命、存心、倫理、談道、修身、問學、應務等七門；外篇分世運、聖賢、品藻、治道、人情、物理、廣喻、詞章各門。「近思錄」則朱熹、呂祖謙合撰，輯錄濂溪、匯渠、工程語錄六百餘出，指示道學要旨，勸袁世凱看此書，根本就是看錯了人。「呻吟語」爲理學入門之書，雖較淺近實用，但呂坤別號「去僞齋」；文集即名「去僞齋文集」，而袁世凱最喜作僞，勸看此書，只增其作僞之術而已。

張謇與朱曼君所以能寫如此措詞不客氣的話，除了教過袁世凱讀書；替他改過文章這重師弟的關係以外，袁世凱一生的功名富貴，實亦由於張、朱一言所致。張謇之子孝若所撰「南通張季

直先生傳記」第一篇第四章，記張謇佐吳長慶赴朝鮮平亂一事云：

朝令下來，急於星火，差不多立刻就要出發；但是所有的準備，都要我父一人擔當處理；而且限期既非常迫促，應佈置的事，又一件也不能耽擱。所以我父計畫出發，和前敵的軍事，寫奏摺，辦公事，實在忙得不可開交，嘴裡說，手裡寫，白天忙不了，夜間接續辦，實在是煩苦得很。

在這時適當鄉試的時候，吳公叫袁世凱去考舉人，袁心裡實在不情願，嘴裡又不好意思回。我父當時一個人對付內外之事，實在也忙不了，就對吳公說：「大帥不要叫慰庭去考了，就讓他幫我辦辦出發的軍事罷。」我父這樣一說，吳公自然立刻就答應了，於是我父就派袁趕辦行軍應用的各種物件；那曉得限他五六天辦好的事，他不到三天，就辦得很為妥當齊備，我父很稱讚他有幹才，出發時，就接下來派他執行前敵營務處的差使。

但據「容庵弟子記」袁世凱被委爲前敵營務處，乃由於在朝鮮馬山登陸後，袁世凱能整飭紀律之故，原文云：

日本兵隊由仁川口登岸，帆檣相望，彼此戒嚴。清軍以久無戰事。紀律稍弛，分起開行，稽查難周；姦淫擄掠，時有所聞。吳公以為恥，商請公設法整飭。部將多吳公舊侶，素驕縱，復多讒阻；公因曰；「禁騷擾不難，得帥信非易耳。」吳公默然。逾日滋擾愈甚，公入帳請吳公出外，仰觀山坡，遺物堆集；吳公問何物？公曰：「兵丁掠民間什物，其粗劣者委棄於道也。」又曰：「王師戡亂，紀律若斯！遺笑藩封，玷辱國體，帥其勉旃，我請從此辭矣！」吳公大驚，變色誓曰：「請汝放手為我約束，有聽讒謗者，非吳氏之子孫。」

公乃傳令各營，有入民居及離伍者斬；適有犯令者，立斬數人傳示。有韓紳控姦狀其婦者，公徒步往查，親督搜捕，竟日夜不食，卒獲犯手刃之；厚恤韓紳家。滋擾稍斂，然仍未絕；公白吳公曰：「徒戳兵丁無益，其約束不嚴之官弁，須加懲治乃可。」吳公然之。檄公總理前敵營務，許以便宜行事。乃擇官弁中約束尤疏者，撤辦數人；將士懾服，不改犯絲毫，軍聲乃振。

沈祖憲、吳闓生所編纂的「容庵弟子記」，雖不免多所誇飾，但如上所記，大致可信，因非有「前敵營務處」的名義，不能執行參謀長的任務。而朱曼君、張謇保袁才堪任此，亦是實情。惟此職非同小可，豈能以素無軍旅經驗者充任？度當時情況，吳長慶雖已納朱、張之言，亦必須親見袁世凱的魄力才具，始能畀以此一名義。又突入韓宮定亂經過，乾淨俐落，亦非紀律不嚴之部隊所能擔任。

總之，張季直的這封絕交書，爲了救主情殷，爲新逝的吳長慶不平而痛斥袁世凱忘恩負義，固足以博人同情；但抹煞袁世凱嶄露頭角時的才幹，未爲持平之論。朝鮮問題演變爲甲午之戰，就初期而言，李鴻章要負主要責任；但李鴻章亦有苦衷，恭王下台，朝中無可恃之人，洋務、軍務都落在他肩，而又有建設海軍之議，則於越南、朝鮮兩爭端之地，只有抱著息事寧人的原則，只是所謀未善，事雖息而人未寧；光緒十一年初，與日本宮內大臣伊藤博文、農務大臣西鄉從道在天津所訂條約，尤爲謬誤；「中日天津條約」共三款：

一、兩國屯朝鮮兵，各盡撤還。

二、朝鮮練兵，兩國均不派兵爲教練官。

三、將來兩國如派兵至朝鮮，須先行文知照。

這一來朝鮮即由中國的藩屬，變爲中日共同保護國。易言之，日本在朝鮮已取得與中國相同之地位。而李鴻章懵然不覺；總署更不覺其有何變異，猶以朝鮮的宗主國自立，因而生出許多國際公法上的糾紛；連美國亦大感困擾。

光緒十三年八月，詔「朝鮮派使西國，必須先行請示，俟允准後再往，方合屬邦體制」；其時朝鮮已派定朴定陽出使美國，因有此詔，無法公開成行，只好入夜悄悄溜出漢城。袁世凱即以朝鮮通商委員的身分，追究此事；其演變經過，據郭廷以「近代中國史事日誌」，摘引如下：

八月初八：袁世凱為派使事，嚴責朝鮮領議政沈舜澤。沈即將朴定陽追回，並允派員內渡謝罪。

八月十二日：漢城美照會袁世凱，質詢其干預朝鮮派使赴美（袁駁之）。

八月二十二日：朝鮮國王咨禮部，請示派使西國。

九月初三：允朝鮮用屬邦體例派使西國。

九月初四：李鴻章電袁世凱，朝鮮派使應為三等公使，勿用全權字樣。

九月二十四日：李鴻章電袁世凱，朝鮮派使各國，應遵守三端：一、先赴中國使館具報，由華使挈同赴外部。二、朝會公讌，應隨華使之後。三、交涉大事，先商請華使核示（尋韓王及外署均覆允照辦）。

十一月二十六日：朝鮮使臣朴定陽抵華盛頓（不赴中國使館具報，不遵華使張蔭桓約束）。

十二月一日：袁世凱以朴定陽違背定章，照會韓廷電飭遵行。

十二月五日：朝鮮使臣朴定陽覲見美總統。

十二月十日：李鴻章電總署，韓王請删派赴西洋韓使先赴中國使館具報，由華使挈赴外部一端。不允。

十二月二十二日：李鴻章電袁世凱，詰問赴美韓使朴定陽違章。

十二月二十八日：韓廷照覆袁世凱，朴定陽自認違章，待其返命，當示誡警。

光緒十四年三月四日：李鴻章得袁世凱電，朝鮮派赴俄英德法義之使臣趙臣熙，將自香港起行。（趙鑒於朴定陽案，未成行，光緒十六年正月回韓。）

三月三十日：韓廷商請袁世凱勿堅持懲朴定陽，袁不允。

三月三十日：袁世凱電李鴻章，朝鮮赴美使臣朴定陽已回，即以該使在美不遵中國欽差約束事嚴詰韓廷（此案經年餘尚未了）。

五月二十八日：美使田貝照會總署，詢中國派駐朝鮮之袁世凱是否即係辦事大臣，抑係二等三等欽差大臣。

六月五日：李鴻章函復總署，謂袁世凱之職權與各國公使大臣權位相等。

六月十一日：總署函復美使田貝，謂朝鮮為中國屬國，袁世凱職任權利斷不少於各國公使大臣，美國不必過問。

八月初四：袁世凱連日與朝鮮大臣晤談，堅持懲朴定陽。

十月二十六日：李鴻章與朝鮮駐津陪臣金明圭筆談，堅持懲朴定陽，並斥其撤換袁世凱之請

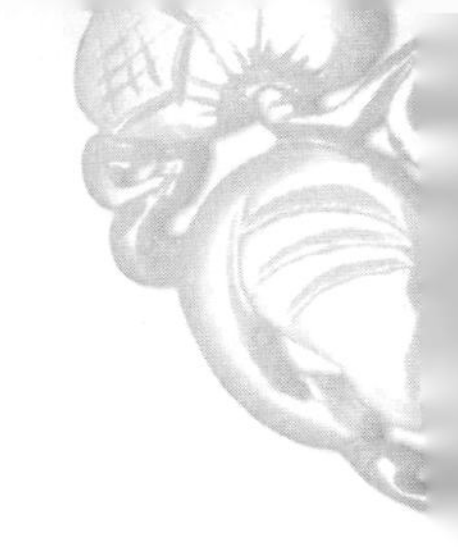

（韓王曾咨禮部請撤換）。

如上摘錄，足以看出，李鴻章爲求敷衍朝廷，對朝鮮只以保持表面的宗主權爲己足；而袁世凱承李鴻章之命，在朝鮮一味採取高壓手段，務以摧折朝鮮在國際上的顏面爲能事，因而美國在朝鮮的客卿，頗爲不平。

但英國外交人員，類多老奸巨滑，則以在朝鮮支持袁世凱，藉以換取藏邊交涉的有利進展。因此，美國人對朝鮮的支持，對李鴻章並未構成困擾，而日本在暗中的活動，在朝鮮已逐漸形成不穩的情勢。

光緒十八年四月，袁世凱母喪假滿，重回漢城後，加強了唐紹儀代理時期，對朝鮮已漸形放寬的控制，使得日本大感刺激，遂由井上馨倡論採取強硬政策。

「容庵弟子記」，十八年十月，日本改派駐韓公使後情事云：

日派大石正已來漢充駐韓全權正使，而韓王及妃，方以稱壽集倡優數百為樂，歷時不散，賞賚費百萬貫；庫儲如洗，官兵薪餉久未放，人盡切齒。盜賊公行，街巷夜斷行人。

又任用閔泳駿，貪愎怙權，百方聚斂，官職非賄莫得。而庫無一米一錢，上下交困，寇賊紛起；公使鄭秉夏與諸近臣等，切言時弊，皆噤不敢發。王方耽樂不顧，公乃慨然知韓之必亡矣。自船局駛仁後，華商務益盛，惟釜、元兩口無華船；鄭秉夏以王命請代購華船一艘，駛行各口。大石倡言，欲聯各國脅華扶韓自主，稱華海關員可逐；韓五國使可遣附日，諸人聞之頓增氣勢云。

十九年正月，韓派閔應植充海軍統禦使，帶兵五百駐南陽府。公以其政亂民貧，事同兒戲；閔應植來問計，公曰：「貴國貧甚，且無水師才，事非所急，宜先設學教練，籌款購炮雷，姑為自守之計。且南陽非衝要，應移駐江華。」公每囑韓近臣勸王節用愛民，慎外交；親信北洋，時通咨問。遣學生赴津，在水師武備各學堂肄業，漸圖自強之計。

大石爲日本對朝鮮改採強硬政策的執行者，故與袁世凱不和。至於朝鮮內政腐敗，則袁世凱自應負責；因爲他在漢城是「太上皇」，如處置朴定陽案，嚴厲異常，而韓王不得不從，既然如此，何不勒令改革？閔泳駿爲韓王外戚，但閔家爲大族，豈無賢者？袁世凱如不以閔泳駿爲然，何不請韓王另用閔氏族人？事實上袁世凱在漢城作威作福，與閔泳駿根本是同流合污的。

朝鮮在這種情況下，必生內亂，只是遲早間事。自金玉均之亂後，政權復歸舊黨：舊黨以事大爲宗旨，內又分事清、事俄兩派，內鬥甚烈，於是東學黨乘時而起，黨魁崔時亨，自號「緯大

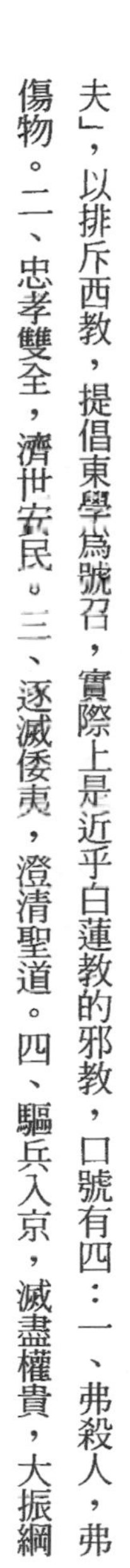

夫」，以排斥西教，提倡東學爲號召，實際上是近乎白蓮教的邪教，口號有四：一、弗殺人，弗傷物。二、忠孝雙全，濟世安民。三、逐滅倭夷，澄清聖道。四、驅兵入京，滅盡權貴，大振綱紀，立定名分，以從聖訓。

於光緒二十年二月間起事，糾眾五六萬人，以全俸準爲總督，自全羅道傳檄四方，殺官劫庫。韓王派兵征討，連番失利，乃向中國乞援。李鴻章乃派葉志超、聶士成率淮軍一千五百名往朝鮮，並按天津條約，由駐日公使汪鳳藻通知日本。

其時伊藤博文正遭遇政黨危機，爲了轉移其國內的視線，當然不會放過這麼一個可以在外交上有所作爲的機會，於是由外相陸奧宗光訓令其駐華公使小村壽太郎照會中國，否認朝鮮爲中國屬邦。同時由日本朝鮮公使大鳥圭介率兵四百餘人，較葉志超早一步到達朝鮮，接著又派軍八百抵達仁川。

而一方面李鴻章與袁世凱，另一方面陸奧宗光及整個日本內閣與大鳥圭介，展開了一場外交戰，李鴻章上了日本的大當。

茲先據「近代中國史事日誌」摘錄雙方交涉經過如下：

五月初九：日使大鳥訪袁世凱，商中日共同撤兵（華不添兵，日續來兵原船回日）。

五月十日：①袁世凱訪大鳥，再商撤兵問題，要求阻止日軍續來。②袁世凱電李鴻章，已與大鳥商妥撤兵（昨日所談），李即電令葉志超軍留駐牙山，訂期內渡，不再續派。③陸奧電大鳥，令日軍即入漢城，暫不撤返。④日軍續自仁川開赴漢城。

五月十一日：①日本閣議，決向中國提出共同改革朝鮮內政要求。②李鴻章電令袁世凱速與大鳥訂明撤兵日期，索取文字憑據。③袁世凱再勸大鳥撤兵。

五月十二日：日本閣議，決不撤兵，如中國不允共改韓政，日即獨立任之。陸奧電大鳥，告以政府決心，不可撤兵。

五月十三日：陸奧告汪鳳藻，韓亂未平，擬中日會剿，並共商善後，更改韓政（汪即電李鴻章）。

五月十四日：①陸奧宗光正式照會汪鳳藻，主會剿韓匪，共同整頓韓政，派員教練韓軍（天津日領事同時通知李鴻章）。②汪鳳藻電李鴻章，日本佈置，若備大敵，我宜厚集兵力，隱伐其謀，俟餘孽盡平，再與商撤兵（李不以然，恐日疑我必戰）。

五月十五日：①李鴻章電汪鳳藻，拒絕日本共改韓政及會剿要求。②李鴻章電囑葉志超切勿移兵近漢城（葉曾以日軍在仁川漢城備戰事告李）。並另電袁世凱，不主增兵。③袁世凱連電李鴻章，大鳥食言，日軍續來，漢城鼎沸，請先調水師，續備陸師，並請各國公使調處。

五月十六日：汪鳳藻、袁世凱分別電請李鴻章增兵。

五月十七日：總署電李鴻章，韓驚擾已甚，宜令袁世凱鎮靜，各國調處有損中國體制。

五月十八日：李鴻章電袁世凱，勸韓堅拒日要求，勿餒勿怖。

五月十九日：陸奧覆汪鳳藻，謂中日所見相違，日決斷不能撤退駐朝鮮之兵（所謂第一次絕交書）。

五月二十日：①陸奧電大鳥，中日談判不成，衝突難免，日決不撤兵，貫徹改革韓政主張。②日本大本營令第五師團續向朝鮮開拔（仁川日兵二千餘名，夜進漢城）。③李鴻章電總署，日兵六千分駐漢城仁川，我再多調，日亦必添，不易收場。

五月二十一日：袁世凱電李鴻章，大隊日兵續來漢城，韓廷已為日本自主改政之說炫惑。

如上前後不足兩星期的折衝，很明顯地可以看出來中國方面已落了下風，深入分析，可以獲得如下數點瞭解：

一、日本的攻防，以駐韓公使大鳥、駐華公使小村爲第一線；外相陸奧爲第二線；由首相伊藤博文指揮，而有整個內閣及明治天皇的支持。中國則以袁世凱及汪鳳藻爲第一線；李鴻章爲第二線，作戰、參謀一身任之，總署事實上未發生多大作用。

二、日本傾全力以經營，有宗旨、有步驟、作戰與指揮之間；第一線與第二線之間，職掌分明，絲毫不亂。反觀中國，一直未發覺問題潛在的嚴重性，及至有所覺，已成燎原之勢。而且汪鳳藻與袁世凱所見各異，步調不一，愈致不利。

三、最大失策，在李鴻章爲袁世凱所誤，一心以爲鴻鵠之將至，日本定會撤兵；這張底牌爲日本所看穿，於是著著進逼，由五月初九大鳥訪袁世凱商中日共同撤兵，至十九日日本發佈第一次絕交書，旬日之間，變化如此！

走筆至此，接「淡水河」編輯先生轉來台北市廣州街二號張鼎銘先生惠函，以四月十七日拙作，「公孫子陽見馬文淵不知何所喻」，指出「西漢末，蜀人公孫述據成都稱帝，馬援與述同里閈，承隗囂命往觀之，囂（高陽按：應作述）盛陳陛衛而後見援……援歸謂囂：『子陽，井底蛙耳！』故此公孫子陽指公孫述而非公孫永！否則與『張飛大戰尉遲恭』有異曲同功之妙矣！」云。

按：此爲筆者當時錯記公孫子陽爲公孫永，一時懶於檢書，遂有此誤，下筆輕率，致爲張鼎銘先生所調侃，慚愧之至。特此訂正，並向張先生致謝；仍接談光緒二十年五月間之事。

當中日關係正緊張之際，忽又發生一大意外事件，而李鴻章的處置，過於輕率，亦爲一大敗筆。此一意外事件，須從光緒十年，朝鮮維新黨起事談起。

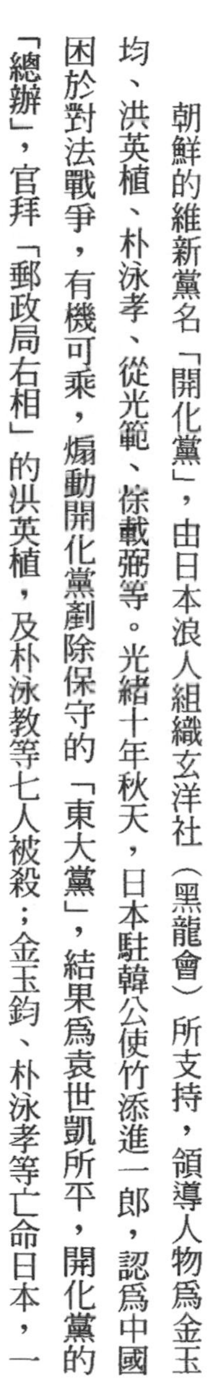

朝鮮的維新黨名「開化黨」，由日本浪人組織玄洋社（黑龍會）所支持，領導人物爲金玉均、洪英植、朴泳孝、徐光範、徐載弼等。光緒十年秋天，日本駐韓公使竹添進一郎，認爲中國困於對法戰爭，有機可乘，煽動開化黨剷除保守的「東大黨」，結果爲袁世凱所平，開化黨的「總辦」，官拜「郵政局右相」的洪英植，及朴泳教等七人被殺；金玉鈞、朴泳孝等亡命日本，一直由玄洋社豢養。而朝鮮保守黨始終欲得之而甘心。

光緒十九年年底，朝鮮派出兩名刺客到日本去活動。此兩人一名李逸植，目標是朴泳孝；一名洪鍾宇，目標是金玉均。洪鍾宇是洪英植之子，據說他痛心於其父之喪命，是上了金玉均的當之故，所以行刺金玉均，有爲父雪恨之意。

當然，這話不知眞假，但以他的身分必會金玉均所親信不疑，是毫無問題的；光緒二十年二月二十二日，洪鍾宇將金玉均騙到上海，投宿於虹口日本旅館「東和館」時，下了毒手。同一天，李逸植在東京刺朴泳孝，事敗被捕。

同爲刺客，命運不同，據「容庵弟子記」：

二十年二月，金玉均自日赴滬，為韓人洪鍾宇所殺；韓請解洪鍾宇回國，並載金玉均屍備驗。公以韓臣多與金玉均通書，如發覺必興大獄，請飭滬道檢其行李，凡文籍文件均焚之。韓人李逸植謀刺朴泳孝於東京，不成，日遣捕役在韓館逮韓人權東壽以去。

韓王忿怒，擬撤回駐，與日絕好，公為調處之，乃解。

洪鍾宇係於二月二十九日被捕，朝鮮要求自行處理此案。李鴻章即電上海道聶緝槼，將洪鍾宇及金玉均屍體，交朝鮮駐天津的官員，並由北洋派軍艦一艘，於三月七日送到朝鮮仁川。在此以前，日韓關係因日本拘捕李逸植，朝鮮搜查日本駐韓公館，及撤回駐日公使俞焕箕而趨於緊張，此時大鳥要求朝鮮勿再戮金玉均之屍被拒，而益形惡化。金玉均屍體被凌遲一事，在日引起極大的震撼，玄洋社員爲金玉均遺髮舉行盛大葬儀，並要求外相陸奧對中國宣戰；眾議院討論金玉均案，認作對日本之侮辱。據王信忠所作「甲午戰前之中日外交政策」一文，記當時內幕云：

玄洋社員的野半介謁外務大臣陸奥宗光，請求對清宣戰。陸奥雖久蓄復振在韓勢力之決心，然以一亡命客之死而對清宣戰，終不可能。乃介紹往見負軍事實際責任之參謀次長川上操六。川上早蓄謀韓野心，對清韓軍事已積極準備，曾親自赴華視察，復計議派員調查朝鮮東學黨情況，是否有可乘之機，然亦認為金玉均事件不足藉口，勸的野與玄洋社員等另尋口實，謂「君為玄洋社之一人，聞貴社為濟濟遠征黨之淵藪，豈無一放火之人手？若能舉火，則以後之事為余之任

務，余當樂就之」。

的野回後，復介紹玄洋社領袖平岡浩太郎往謁川上，談大陸政府，日本軍部之對韓野心可知。適數日後東學黨亂事猖獗，全州失陷，韓廷乞援中國，日本乃藉口出兵，口實既得，對韓政府發動之機至矣。

按日本參謀本部調查員伊知地幸介，於四月二十日到朝鮮；是日即爲玄洋社爲金玉均舉行盛大葬儀之日。伊知地幸介於四月廿六日回日本，在此數日中，袁世凱已與韓王定策，請北洋派兵助韓定亂，適足以爲日本資作派軍之口實；而東學黨作亂，其勢愈熾，必有玄洋社在幕後支持，殆亦可想而知。

洪鍾宇刺金玉均一案，是否袁世凱所策動，已難查考；但當日本內閣已決定派一個混成旅至朝鮮時，日本駐韓代辦杉村訪袁世凱，盼華速代韓戡亂，而袁竟電李鴻章謂，「杉與凱舊好，察其語意，重在商民，似無他意。」對日本方面的種種陰謀，掉以輕心，完全隔膜，此爲袁世凱最大的失職。

當時駐日公使汪鳳藻的觀察，亦欠正確，電李鴻章謂日本政府與議會間常起衝突，近更劇烈，決無對外生事之餘力，請李安心出兵。殊不知日本國會雖被解散，伊藤博文亦主慎重；但軍部及外務省的野心，皆灼然可見，參謀本部早已秘密動員，由第一局長寺內正毅著手籌設運輸通信部，業將完成，並無所謂「決無對外生事之餘力」。

當時日本的方針是軍事採攻勢；外交採守勢。因爲中國從山海關沿陸路渡鴨綠江，或自大沽口運兵至仁川，僅須十二、三小時即可抵達，而日本從廣島宇品港直航仁川，非四十小時不可，如中日同時派兵，仍然落後，所以爭取主動，海軍首先動員，以借護衛大鳥回韓爲由，遣海軍陸戰隊四百餘人，自橫須賀乘軍艦返任，五月七日抵達韓京，越兩日以到八百名；其時太原總兵聶士成率援軍九百名剛抵牙山，直隸提督葉志超率軍七百名，方自山海關出發，由於李鴻章方在交涉撤兵，聶葉兩部均在牙山待命內渡，不獨在行軍方面本可猛著先鞭，而自落後手，且在心理上亦無作戰之準備。

至於外交方面，日本採取守勢是爲了欲處於被動地位，以表明其出兵爲根據的不得已之舉。這重僞裝的外交煙幕，至五月下旬，終於爲袁世凱識破，知中日戰事必不可免，於是亟亟乎尋求脫身之計。

殊不知日本外交與軍事，以及政府與國會之間，此時出現了一個尷尬的矛盾，當大鳥回任時，東學黨已經受撫，退出全州，亂黨既平，則日本派兵赴韓護商，變成師出無名。但日本自閣議決定出兵後，即以駐廣島的第五師團屬下第九旅團爲基幹，配備騎兵、炮兵、輕重部隊，組成一個混成旅；加上海軍首先動員所組成的聯合陸戰隊，派赴朝鮮者，計有陸軍四千餘人、軍艦八艘，如此勞師動眾，而竟無所作用，空手回國，不獨軍部極力反對；且國會方以預算問題，對政府攻擊甚烈，倘竟撤兵回國，則鉅額軍費付之流水，恰資國會反對派以倒閣的口實，於是伊藤與陸奧密議後，在六月十四日的閣議中提出改革朝鮮內政案，大意爲：

中日兩國軍隊速行鎮壓韓亂，亂事平定後，為改善朝鮮內政起見，由中日兩國派出常設委員若干名於朝鮮，調查該國之財政，淘汰中央政府及地方官吏，且設置必要之警備兵，以保持國內之安寧，並整頓該國財政，募集能募之公債，以啟發國家共益事項等。

閣議通過後，陸奧復又補充提議兩項，亦經閣議認可；補充的決議爲：一、不問中國政府反應爲何，目下決不撤回在韓軍隊，以視察其最後結果；二、中國政府如不贊成日本提議，日本政府應獨力使朝鮮政府實行前述之改革。

這是很高明的一著，因預料中國必然反對，而在長期折衝中不但日軍留韓有了藉口，而且更可逐漸完成戰備，相機用武。陸奧宗光的回憶「蹇蹇錄」中，躊躇滿志地說：「畢竟朝鮮內政之改革云者，不過爲調停中日兩國間難局所籌出一策耳。余借此好題，非欲調和已破裂之關係，乃欲因此以促其破裂之機，一變陰天，使降暴雨，或得快晴耳。」

當此時也，袁世凱處境困危，而竟得脫身歸國，頗多內幕；「容庵弟子記」：

公屢電李相，如政府決議開釁，請先調回駐使。並稱某以一身報國，無所畏，惟懼辱使命，損國威；不報。時東學黨人必欲害公，藉日兵勢力，伺察周密，至不能出使館一步。使館薪米缺乏，幕僚皆託故潛遁；文牘電報，乃以一身兼之。張公佩綸，時在北洋甥館，亦為公言；李相乃電總署，請召公回國。公之脫離韓難，蓋亦有天幸焉。

按：袁世凱之得結於李鴻章，其間張佩綸對袁的賞識，爲一極重要的關鍵。韓王李熙本由旁支入承大統，而以其父李大院君是應攝政；李熙成年親政，大權落入王妃閔氏之手，而大院君仍欲干預政事，遂成對立。

光緒八年之變，大院君被執，幽禁於保定，時張一麐之父張是彝以知縣在直隸候補，即奉派有看守大院君的差使；據張一麐「古紅梅閣筆記」載：

一日，彼國王遣使來聘，閱其名刺，則新科狀元南廷哲、刺長六寸，與華之翰林院庶吉士同。南為彼國壬午舉人，以年家子禮見先君焉。入內堂，大院君高踞胡床，南北面跪奏，如臣工召見禮，隆重擬於上皇。大院君眷念故國，憤欲東歸，必多方撫慰之始也。

大院君本人如此，韓人亦以大院君被執爲恥，日本復來電詰責，指爲違背國際公法，李鴻章乃決定送君回國，物色押送之人，張佩綸以袁世凱薦，李鴻章猶恐其少年僨事，亦由張佩綸力爲斡旋，始得成行。

今由「容庵弟子記」中證實，袁世凱與張佩綸確有極爲密切的關係，此爲沈雲龍教授「談袁世凱」所未及者。

但袁世凱究於何日回國，已難查考，「容庵弟子記」謂「六月二十四日奉旨調回京」，而「近代中國史事日誌」，則謂「六月十六日袁世凱回國」，翌日離漢城赴天津。翁同龢日記則於六月廿一條下，有「令袁世凱來京，備詢問韓事」之記載，則袁已到津回國日期之所以其說不一者，實因袁世凱乃私自潛逃而回之故。

據歷任北洋政府教育、司法、農商等部總長的張國淦遺著「北洋軍閥之盛衰及其消滅」一書中，透露袁世凱致徐世昌函云：

目前韓事，益不可為矣！金玉均雖死，東學黨之餘孽，又復糾眾起事。韓王全無能力，遣使來使館求援。而館中僅有數十衛兵，奚能平亂？只得以萬急電請李爵帥派兵援救。旋得回電，知已派聶士成、葉志超二軍門，率兵三千來援。而日使大鳥亦急電日皇，妄稱我國已派大兵十萬至漢城，將吞併三韓矣。苟有接觸，以我三千疲弱之兵，當彼數萬勇敢之卒，勝負之分，無待蓍龜。

弟因之杌隉不遑，三日間送發急電至津，向爵帥密利害，乞派得力重兵，兼程來韓。那知萬急密電迭發十一通，竟為洪喬誤投，杳無消息。急電佩翁，亦如石沉大海。當此間不容髮之時，倭奴欺我軍勢孤無後援，借端起釁，一戰而吾軍全數潰敗。弟思手無兵柄，處此虎穴中，徒然束手待斃，擬改裝易服，搭乘美國商輪返國。惟啟碇尚須三日，爰作函託返國僑商帶歸，一則示我無去志；一則託吾哥探聽津門誰作漢奸，按捺此軍情急電。

按：此函當作於六月上旬。袁世凱於五月二十九日電李鴻章，謂日兵萬人分守漢城，應調葉志超部赴平壤，以待大舉。六月三日又電，謂日本決無和意，請速決和戰，並請赴津面稟。其時李鴻章正「病急亂投醫」，請俄、美、英等國予日本以壓力，迫使撤兵。既然如此，己方必無增兵之理。袁世凱密電十一通，非洪喬之誤，乃無法予以滿意之答覆，而灰塵尙未落地，

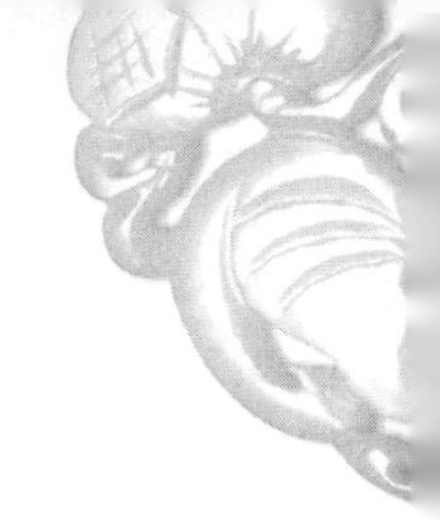

亦難有具體的指示，兼防洩密，故而不報。

張國淦又記袁世凱到津以後情事云：

袁世凱此次回國以後，對於李鴻章的感想就與以前大不相同了。他於甲午戰爭鴻章對朝鮮之措施，已料到：一、戰事一定難免；二、中國一定失敗；三、李鴻章一定因戰敗而失腳。因此，他在中日宣戰以前，便已另尋途徑。回國以後，先至天津謁鴻章，並擬進京向總理衙門報到。鴻章慮其到京有所主張，對己不利，阻止其行。及七月一日中日宣戰，鴻章令袁在關外襄助周馥辦理後方轉運事務。在軍事冗忙之際，他秘密進京，並不進謁當局，而遍訪京中密友，進行預定之活動，將光緒壬午後鴻章對日交涉如何軟弱、兩次調回吳長慶軍隊如何失算，與伊藤在天津所訂條約如何錯誤，及本人在朝鮮因中國軍隊之撤回對日交涉及對朝鮮處置如何困難、鴻章之如何掣肘，並將最近四月中來往文電，摘要抄錄繕成小冊數十份，呈送北京要人。他在轉達後方目睹鴻章部下淮軍紀律之敗壞，軍官之闒冗無能，較之吳大澂、劉坤一所率領倉促招募之湘軍，尤為不如。

心知不能再戰，於是將實在情形密陳北京當局（督辦軍務處王大臣），並懇切建議：「戰事拖延，決無希望，不如早和，否則京津亦恐難保。」此項報告，均達西后及光緒帝之目。於是后黨帝黨不再爭持，遂決定議和了。

以上爲據劉垣所著「張謇傳記」摘錄。可信的程度甚高，惟言袁世凱分送小冊一事，恐不免誇張；揆度情理，袁亦尙不敢出此。細考其事，袁世凱另有支持之人；此人即張佩綸。七月十六日翁同龢日記：

袁世勳（敏孫）為袁慰廷事來見。慰廷奉使高麗，頗得人望，今來京不得入國門（李相仍令赴平壤），欲求高陽主持，因作一札與高陽，即令敏孫持去。

袁世勳爲袁世凱堂兄。翁同龢日記中，其人僅此一見，可見蹤跡甚疏；而特來代求轉介李鴻藻，此中必有曲折，可想而知。

按：六月十三日曾有上諭：

軍機大臣面奉諭旨，本日據奕劻面奏朝鮮之事，關係重大，亟須集思廣益，請簡派老成練達之大臣數員會商，等語，特派翁同龢、李鴻藻與軍機大臣、總理各國事務大臣會同詳議，如何辦理之處，妥籌具奏。欽此。

此爲翁同龢、李鴻藻正式參預和戰大計之始，廿一日遂有「令袁世凱來京備詢韓事」之記；而以後日記中，始終未見袁來京，則李鴻章阻袁不令進京，其說不虛。至七月十六，袁世凱欲求李鴻藻主持一切，則儘有可託之人，此人即張佩綸。李宗侗、劉鳳翰合編「李鴻藻先生年譜」載是年五月後事，有如下數條：

五月初十日：編者按語：「是日，張佩綸為公草會試錄前序，翌日復公書（澗於日記）。

六月初一日：酉刻發張佩綸信，並大卷一本。

六月十七日：送張六（佩綸）大人信；按：張佩綸「澗於日記」：「高陽十七專足來，亦詢東事。」翌日「復高陽書」。

於此可見，張佩綸雖在保定，而與在京的李鴻藻，蹤跡仍密；李鴻藻應制及其他重要應酬文字，均請張代作；奉派參預朝鮮和戰大計後，更遣急足函張詢東事，則袁世凱素恃張佩綸爲奧援，何不託他代達於李，而欲求翁介紹？

這個疑問，只有一個解釋，由袁世凱去求翁同龢，完全是遮掩李鴻章左右的一種障眼法。證諸以後事實發展，研判如下：

一、李鴻章左右，以其長子經方爲首，痛恨袁世凱，認爲韓局之壞，乃由袁世凱僨事。不令其進京，而遣其出海周馥辦糧臺，且有仍命其回韓交涉之意。

二、張佩綸一直支持袁世凱，故李經方視之如眼中釘；此別有說，見後。

三、袁世凱自朝鮮回國，自然有一套計畫；這套計畫，可能就是後來小站練兵的初步藍圖。張佩綸支持此一計畫，並已建議於李鴻藻；但張與李的關係，盡人皆知，倘不經翁同龢一關，則不言可知，袁之能通於李鴻藻必爲張佩綸所舉薦。若是，則「小合肥」眞欲「手刃」妹夫了。

茲再列舉佐證如下：

一、七月十六日，袁世凱得翁同龢介紹信後，十七日申刻謁李鴻藻（見李譜）。

二、七月十九日，翁、李等在軍機處看摺，翁「與李公另擬派袁世凱帶數營，而以已革知州陳長慶交其委用，同人皆以爲可，遂寫入奏單請旨」（見翁記）。結果是：「命李鴻章速催總兵姜桂題、程允和招募成軍，令袁世凱會同帶領，即赴前敵」（見李譜）。

此爲張佩綸一手斡旋，使袁世凱得以帶兵的內幕，脈絡分明可見。於是而有八月十一日御史端良參張佩綸「干預公事，請驅令回籍」一摺。

參張佩綸的端良，字伯憲，號簡廷，滿洲鑲白旗人。由戶部郎中補授山東道御史。是年八月十一日上諭云：

端良奏：查革員張佩綸，曩年在福建馬尾僨事之後，荷蒙天恩，不加重誅，僅予發遣；及至釋回，該革員投在大學士直隸督臣李鴻章門下，為司文案營務等處筆札，李鴻章以女妻之。近聞復令在電報館總理事務，張佩綸自恃其才，往往將電奏電報文字，隨意改寫，道府提鎮文武各官，為係督臣至親，群相側目，莫敢有言。竊維士貴品行而後學問，李鴻章統屬北洋之大，何患無才？而必用一品行有虧之人，日在左右，不特為諸將掣肘，抑且為外國所笑，奴才心實恥之。

可否請旨飭下直隸督臣李鴻章，將該革員張佩綸驅令回籍，俾免受其蒙蔽，以致貽誤事機，出自宸斷。奴才職司糾彈，既有所聞，不敢安於緘默。上諭：御史端良奏，請將革員驅令回籍，以免貽誤事機等語；革員張佩綸，獲咎甚重，事干發遣，釋回後又在李鴻章署中干預公事，屢招物議，實屬不安本分。著李鴻章即行驅令回籍，毋許逗留。

據李宗侗在「李譜」按語，端良參劾張佩綸，出自李經方的指使；端良所獲代價爲白銀二百兩。此即所謂「買參」，此風明末即已有之，至清末復盛行，不獨滿洲御史，兩榜出身的漢人，即常作此勾當，但價錢不止於紋銀二百兩而已。

「李譜」劉鳳翰按語謂張「與津海關道盛宣懷不和，而公（指李鴻藻）又會議樞垣，有復用之機，故盛設計陷害」。盛宣懷可能爲「買參」的經手人，基本上則仍爲「郎舅不睦」，而尤忌張佩綸之將復起。「澗於日記」八月十六日載：

> 與合肥言，定於明日出署，孝達電來云：因高陽會議，有復用之機，忌者下此毒手。

「孝達」即張之洞，他在京有坐探，消息甚靈。其實張佩綸自己又何嘗不知道，日記故意借「孝達電來云」，以掩其跡。我以前曾談李鴻章擬培養張佩綸爲替手，自謂發百年之覆，於今益信，茲將其前後因果，作一補充如下：

一、張佩綸馬江僨事後，仍受李鴻章的支持，如光緒十一年，派袁世凱送大院君回韓，即由其一手促成，李雖嫌袁年少，而終於用之，可見張佩綸發言的分量。

二、早在光緒八年至十年間，張佩綸即已賞識袁世凱的才華，所以始終支持者，即因將接李鴻章的手，收袁以爲己用。

三、淮軍暮氣已深，決不可用，李鴻章本人亦深知。但李與其師不同，在部屬眼中可挾持的短處甚多，以致無法下手，必須交由張佩綸來開刀；而淮系將領，則擁李經方以爲對抗。

四、韓事正亟，朝廷主戰，而李鴻章無計以避時，張佩綸有一「敗部復活」的計畫，即由袁世凱另組一軍，以「辦理朝鮮撫輯事宜」的名義（見周馥自撰年譜），出關渡鴨綠江由陸路入韓；而以北洋官僚中明白事理、較爲實在的直隸臬司周馥總理營務處，以聯絡淮系將領，而張佩綸總司北洋電報局，無異代李鴻章指揮。

照此安排，李鴻章有公私兩利，公則以袁世凱在朝鮮與閔妃一系建立的關係，可有內應，以陸軍與日軍周旋，仍有取勝之望，且亦可牽制其海軍。私則事急時，本在告病的李鴻章，即可以病體不支爲由，奏請以張佩綸幫辦北洋軍務，展開正式「交班」的第一步。此即所謂「復用之機」，而果然如此，歷史可能要改寫；李經方「買參」這一著，確爲毒手。

這是我在現代史上發掘出來的一個大問題。過去之所以無人談及者，第一是其中玄妙，局外人識不透；不比現在多有各種資料，可以冷靜分析；第二、深知內幕者，如周馥等人，因礙於「袁大總統」，不便談此。即如袁世凱靠張佩綸維持，在袁是件不甚光彩的事，戊戌以後，絕口不提，則周馥等人自必爲之深諱。本文談清朝的皇帝，敘此公案，只能到此爲止，但甚望專攻現代史者，能作進一步的探索。

至於甲午戰爭清軍之必敗，可說命中註定。優劣之分不在量而在質，以陸軍言，相形之下清軍成了烏合之眾；海軍則虛有其表，缺乏基礎教育，且又不能善用客卿。當時唯一的希望是，當第三次派遣援軍時，能由袁世凱爲主將，周馥總理敵前營務處，並辦糧臺，而由張佩綸指揮，在鳳凰城集中後，自安東渡江至朝鮮新義州，聯絡東大黨接應，直搗平壤，取得軍事上的對抗地位後，展開實力談判，猶可不致過於決裂。但此一線希望，爲二百兩銀子賣斷，遂致一敗塗地。

甲午迄今將九十年，談黃海熸師的文字，不知凡幾；以徐培根收入「中國近代軍事變遷史略」一文，簡明扼要，能予人以明確的印象，引錄如下：

中國海軍在當時實居世界第八位，日本則為第十一。即就北洋艦隊說，也和日本艦隊實力略等。但是提督丁汝昌不諳海軍戰術，一切由左翼總兵定遠管帶劉步蟾指揮。劉係留英海軍學生，文學及英文均佳，但膽小不能任事。九月中旬（夏曆八月中旬），全艦隊奉命護送陸軍赴大東溝，十七日正欲回航，忽遇日本艦隊大隊來襲，乃倉促應戰。德員漢納根建議排成二行縱陣，以主力艦定遠鎮遠率領，丁汝昌採納其議。

但劉步蟾懼己艦當頭陣，乃發令排成人字橫陣，以定遠鎮遠兩主力艦居中，各小艦排於兩側外翼。日艦十二艘排成前後兩隊之縱陣，漸次向我艦陣左前方接近。漢納根見劉步蟾反其建議，

正在駭怪，但時機急迫，無法再行變更。

他懼怕我艦陣兩翼船小，易被敵艦襲擊，乃建議丁汝昌將各艦行進方向向右斜移四度，以便主力艦斜出陣前與敵接觸。丁採納其議，漢乃赴艦尾指揮旗尉發令。此時劉步蟾忽不聽指揮，反令兩翼小艦向前，而定遠鎮遠兩主力艦則滯留後方。這樣遂使艦陣形成混亂。

此時丁汝昌正在定遠艦飛橋上，英員泰洛見艦陣形勢危險，奔至飛橋告訴丁氏，但言語不通，不能表達其意。劉步蟾令定遠發炮，飛橋因年久失修忽為震斷，丁氏與泰洛同時墜下，丁氏受重傷倒在甲板上口吐黃水，於是這指揮海戰的責任，就落在這個年輕的德國騎兵中尉漢納根身上。

這一役我方損失超勇、致遠、揚威、經遠、廣甲五艦；其餘各艦均受重傷，駛回旅順修理，於十月中（夏曆九月中）回駐威海衛。從此我國艦隊蟄伏威海衛海港內，不敢再出；黃海面上，再求有我艦隊的蹤跡了。

至於陸路致敗的情形，玆據「谷庵弟子記」，引述袁世凱眼中所見的情形，並加註如下：

七月，李相檄姜公撫輯朝鮮義州各道，委直隸臬司周馥，辦理東征轉運事宜。周馥知公幹

練，堅邀襄助，乃先後出關；公先至鳳凰城設局。其時日軍已將渡鴨綠江而西矣，扼江諸統帥，如宋慶、劉盛休、馬金敘等，兵雜將嚚，毫無紀律；索械索餉，隨給隨棄。

李相囑公查沿途轉運形勢，公言新民廳在榆關至鳳凰城中間，東扼遼河，水陸通衢，奉北雜糧輻輳於此，宜設糧臺，厚儲糧餉，按前後要站，分設官車，隨時協僱民車，分段轉運。盛京以東，亦有數處，尚可採買，擬於駐兵處就近買存，總以新民廳為根據地。遂自前敵至遼陽，分設十二站，接濟餉械，源源不絕。

按：「姜公」謂姜桂題，此人行伍出身，目不識丁而好自作聰明，見市招「掛麵」誤爲己名，是個有名的笑話。

倭恆額之軍，渡過遼河；馬玉崑、宋得勝均力戰北；宋慶擬退扼摩天嶺。公謂日兵必分三路進，徒守一路，無濟於事，遂力疾赴遼，移設餉械局所。未幾聞日兵在岫岩州花園口下遊登岸，一支向大東溝；一支向皮子窩進發，於是防守各軍，疲於奔命矣。

按：倭恆額爲駐防奉天的副都統。宋慶爲淮軍賢者，所部號「毅軍」。榮祿練武衛軍，以毅軍爲武衛左軍。日本陸軍，編爲兩個軍，第一軍司令官山縣有朋，下轄兩個師團，渡鴨綠江後，敗宋慶、劉盛休軍，占安東九連城。第二軍司令官大山岩，轄三個師團，組一混成旅，自花園口港登岸，進攻金州旅大。

十月，公至望寶台，潰兵搶掠運局車馬，公搜截數百人，戮數人以徇；餘給錢米，押送歸營。又電告盛宣懷謂，西人用兵，大概分為四排隊，前一排散打，敗則退至第三排，後整隊，以第二排接應，輪流不斷。後排隊伍嚴整，亦以防包抄傍擊；又隊後數里，駐兵設砲，遏止追兵，掩護殘卒，雖敗不潰。今前敵各軍，平時操練，亦有此法，乃臨陣多用非所學，每照擊土匪法，挑奮勇為一簇，飛奔直前，宛同孤注；喘息未定，已逼敵軍。

後隊不敢放槍，恐誤擊前隊，只恃簇前數十人，擁擠一處，易中敵彈，故難取勝。後隊又不駐兵收束，一敗即潰。請告統帥，飭各軍照西法認真練習。又謂劉盛休軍，專以潰掠為事，毫無戰志；聶士成軍，兵不過千餘，而精壯俱歿，呂道生軍亦傷亡大半，實難再戰，莫若調回整頓。又言宋慶南援，似知嶺不可守，退難過濬，故請作游擊之。事勢至此，惟有停戰議和，較為合算，冀因盛宣懷風示當軸，罷戰息民。

袁世凱所謂的「西人用兵」之法，當時各爲放排槍，自「長勝軍」起，即普遍爲湘軍、淮軍所取法。但操練歸操練，到得作戰時，仍不脫傳統「奮勇爭先」的觀念。袁世凱的敘述，簡單而清晰，讀者欲知洪楊以後，新制陸軍成立以前，官軍如何作戰，這段記載値得細看。

如上所引，袁世凱在甲午之役中態度，先後確有不同。由主戰變爲主和，原因甚多，最主要的是，張佩綸的被逐。易言之，袁世凱的看法是，仗非打不可，但如仍由這班暮氣沉沉的淮軍，以及雜牌部隊來打，必敗無疑，越打越糟，不如早和爲妙。

李鴻章與袁世凱，凶終隙末，到底誰負了誰，這筆帳很算得清楚，但李鴻章與翁同龢勢不兩立，而袁於李、翁之間，黨附之跡曖昧，此爲李所不能諒。沈雲龍教授「談袁世凱」，特引吳永「庚子西狩叢談」所記見聞，以明李鴻章之有憾於翁、袁，而負氣之狀如見，吳永原文云：

公（按指李鴻章）在直督時，深受常熟（按指翁同龢）排擠，故怨之頗切，而尤不愜於項城。在賢良寺時，一日，項城來謁，予亟避入旁舍。項城旋進言：中堂再造之勛，功高汗馬，而朝廷現在待遇，如此涼薄，以首輔空名，隨班朝請，迹同旅寄，殊未免過於不合，不如暫時告歸，養望林下，俟朝廷一旦有事，聞鼓聲而思將帥，不能不倚重老臣，屆時羽檄徵馳，安車就道，方足見老臣聲價耳！語未及已，公即厲聲呵之曰：「止止！慰廷，爾乃來為翁叔平作說客耶？他汲汲要想得協辦，我開了缺，以次推升，騰出一個協辦，他即可安然頂補。你告訴他，教他休想！旁人要是開缺，他得了協辦，那不干我事，他想補我的缺，萬萬不能。武侯言鞠躬盡瘁，死而後已，這兩句話，我也還配說。我一息尚存，決不無故告退，決不奏請開缺。臣子對君上，寧有何種計較，何為合與不合，此等巧語，休在我前賣弄，我不受爾愚也！」項城只得俯首謝過，諾諾而退。

項城出後，公即呼余相告曰：「適才袁慰廷來，爾識之否？」予曰：「知之，不甚熟。」曰：「袁世凱，爾不知耶？這是真小人，他已結翁叔平，來為他作說客，說得天花亂墜，要我乞休開缺，為叔平作成一個協辦大學士，我偏不告退，教他想死。我老師的挺經，正用得著，我是要傳他衣缽的，我決計與他挺著，看他們如何擺佈。我當面訓斥他，免得再來囉嗦。我混了數十年，何事不曾經驗，乃受彼輩捉弄耶！」予見其盛怒之下，致不敢更進一語。

蓋項城先固出公門下，頗受獎植，此時公在閒地，而常熟方得權用事，不免有炎涼去就之世故，故因怨常熟而並反之，其一時忿語如此，蓋蓄之已久，非一朝夕間事矣！

按：倘有此事，當在光緒二十三年。自同治朝起，大學士名額，定爲四正兩協，李鴻章則自光緒元年起，即爲首輔，至二十二年，額勒和布、張之萬予告；宗室崑岡及徐桐，以協辦補正；

榮祿、李鴻藻資格均較翁同龢爲深，故分別由兵尚、禮尚升協辦。如李鴻章告老，以次遞補，固能騰出一協辦缺，由翁升任。

但兩協辦又以榮祿位列在前，大學士出缺，應由榮祿補正。袁世凱其時方新附榮祿，見李乃爲榮祿作說客；李鴻章對翁同龢成見極深，故有此誤會。

袁如巴結翁同龢，儘有其他途徑，不必出此；翁如汲汲於想得協辦，亦可稍安勿躁，因李鴻藻升協辦時已七十七歲，謝恩時，翁同龢掖之始能起；十一月二日，翁同龢更有「起見三刻，蘭翁幾不能起。噓，可怕也」的記載。

又崑岡亦久病將不久於人世，翁同龢則體氣尚強，稍等一兩年不妨；事實上翁即於是年八月，得補李鴻藻的遺缺，翌年閏三月，崑岡亦病故開缺，連孫家鼐亦得升協辦。吳永所述，得諸親聞，眞實性自無可疑；但親聞之語，未必正確。

甲午年尚有一大事，即爲慈禧六十萬壽。沈雲龍教授著「慈禧六旬萬壽慶典之奢靡」一文，引傅增湘「藏園群書題記」云：

> 吳仲懌（重熹）侍郎家，遺書散出，余見抄本六冊於文友書坊，乃彙錄甲午孝欽皇太后六旬萬壽慶典承辦檔案而作也。凡冊文、奏書、進表、詔旨、慶賀筵宴、典禮樂章諸大端，以及營繕

工程，備置物品。報效銀兩，單摺數目，洪纖悉具。其一切成案，皆援乾隆二十六年皇太后七旬慶典辦理。用銀至七百萬兩。

其中部庫撥四百萬兩外，各官報效廉俸銀一百二十一萬餘兩，又京外各官另外報效銀一百六十七萬餘兩。大抵外省扣俸報效，數目有等差；惟另外報效，則不論大小省分，每省三萬兩。報效最鉅者，為長蘆兩淮鹽商，各四十萬兩；最小者為欽天監二百兩。即降而內監宮婢，亦不得免，如小太監、太監媽媽、哩女子，亦有數百金之進奉。一人進奉者，則為太僕寺卿林維源三萬兩，林固台灣首富，以捐金得官者。外臣特進者，為稅務司赫德一萬兩。且特奉傳旨嘉奬之諭。洵可謂薄海內外鉅細不遺矣！其用途可記者，如製造金輦費七萬六千九百餘兩。點景六十段，每段四萬兩，共二百五十萬兩。綵棚綵殿費十一萬兩。

物品可記者，如綵紬用至十萬疋，備賞緞疋用至五千疋，令蘇杭寧三織造承造，又加派四川出二千疋。紅黑毡條用至六十萬尺。備賞餑餑桌子至八百五十張。宮廷苑囿應用門神一千二百對，門對至一千二百八十九對。足見鋪張揚厲，備極一時之盛。

按：吳重熹當時爲戶部司官，亦曾在工部供職，故所記獨詳。所謂「點景」即自大內至頤和園，沿路佈置燈綵戲文，亦是與民同樂之意。

清朝太后萬壽，以乾隆二十六年，孝聖憲皇后七旬萬壽爲最鋪張；其時方當全盛，眞所謂「富有四海」，而高宗又以身世隱痛，非如此不足以上報慈恩，補人子之歉疚。慈禧則自以爲戡定大亂，再造大清，功在社稷，故援此例辦理。

事實上，六旬萬壽，可說自光緒十九年起，即已開始祝嘏；陳寶琛於光緒廿一年作「感春」四律，其第二首云：

阿母歡娛眾女狂，十年養就滿庭芳，誰知綠怨紅啼景，便在鶯歌燕舞場；處處鳳樓勞剪綵，聲聲羯鼓促傳觴。可憐買盡西園醉，贏得嘉辰一斷腸。

此詩句句詠落花，而句句寫頤和園及慶壽。結句實爲大殺風景之事；是年八月二十六日，迫不得已頒發懿旨：

自六月後，倭人肇釁，侵予藩封，尋復毀我舟船，不得已興師致討。刻下干戈未戢，征調頻仍，兩國生靈，均罹鋒鏑，每一念及惘悼可窮！前因士卒臨陣之苦，特頒內帑三百萬金，俾資飽騰。玆者慶典將居，予亦何心侈耳目之觀，受台萊之祝耶？所有慶辰典禮，仍在宮中舉行，其頤

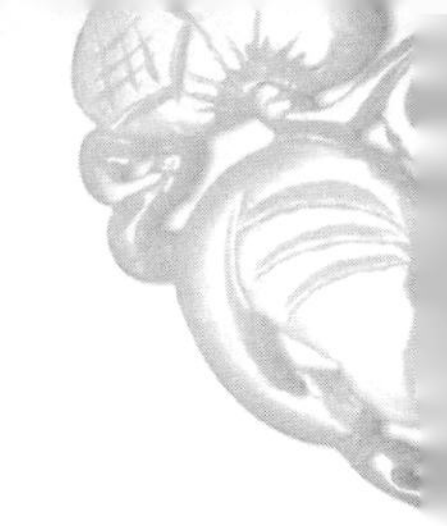

和園受賀事宜，即行停辦。

讀者可以想像得到，慈禧同意頒此懿旨時，內心的沮喪。我相信德宗後來種種不幸的命運，至此已成不可挽回之勢。因爲在慈禧看，德宗不但不能仰體親心，且有故意搗亂之嫌，他應該想到這一場大喜事，不能惹厭煩；偏偏一意主戰，調子越唱越高，以致於不可收拾。若謂慈禧本人亦曾屢次作強硬主張，須知此爲不得不然的言不由衷；她總不能說：「爲了我的生日，不妨委曲求全。」

其實，德宗如果求和，正不妨以「聖母皇太后六十萬壽」爲言，得一自解之地，亦博一孝順之名；無奈遇著「翁師傅」這麼一個書呆子，搞得公私兩誤，裡外交困，書生誤國，常令人興無窮抑鬱，眞不知該罵該打還是該可憐？

其時政局在醞釀一個大變動。自甲申至甲午，朝廷一直倚李鴻章爲柱石；而此時的李鴻章竭蹶之象畢現，大局無論爲戰爲和，皆非有一能籠罩全局之人主持，因而投閒置散的恭王，復又見重於時。

八月廿八日，由南書房翰林李文田爲首，詞臣五十餘人，連名請恭王銷假；翁同龢、李鴻藻支持此項主張。是日進見時，未獲允准，吳相湘教授以爲「太后不許」；其實非是。慈禧惡恭王，固爲事實；但此時並不反對起用恭王，因談和——慈禧心目中是想求得一個現代外交術語中的所謂「光榮的和平」，則非恭王出面交涉不可。

但德宗之不願起用恭王，即以六十三歲，鬚眉皆白，英氣已盡的恭王，復起問事，一定主和，不會主戰；故特借太后一向不喜恭王，以順從爲名而堅拒。翁同龢日記：

> 既而與李公合詞籲請派恭親王差使，上執意不回，雖不甚怒，而詞氣決絕，凡數十言，皆如水沃石。

此上明明指德宗，而非同在座的慈禧太后。所記語氣，亦爲師傅極諫情狀；至如慈禧召見，大舉措亦以數語決之，臣下如發現慈禧詞氣決絕，豈敢再有數十言的瀆奏？至如金梁輯「近世人物志」，逕改「上」爲「太后」，更不足爲訓。

是日慈禧有一指示，翁記中明白指出：「皇太后曰」。全文如下：

> 皇太后曰：「有一事，翁某可往天津面告李某，此不能書廷寄，不能發電旨者也。」臣問何事，曰：「俄人喀希尼，前有三條同保朝鮮語，今喀使將回津；李某能設法否？」臣對此事有不

可者五，最甚者俄若索償，將何畀之？且臣於此等始末未與聞，乞別遣，叩頭辭者再，不允。最後諭曰：「吾非欲議和也，欲暫緩兵耳。汝既不欲傳此話，則逕宣旨，責李某何以貽誤至此？朝廷不治以罪，此後作何收束？且退衄者淮軍也，李某能置不問乎？」臣敬對曰：「若然，敢不承。」則又諭曰：「頃所言作為汝意，從容詢之。」臣又對曰：「此節只有李某覆詞，臣為傳述，不加論斷。臣為天子近臣，不敢以和局為舉世唾罵也。」允之。

於此可知，慈禧求和的意向極爲明顯；但不便公然表示，所以在解釋「緩兵」之外，命翁同龢私下探詢。翁同龢乃於八月廿八日乘舟赴津，九月初二晤李鴻章於天津，見面情形據日記所載如此：

見李鴻章，傳皇太后、皇上諭慰勉，即嚴責之。鴻章惶恐，引咎曰：「緩不濟急，寡不敵眾，此八字無可辭。」復責以水陸各軍敗衄情狀，則唯唯而已。余復曰：「陪都重地，陵寢所在，設有震驚，奈何？」則對曰：「奉天兵實不足恃，又鞭長莫及，此事真無把握。」議論反覆數百言，對如前。

適接廷寄一道，寄北洋及余，云聞喀希尼三四日到津，李某如與晤面，可將詳細情形告知翁某回京覆奏云云。余曰：「出京時曾奉慈諭，現在斷不講和，亦無可講和；喀使既有前說，亦不決絕，令不必顧忌，據實回奏。」李云：「喀以病未來，其國參贊巴維福先來，云俄廷深惡倭占朝鮮，中國若守十二年所議之約，俄亦不改前意。第聞中國議論參差，故竟中止，若能發一專使與商，則中俄之交固，必出為講說。」云云。又云：「喀與外部侍郎不協，故喀無權。」余曰：「回京必照此奏覆。余未到譯署，此事未知利害所在，故不加論斷，且俄連而英起奈何？」李云：「無慮也，必能保俄不佔東三省」云云。

以翁同龢本人所記，前後對照，對慈禧太后的語氣，已大有變動，慈禧本謂：「吾非欲議和也，欲暫緩兵耳！」本是一種藉口；而翁同龢對李鴻章，則直謂：「出京時曾奉慈諭，現在斷不講和，亦無可講和。」竟有挾天子以令諸侯之意，而論其實際，則有矯詔之嫌。甲午之役，翁係用主戰論以窘李，進而達到排李的目的，形跡殊爲顯然。

李鴻章恨翁刺骨，自有由來；以後翁同龢當政，處理膠澳事件，李鴻章橫插一腿，以破壞翁同龢對德講和爲宗旨，壞國事而修私怨，而李鴻章、翁同龢畢爲朝廷所倚重，不顧大局如此，清朝何得不亡？

李鴻章誤國最大之罪，在始終迷信聯俄制日。喀希尼本爲俄國駐華公使，初以甘言餂李鴻

章，謂可助華壓制日本；屢次以稍安勿躁爲囑。最後方知喀希尼無能爲力，則由於俄國政策之改變。

吳相湘著「俄帝侵略中國史」記其原委云：

俄國政府因其駐日公使的報告，態度已經突轉，干涉之心頓減，駐日俄使以為：一、日本事實上已遣大軍至韓，欲其毫無所得而撤兵，勢不可能；二、日既保證：除希望朝鮮自主獨立外，決無野心，且決不作攻擊的挑戰，俄國似無袒華壓日的必要；三、俄如助華，無異自投漩渦；必為英國所快，甚或引起其敵對行為；因此不主張用積極態度以「袒華壓日」，迫其撤兵；但卻提出使朝鮮政府提議在中日俄三國委員監視下自動改革韓政，以消除日本藉口的建議。不僅企圖暗保俄人將來對韓政的發言權，且欲乘此排除中國在朝鮮的特殊勢力；這完全是為俄國利益著想，與中國請求調停的本意毫無關係，並且背馳的。

不過，俄國的如意算盤亦未得逞；前引之文續記：

同時日本的決心是根本排除中俄在韓的勢力，故立即拒絕這一勸告，而俄國又無充足力量可以施行武力干涉，只得暫時袖手旁觀；七月九日，喀希尼因遣員告鴻章：聲明俄政府雖知日本無理，但僅能以友誼地位勸日撤兵，未便力強；鴻章大為失望，轉請英國出面干涉調停。

以上引之文，參照慈禧命翁同龢往天津爲喀希尼允助華一事未實現，而向李鴻章詰實；以及起用恭親王的過程來看，對慈禧仍操大政，以及兩宮母子之間，根本意見的歧異，影響及於政策的變化與朋黨勢力的消長，大致可得如下數點的瞭解：

第一，「以夷制夷」爲中國處理藩屬問題的一個古老的指導原則，在康、雍、乾三朝的運用，有強大的國力作後盾，故能得心應手。時代演變，對象不同，中國的藩屬問題，已成爲外交問題，而當政者的觀念並未改變，慈禧如此；李鴻章亦如此；恭王、醇王大致亦如此。李鴻章比較進步者，是還有「師夷之長以制夷」這一個瞭解；但壞在自以爲中國只有他最懂洋務，師心自用到後來變成剛愎自用。

第二，德宗受翁同龢之教，主張自強。翁同龢早期對洋人的看法，與倭仁相去不遠。恭王早年曾強倭仁入總署，甲午復起後，又強翁同龢入總署。

倭、翁並皆力辭，所不同者，倭仁到任時故意墮馬以明志，而翁同龢不得不「仍奉命行走，遇事力爭，日伍犬羊」，自嘆「殆非人境」（見翁乙未六月日記）。至於以後因張蔭桓的影響，德宗與翁都改變了對洋人的觀感，則轉變的幅度過鉅，引致保守派的極大反感，君臣兩嗟嘆，過與不及，皆非好事。

第三，慈禧與李鴻章既堅持「以夷制夷」的原則，則最大的問題即在師何夷以制何夷？聯俄不成，改而聯英；聯英則恭王早在咸豐末年，便有跟英國人打交道的豐富經驗；熟於孟子，兼及墨子，自起別號「鷺賓」的赫德，爲恭王主持總署時，一手所培植。是故聯英而起用恭王，乃爲政策擇人；就此而論，慈禧的做法，頗合乎近代的政治學原理。

第四，但慈禧之起用恭王，另一主要用意，在使恭王主持和議；而翁同龢主持、李鴻藻列銜請起用恭王，則意在請恭王主持戰局。是故，起用恭王，須看何人作主，以何形式出之，便可推知恭王將肩何重任。如納翁、李之奏，而以上諭發表，首先在召見時必有一番勉勵力戰圖存的話；談和的話便說不出口了。

因此慈禧使一條小小的調虎離山之計，將翁同龢遣往天津，然後以迅雷不及掩耳的手段，不經德宗，逕自決定起用恭王。

「東華錄」光緒二十年九月初一上諭：

一、朕欽奉慈禧皇太后懿旨：本日召見恭親王奕訢，見王病體雖未痊癒，精神尚未見衰，著管理總理各國事務衙門，並添派總理海軍事務，會同辦理軍務。

二、朕欽奉慈禧皇太后懿旨：恭親王奕訢著在內廷行走。

這兩道上諭自然是「明發」，而翁同龢被蒙在鼓中；據「翁記」，八月廿八日被命赴津時，德宗面諭：「明日即行，往返不得過七日。」以下又云：「檢點行李，秘不使人知，甚苦。」何以保密，原因不知，但既不欲人知，即不能通知北洋派船接送；於是眞的「甚苦」了。

記次日起程及途中情形如下：

八月廿九日：晴熱。待海岱門出，便門外無船，繞行至二牐、泥深；自二牐雇船……，通州石壩。午正坐車入北門，出東門。店盡為京兵所占……遣人至鹽灘，覓得一小舟，挈三僕、一打雜行，小舟乃「衛艕子」之極小者，不能欠伸，真未死入棺材矣！順流打棹一百里，馬頭泊，不過黃昏時耳。

按：崇文門俗稱哈達門，因門內有元朝「哈達大王府」而得名；諸家筆記或諧音作海岱門；「待」者，夜半候城門一開即出。「便門」謂東便門，有大通河，亦名通惠河，自大通橋起至通

州石壩，共四十里；中設五閘，第二道即名爲二閘，爲消夏勝地，昔多別墅。翁記中的「二牐」即二閘。「衛舿子」船名。

按：翁同龢此記，大發牢騷，其實爲自討苦吃，本無可秘之處，而自作文信國夜渡長江狀。大概慈禧使人傳語，此行須極秘，故以大司農之尊，不得由官道公然馳驛；而實爲愚弄。見後自知。

> 九月初一日：寅初理檝行，余尚臥也。天明後過香河……午正過河西務……戌初泊北倉，已二百六十里，人力窮矣。夜為炮船所聒，不得眠。
>
> 九月初二日：晴。卯初二刻開行，日出過丁沽……辰初一刻抵吳楚公所後身泊，季士周來談，遂乘小轎入督署。（以下見前引「見李鴻章，傳皇太后、皇上諭」云云。）

按：九月初一，慈禧召見恭王已復起，是日翁同龢方乘「未死入棺材」的「衛舿子」，潛行二百六十里；而天津則早已接到電報，知朝局將變，和議可望。初二日抵津，「季士周來談」一語，最可注意，季士周之子爲翁同龢孫女婿，士周在北洋有差使；恭王復起之訊，自無不知之理，然則見翁必以相告，而翁於日記中不提，殊爲可怪。

翁獲罪歸里後，日記頗有刪改，二日之記，必非原來面目。揆度當時情理，翁至此始知受愚，必有憤懣之語。初五日回京，日記中附一詩，題目「楊村道中」：

一里得一曲，流沙淺復深，風帆對灣亞，岸柳過河陰，若使建甌勞，將毋高屋沉，津沽蓄眾水，慮此一沉吟。（原注：有建議將潞河取直者，恐津郡水患益急。）

以翁同龢此時之心境，何得有此閒情逸致；且治水亦非農曹之職，何煩沉吟。是則此詩弦外有可參之音，上半首謂看似平靜無事，而情勢曲折，危機重重，掉以輕心，即難自拔；下半首有與李鴻章徹底決裂之意，終以慮及衝突太甚，恐難收拾，而躊躇卻顧。

按：在九月初一以前，凡有懿旨，無非萬壽恩賞，以及顧念士卒，發內帑犒賞之類；至於起用恭王，爲第一等大政事，而逕以懿旨行之，則無異詔告天下，慈禧太后已自皇帝手中收回政權。

如果翁同龢真有此膽，發動清議，爲德宗爭；即不能勝；慈禧亦當有所忌，後此或不致肆意妄爲。無奈翁同龢根本上只是曹參第二而已。

翁同龢覆命後，仍與李鴻藻參預和戰大計，不過主持者已換了恭王。當時的政府，形成一個畸形組織，宮中有「太上皇」；軍機處亦有「太上領班」，即為恭王。大政亦甚冗雜，一方面要對內辦萬壽慶典；一方面對外要對付日本，而對外又和戰並行，和則在聯英的同時，仍舊聯俄又聯德；戰則調動南方軍隊，兩江總督劉坤一奉旨以欽差大臣出關督師；湖南巡撫吳大澂則自動請纓，結果皆是徒留笑柄。王湘綺有「遊仙詩」五首，並自作注，引錄並加詮釋如下：

湘瑟秋清更懶彈，（湘撫吳人澂自請督兵。）只言騎虎勝驂鸞。（提督余虎恩從吳領中軍，後授總兵。許其自將十營。）東華舊史猶簪筆，（黃太守自元為吳同年一甲進士，奏允營務處。）南岳真妃肯降壇。（魏方伯光燾將四營，屬吳。）叔夜儻憑金換骨，（曾重伯、陳梅生兩編修俱被命赴吳軍）。陳平何用玉為冠。（營官饒恭壽之流，以客止進用。）淮南自許能驕貴，（李傅相自請幫辦，吳辭之。）卻被人呼作從官。（始詔宋慶總統各軍；改授恭王；又改授劉坤一，不及李。）

按：「提督」官秩本高於總兵，但如只巡撫中軍，則甚委屈，不如實缺總兵。余虎恩的虎字營，雖有十營，實僅三千五百人。

黃自元同治七年榜眼，是科狀元洪鈞；吳大澂為二甲進士。魏光燾為湖南藩司，所領之兵，

各爲新湘營，計八營約三千人。曾重伯名廣鈞，曾國藩第二子紀鴻的長子，光緒十五年翰林；陳梅生名嘉言，湖南衡山人，與曾重伯同年，其時皆官編修。被命赴吳軍，當出於吳大澂的策動，因吳人而帶湘勇，非得有重望的本省人爲輔不可；而翰林科名較早者，不能爲巡撫的幕友，如曾重伯的身分，最爲適當。

「淮南」指李鴻章自稱。早在甲申年，吳大澂即曾爲李鴻章幫辦；李鴻章曾稱「吳兒無良」，惟於吳大澂爲例外。自請爲吳大澂幫辦，明知不能成爲事實，無非一則發發牢騷；二則籠絡吳大澂，藉謀對翁同龢發生一部分抵制的作用。

只學吹簫便得仙，（時論抑淮重湘，湘軍行伍出身及功勳子弟乞食吳門者，皆得進用。）霓旌絳節擁諸天。（後湘淮軍改授劉坤一節制。）定知吳質難成夢，（吳軍多科第中人，難課軍事。）不與洪崖共拍肩。（劉既總統各軍，直督李不能歸其節制，湘淮時生齟齬。）金闕未先辭受籙，（遣使議和與總軍之命並發。）神山欲望恐無船。（鐵甲戰船七七五，朝旨令保護鎮、定兩艦。而慶寬、劉學詢使赴日議和，抵長崎不納，引船而退。）晨雞夜半空回首，驚怪人間但早眠。（京官眷屬，先期出都皆效死主戰之臣，雞鳴入朝，顧影自憐。）

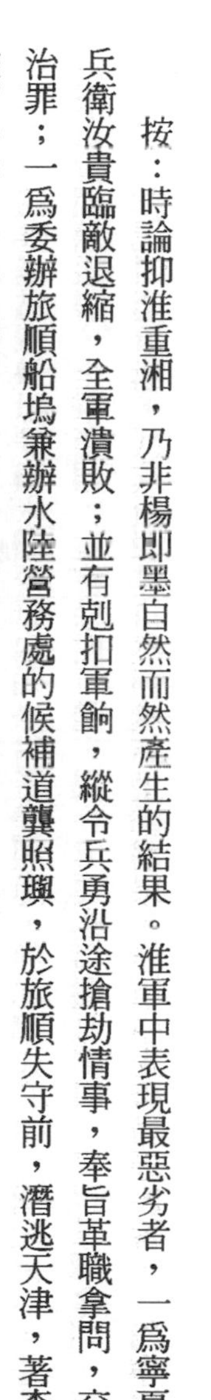

按：時論抑淮重湘，乃非楊即墨自然而然產生的結果。淮軍中表現最惡劣者，一爲寧夏鎮總兵衛汝貴臨敵退縮，全軍潰敗；並有剋扣軍餉，縱令兵勇沿途搶劫情事，奉旨革職拿問，交刑部治罪；一爲委辦旅順船塢兼辦水陸營務處的候補道龔照璵，於旅順失守前，潛逃天津，著李鴻章據實參奏。李爲之聲辯，並請革職留營效力，得旨不准留營，仍拿交刑部治罪。

至於命劉坤一爲欽差大臣，關內外防剿各軍，均歸節制的上諭，發於十二月初二，而派張蔭桓、邵友濂往日本議和之諭，則發於十一月廿六日，中隔七八日，並非「遣使議和與總軍之命並發」。既遣議和之使，則本無鬥志之士，更存觀望之心，劉坤一的任務必然吃力不討好，因上奏力辭而未允准。

至於劉坤一奉召時，政局正在變動：

十月初五日上諭：劉坤一來京陛見，張之洞署理兩江總督；鄂督由鄂撫譚繼洵署理，此人即譚嗣同之父。

十月初六日：命翁同龢、李鴻藻、剛毅為軍機大臣。剛毅刑部司官出身，翁同龢在刑部時，頗賞其勇於任事之才；此時以粵撫來京祝嘏，由翁保為軍機，用意當在借重剛毅以行法，究失律之罪。但翁同龢後來為剛毅所出賣。

十月十九日上諭：大學士額勒和布才具欠開展；張之萬年逾八旬，均著毋庸在軍機上行走。

十月廿二日：命劉秉璋來京，調譚鍾麟為四川總督；以邊寶泉為閩浙總督，劉秉璋以辦重慶教案失當，奪職家居。

十二月初八日：命恭親王奕訢為軍機大臣。禮親王世鐸留任，伴食而已。孫毓汶則至次年六月始出軍機。

至詩中所言慶寬、劉學詢之事，殆爲內務府所遣，赴日有所探詢的密使。劉學詢廣東人，以辦闈姓票起家；慶寬本名趙小山，工畫，曾繪頤和園全景進呈，爲慈禧所賞。醇王重用其人，竟准其投入旗籍，以內務府郎中司柴炭庫。與北洋關係亦極密切。

新承鳳詔發金閶，爭看河西墮馬郎。（朝議起湘軍宿將，以陳臬司湜節制防河諸事；又有調赴關東之命。陛見出京，佯墮馬折右腿，以阻其行。）幸不倚吳持玉斧，（在吳軍宿將，有事仍奉直督。）可能窺宋出東牆；（宋宮保慶，在摩天嶺能戰，朝議倚為長城。）勞拖仙帶招燕使，（張侍讀因劾扣軍餉，力為排解，李尚書斥為阿狗。）只借天錢辦聘裝。（衛汝貴領餉六十萬，以十萬寄家。如曹克忠輩十扣四五，較為廉潔，勿怪哭菜市也。）曾受茅君兄弟訣，（余與曾忠

襄姻好，而保薦由文正）休將十賞損華陽。（北語謂醜調為損。）

按：陳湜字舫仙，湖南湘鄉人，久在曾國荃部下；同治四年已授職陝西臬司，數起數黜，稱湘軍宿將。甲午之役，以江蘇臬司總湘、淮諸軍營務的身分，募兩湖新兵四營赴援；事先，江督劉坤一曾函李鴻藻，謂新募之勇，難當大任，只可駐紮近畿。陳湜效倭仁故事，墮馬以規避差遣，或亦有不得已的苦衷。

衛汝貴字達之，安徽合肥人，從劉銘傳征捻，事平授河洲鎮總兵；爲李鴻章留在直隸統北洋防軍，等於李鴻章的「侍衛長」，極其親信。甲午年率馬步六千餘人進平壤；臨行時，李鴻章誡以摒私見，嚴軍紀，而所部軍紀之壞，爲淮軍之冠。打仗則遇敵輒走，不戰而潰，朝士交章論劾，上諭華成拿問，交刑部治罪，李鴻章雖多方迴護，終不能免。衛汝貴援朝時，年已六十，其妻家書戒其勿當前敵。此函爲日軍所獲，用之爲將校受訓時的補充教材。

是年十二月十一日，衛汝貴由盛京將軍裕祿押解到京；廿一日刑部具奏，結論是：

失誤軍機與失陷城寨二罪，均應擬斬，自應從一科斷，已革寧夏鎮總兵衛汝貴，合依「領兵官已承調遣，逗留觀望，不依期進兵策應，因而失誤軍機者斬」律，擬斬監候。

該革員尚有剋扣軍餉，縱兵搶掠情事，誠如聖諭，種種罪狀，實為僨事之尤，若不從嚴懲辦，殊不足以伸國法而警效尤，應如何加重之處，恭候欽定。

奏上，奉旨改爲斬立決，派刑部尚書薛允升監斬。照規制，旨下即行，而奉旨總在辰時；不意衛汝貴手眼通天，居然能請出慈禧太后來爲他緩頰。

翁同龢十二月廿一日記：

書房片刻，再到直房，聞慈聖請駕，慕邸亟趨而東，余等不得不隨。午一刻，余等入四刻，諭：「今日衛汝貴罪刑部奏上，奉旨改立決，汝等有無議論，可從寬否？」三問莫對。諭：「吾非姑息，但刑部既引律又加重，不得不慎。」諸臣因奏；不殺不足以申軍律。臣亦別有論說甚多，二刻許始走。

這當然是走了太監的門路。但慈禧雖有心救衛汝貴，究還不敢公然否定「國人皆曰可殺」的清議。不過與龔照璵相較，衛汝貴之死亦可謂之冤獄；容後詳談。

鬱金堂外下重幃，玉女無言但掩扉，（張香濤移督兩江，一月以來，辦理防務，無暇見客，惟與予暢談兩日。）塵暗素書空自讀，（香濤欲解西事，雖土飯塵羹，亦奉為奇書。）月明烏鵲正何依？（主戰二相已出軍機，某簡書猶在，即前劾恭王者）。蛇珠未必能開霧，（某相國有自顧督師之志。）鴛錦猶聞勸織機。（軍火全資外洋，而製造局故為忙碌。）莫道素娥偏耐冷，為君寒透六銖衣。（余在督轅月下獨登台，及出，夜已三鼓，次日不辭而行。）

按：張之洞畢生所嚮往者即爲兩江總督。直隸雖爲疆臣領袖，設北洋大臣並兼領後，權柄尤重，但地近京畿，朝貴往來，有時不能不委屈盡地主或晚輩之禮，此亦非張之洞所能耐；只有江督，趕居八座，儼然東南半壁之主，而朝貴亦罕至江南，偃蹇自大，無足爲病。

甲午調劉坤一北上統帥，以張之洞兼署江督，譚繼洵以鄂撫署理，大事仍用電報請示，是則長江上下游，盡由張之洞所主持，此自東晉開發江東以來所未有。江督兼南洋大臣、兩淮鹽政，此爲例行規制，而張之洞又奉旨兼署雖漢軍亦不可得的江寧將軍，俾得統轄旗營，尤爲罕見。總之，此爲張之洞一生最得意之時。

走筆至此，略翻胡鈞、許同莘兩本張之洞年譜，發現一個有趣的事實，張之洞逢甲必利，同治十三年甲戌，在四川學政任，創建成都尊經書院，爲張生平最可稱道的事業；光緒十年甲申由山西巡撫調升兩廣總督，清流一時皆盡，惟張之洞青雲得路，簾眷正隆；二十年甲午兼理江督；三十年甲辰在京議學務章程竣事，回任鄂督，大有興作，且裁湖北巡撫缺，由鄂兼管，事權益專。

可是慈禧太后呢？甲戌死獨子；甲申五十整壽中法戰爭；甲午六十整壽中日戰爭；甲辰七十整壽，日俄戰爭，逢甲皆大不吉。

張之洞自以為與慈禧太后，如「元祐正人」之與宣仁太后，晚年有「調停頭白范純仁之句，為難得的君臣遇合，而「君臣」之命運不同如此！「宋人筆記」中謂，宋太宗使術者相諸皇子，謂惟「八大王」最貴，即後來的眞宗。

有人詢術者，何以知八大王最貴？術者謂，從其侍從得之，惟廝養卒亦具將相面目，故知八大王最貴。可知凡盛世，君臣同運；亂世則雖君臣遇合之隆，而命運相乖。此似為談子平之術者，不可不知。

張之洞之得兼署江督，出於李鴻藻的保薦；而不得長調，於光緒二十一年十一月，仍回本任，則是翁同龢當權後事。張對翁嫌隙極深，不下於李鴻章，「金陵雜詩」十五首之第七首云：

老備瞿聃作退藏，蔣山驢背舊平章；惠卿雖敗惇京壽，法乳綿延送靖康。

呂惠卿當是指光緒廿一年六月出軍機的孫毓汶；而以翁同龢擬之爲章惇、蔡京，指斥之爲亡國奸臣，怨毒之深，可以想見。

惟亦有人謂，此詩乃張之洞表明他非王安石主變法一派；黃秋岳「花隨人聖庵摭憶」云：

> 吾讀廣雅詩，亦覺其時有口是心非處。南皮詩最佳者。絕句純學王荊公，其弔袁爽秋詩：「江西魔派不堪吟，北宋清奇是雅音，雙井半山今一手，傷哉斜日廣陵琴。」其尊荊公甚至。然其集乃再三標言非難臨川，既有學術一詩，自注云：「二十年來，都下經學講公羊，文章講龔定庵，議論講王安石，皆余出都以後風氣也。遂有今日，傷哉！」又金陵雜詩，老備瞿聃一首，又有非荊公詩一首，皆顯然不肯認此法乳者。

細求其故，殆由於先曾保康梁，爲之延譽甚力，及戊戌變起，乃亟亟印「勸學篇」以自明。任公時著「大政治家王安石」一書，南皮則亟詆之，吟詠之不足，及躬自注釋，以明其宗尚正大。此中矯揉，皆爲逢迎西后，正爲自全之一念驅使之。

今觀其詩，晚年諸絕句，實宗北宋，尤學半山，豈可諱乎？惟非荊公一詩，或別有所指，而

雜詩中「惠卿雖敗惇京壽」句，亦必非正面訶斥，度亦陰指朝局也。

按：袁爽秋名昶，浙江桐盧人，光緒壬辰進士，別署「漸西邨人」，爲張之洞弟子。光緒十八年官徽寧池太廣道，駐蕪湖；張之洞往返武昌、江寧，或巡江時，輒駐袁昶署中暢談；師弟甚得。

袁昶與許景澄、徐用儀死庚子義和團之難，合稱「浙江三忠」。光緒三十年，張之洞赴江寧議事，過蕪湖，袁昶有專祠在，張之洞弔之以詩，即「江西魔派」一絕，「雙井半山今一手」之「今」、或作「君」；雙井謂黃庭堅，半山則王安石。

稱江西詩派爲「魔派」，則張之洞之不喜黃庭堅可知；而尊王安石之意，即含在不喜黃庭堅中。但張之洞此詩，不自稱其詩學王安石，此由末句可知；「傷哉斜日廣陵琴」，謂當今之世，學黃庭堅、王安石得其眞髓者，只袁昶一人；袁既被禍，雙井、半山即成廣陵散。陳衍「石遺室詩話」云：

廣雅相國，見詩體稍近僻澀者，則歸諸江西，實不十分當意也。蘇戡序伯嚴詩，言「往有鉅公與余談詩，務以清切為主，於當世詩流，每有張茂先我所不解之喻。鉅公、廣雅也，其於伯嚴、子培及門人袁爽秋，皆在不解之列。」……廣雅少工應試之作，長治官文書，最長於奏疏，

旁皇周匝，無一罅隙，而時參活著，故一切文字，務求典雅，而不尚高古奇崛，其詩有云：「黃詩多槎枒，吐語無平直，三反信難曉，談之梗胸臆。」

蘇戡、伯嚴、子培謂鄭孝胥、陳三立、沈曾植。惡黃庭堅而併惡江西詩派，此即張之洞性情之一端；而陳石遺謂其長於奏疏，眞爲篤論；王湘綺謂張之洞口舌爲官，在江寧時，即是如此。如胡鈞所編「張文襄公年譜卷三」，於光緒二十二年一月底，「回湖廣總督本任」下記云：「乙未除夕二鼓，猶在幕府治事；丙申元旦亦辦公竟日，今集中載此數日發摺凡十餘件可證也。」

至於王湘綺遊江寧，則在張之洞甫接事未幾的甲午臘月；據「近世人物志」撮記「湘綺樓日記」如下：

初八日：至江寧，孝達遣迎入督署，主人風帽出房，鬚大半白，身似稍高，豈與官俱長耶？縱談時事，心意開朗，似其大進。

次日又約王湘綺晚餐：

至則云督已睡，久待，已二更，乃延客；云不有多談，已而絮絮源，殊無止時。出已四更三點矣。

第三日再往，殊未能見及張之洞，故次日「不辭而行」。歲暮出遊，意在抽豐，而張之洞竟未賭行，故有「莫道素娥偏耐冷，爲君寒透六銖衣」之句。所云「主戰兩相」，自是指額勒和布及張之萬；額、張亦非主戰，不過自知必出軍機，樂得唱唱高調，「譁眾」未必取寵，但至少不致挨罵。

大致對外交涉，當一事初起，畏首畏尾，不能採取不亢不卑，不隨不激的正確態度，則當委屈不能求全時，輿論上往往反激出不負責任的高調。

東華眞誥有新封，朵殿親題御墨濃，（未注）。眉嫵不描張敞筆，（張幼樵甲申喪師，淮相妻以幼女，今眉嫵者無筆可描。）額黃猛待景陽鐘。（主戰二相留京未出。）仙家往事如棋局，（議和以來，有前後八仙，有前主戰而後主和者。）夜宴歸來有醉容。（未注。）青雀定知王母意，幾從瑤島駕雙龍（李相使和先得西太后密旨，有「萬事朕一身當」之語）。

按：所謂「前主戰而後主和者」，即指慈禧太后而言。議和先派張蔭桓，邵友濂，被拒後改派李鴻章；日方對「全權」資格的認定是，須有割地之權。因此，李鴻章於乙未正月十九奉旨後，二十人進京陛見，首及割地事，而波折重重，玆據「翁記」剖析如下：

一月二十八日：是日李鴻章到京，先晤於板房，召見乾清宮，與軍機同起。未見之先，內侍以燈來迓，在養心殿東間見，立奏數語出返。

按：內外大臣向不與軍機同時召見，此爲特例。「內侍以燈來迓」者，德宗先召見翁同龢；「立奏數語」，即爲以下寧多賠款不割地之原則。世目翁同龢爲權相，觀此信然，惟德宗的君權不全亦不固，則權相之權，適足以召禍而已。

又：見起時，合肥碰頭訖，上溫諭詢途間安穩，遂及議約事。恭邸傳旨，亦未曾及前事，惟責戍妥辦而已。合肥奏言，割地之說不敢擔承；假如占地索銀，亦殊難措，戶部恐無此款。余奏言，但得辦到不割地，則多償當努力。孫徐則但言不應割地，便不能開辦。

按：所謂「未曾及前事」者，指前一日美國公使田貝，轉遞日方電報，謂「非有讓地之權者不必派來」。本意不提此事，俟李鴻章到日後再說，仍是一個相沿勿替的「拖」字訣；但李鴻章不願冒昧從事，故以爲言「不敢擔承」，是以退爲進的說法，其爲同意割地，意向甚明。

孫、徐謂孫毓汶、徐用儀，所言「不應割地，便不能開辦」語不可通。但孫、徐從慈禧主張則無可疑。

又：本傳至蹈和門候起，已而內侍云，慈躬感冒，持藥命看按，係肝疾，挾風濕，藥用大發散。

按：蹈和門在寧壽宮，皇極殿西，其時慈禧住寧壽宮；命在蹈和門候起者，當是慈禧擬召見；因病而止。「持藥命看按」，應是「持藥方命看脈案」之意，翁同龢通醫道。

又：李相、慶邸、樞臣集傳心殿議事，李要欲余同往議和；予曰：「若余曾辦過洋務，此行必不辭。今以生手辦重事，胡可哉？」

合肥云：「割地不可行，議不成則歸耳。」語甚堅定。而孫、徐怵以危語，意在撮合。郡公默然，余獨主前議，謂償勝於割。合肥欲使俄英出力，孫徐以為辦不到，余又力贊之，遂罷去。

按：傳心殿在文華殿之東，集議於此，亦爲便於覆命。會議情狀如見，割地已成決策，但希望代表德宗發言的翁同龢同意，而翁不鬆口，遂不歡而散。

正月廿九日（晨）雪大作，半寸許，午晴，未大風起，寒甚。照常入，先入一次，嗣與合肥，慶邸同見，合肥奏對語稍多，似無推諉意，惟令其子經方自隨，以通日本語，且與陸奧有舊也。

按：李經方於光緒十六年使日，十七年回國，由汪鳳藻署理，故與陸奧宗光有舊。其時當已獲得慈禧保證，有事一身當之，故李鴻章無推諉意。

正月三十日：到傳心殿，李相、慶邸及樞庭七人議事，李相赴各國館，意在聯結，而未得要領，計無所出。孫公必以割地為了局，余持不可。

此謂李鴻章在會中報告，聯絡各國無結果，於是孫毓汶乃言，惟有割地爲了局。翁仍不可。

二月初一：合肥面奏，略及割地，恭邸亦發其見，余卻未敢雷同，同人亦寂寂也。

觀此，可知恭王亦已主張割地。既有恭王贊成，孫毓汶不必再言，故寂寂。而翁仍不可。

二月初二日：先入見，知昨李鴻章所奏，恭邸所陳，大拂慈聖之意，曰：「任汝為之，毋以啟予也。」

按：此記可確定曾由翁親自刪改。兩日所記合看，似乎慈禧對李鴻章「略及割地」，恭王「亦發其見」，大爲不滿，則似反對割地；殊不知德宗於此事，本未作成任何決定，則所謂「任汝爲之，毋以啓予」之言，從何而來？原來所記，必是德宗告翁，先及李、恭割地之主張；德宗表示「償勝於割」，因而大拂慈禧之意，乃有「任汝爲之」之言。

此爲眞正的「實錄」，但如有人據以舉發，則同謗訕聖母，且事關祖宗辛苦締造之疆土，拱手讓敵，天下之事，莫大於此；則大逆之罪，亦莫大於此，滅門之禍，雖天子不能救，翁同龢非刪去德宗面奏慈聖一段，形成曲筆，而情事彌顯。

二月初三日：見起三刻，書房一刻，仍於軍機未見時先入數語也。散時早。午赴督辦處，晚歸。晚于晦若來，飯而去，深談津事。初更雪作，極密。

于晦若即于式枚，在北洋掌奏摺；爲翁同龢門生。是日未議遣使事，此事由公開轉入幕後活動。

二月初四日：見起三刻，恭邸奏：「田貝云，初二電駁敕書稿何以用漢字？因改洋文再電去。」上曰：「此借事生波矣！汝等宜奏東朝，定使臣之權，並命李相速來聽起。」比退，奏事太監傳：「慈體昨日肝氣發、臂疼腹瀉，不能見，一切遵上旨可也。」已初退，到督辦處；未正到署，暮歸。李相便衣見過，不能拒也，留飯，談至戌正三刻始去。

按：此是德宗已同意割地，但不願出諸己口；而慈禧則故意託病，且「一切遵上旨」，話都漂亮。實際上既有「宜奏東朝，定使臣之權」之語，爲宰輔親貴所共聞，則是公然讓權，慈禧所以有「萬事一身當」之語，原有根據。

此事自發端到此，即自李鴻章到京陛見之日起，至此只六日，終於由德宗自動讓步，而慈禧表面的立場無損，其政治手腕確足以玩弄群臣於股掌之上。

其時還有一個插曲，張之洞異想天開，就在二月初四這一天，電陳割棄台灣之害，同時提出一個辦法，以台灣作保，向英借款，以杜日本要索。此猶如現在流行的以不動產設定抵押，製造假債權來抵制眞債權的辦法；所不同者，張之洞是眞想借一大筆錢讓他去揮霍。總署電詢赫德，覆電謂此事不行；因准張之洞向英商瑞記洋行借款兩百萬鎊。在此以前，已先准借一百萬鎊，此為續借。

二月初五日：照常先見一次，見起二刻，書房一刻，再到直房，至傳心殿會同李相商事。……共餽牛汁甚夥。

按：前一日李鴻章便服訪翁時，翁必言及年力漸衰，而李則自道服牛肉汁之功效，隨於次日大量餽送。此為小事，但小中可以見大，李鴻章乃藉此試探，果眞國家不可割地，則朋友不妨割席，餽微物而峻拒，即是不惜割席的表示；受而不拒，則終不能固執可知。

二月初六日：樞臣李相同一起，李有封事也，李先退，三刻；書房一刻，已正散。晚答李

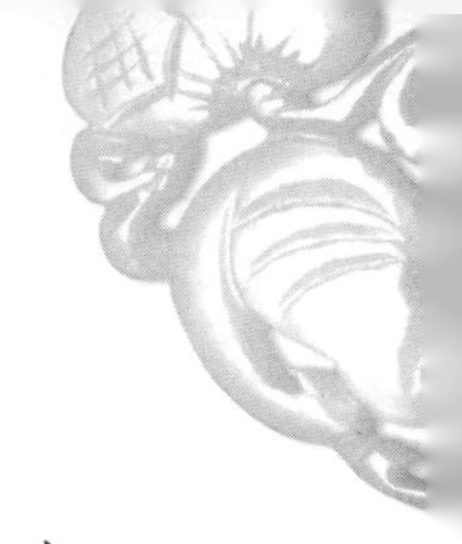

相，長談抵戌正。今日倭電回，於勅書稿改三日。李相議及割地，余曰台灣萬無議及之理。

二月初七日：見起三刻，以廷寄李相稿、田貝信，及樞臣遞東朝奏片，勅書改本面遞。

按：此兩日日記，翁同龢亦必改過，原記當有憤懣之語。七日所記，語焉不詳；所面遞各件經考查爲：

一、廷寄李相：予李鴻章以商讓土地之權。李鴻章當日即有覆奏，中有「中國壞地固難輕以與人，至於戎狄窺追，古所恆有，唐棄河湟之地，而無損於憲武之中興；宋有遼夏之侵，而不失爲仁英之全盛。徵以西國近事，普法之戰，迭爲勝負，即互有割讓疆場之事，一彼一此，但能力圖自強之計，原不嫌暫屈以求伸。」當出於于式枚的手筆。

二、田貝信：美國公使田爲當時中日之間聯絡人，日本方面表示，中國另派大臣議和，除先允償兵費，並朝鮮由其自主外，若無讓地及簽約全權者，即無庸前往。

三、樞臣遞朝東奏片：是日王公大臣會奏，謂宗社爲重，邊徼爲輕。

按：前一日翁同龢與李鴻章議割地，謂萬無議及台灣之理，即表示割地可割遼東，朝鮮既已不保，遼東亦未開發，仍爲流入荷戈之地，則棄之亦不甚足惜，況戰事在遼東，與台灣無關，割地自無議及台灣之理，其言甚是。乃王公大臣，則以遼東爲清朝發祥之地，故有「宗社爲重、邊徼爲輕」之語，樞臣據以奏聞慈禧，即已確定割台。慈禧其時住寧壽宮，以太上皇自居；宮在大內東偏，故以「東朝」稱之。

四、勅書改本：依日本所請，改正勅書中，予李鴻章以商讓地土之權。

李鴻章於二月初九出京，在京前後共十日。日本既已獲得割讓台灣的保障，並已覆電請李鴻章於二月廿三（陽曆三月十九）日到馬關，而仍在遼東全力進攻，第二軍陷中莊，湘軍魏光燾、李光久部傷亡過半，吳大澂退盤山；繼又陷營口，敗提督馬希夷、總兵馬占鰲。宋慶、馬玉崑節節敗退。

李鴻章以洋務自負，豈不知此時應先經由美國公使交涉，就地停火，而故意不言，則以海軍、淮軍，兩俱解體，時論又重湘輕淮，故有意使湘軍攖日軍正銳之鋒，稍得遮羞。若使曾國藩在，必不如此；總之滿清重用李鴻章，亦是氣數將盡之兆。

三月十八日，李鴻章離京赴日，隨行者美國人福世德，即艾森豪的國務卿杜勒斯的外祖父；子經方、隨員羅豐祿、伍廷芳、馬建忠、徐壽朋、于式枚。十九日抵馬關；而是日張蔭桓由日本回京覆命。

這一天是個大日子，德宗與翁同龢顯然持著一種「以前種種譬如昨日死，以後種種譬如今日生」；慈禧太后也好，李鴻章也好，一切禍國的罪過，都到此爲止了，以後勵精圖治，從頭做起。

翁同龢態度上最大的一個變化是，決心參預洋務，而所倚恃者爲張蔭桓，倘或日本浪人小山豐太郎那一槍，中了李鴻章的要害，則其死重於泰山，無奈天不佑華，斯人不死，禍乃不已。

李鴻章抵馬關後，次日下午二時半，即在春帆樓開議，其子李經方以參議名義，隨同出席；日方代表爲首相伊藤博文及外相陸奧宗光。前後會議五次，每次皆留有「問題節略」；其情況大致如下：

第一日，首先換文。其次約定，李鴻章明日午前登岸，進駐日方所預備的公館。張蔭桓赴日時，日方不允使用電報，李鴻章提出要求，伊藤自然照辦。最後有一小段問答：

伊：請問袁世凱何在？

李：現回河南鄉里。

陸：是否尚在營務處？

李：小差使無足輕重。

第二日，午後二時半，仍在原處開議，首先對「停戰節略」即有爭執：

李：現在日軍並未至大沽、天津、山海關等處，何以所擬停戰條款內，竟欲占據？

伊：凡議停戰，兩國應均霑利益，華軍以停戰為有益，故我軍應據此三處為質。

伊藤解釋「爲質」之意，和議成後，即行退出。乃有如下問答：

李：中日係兄弟之邦，所開停戰條款，李免陵逼太甚，除所開各款外，尚有別樣辦法否？

伊：別樣辦法，現未想及，當此兩國相爭，日軍備攻各處，今若遽爾停戰，實於日本兵力有礙，故議及停戰，必須有險要為質，方不吃虧。總之，停戰公例，分別兩種，一則各處一律停戰，一則惟議數處停戰，中堂所擬，乃一律停戰也。

李：可否先議定那幾處停戰？

伊：可指明幾處否？（按：此為伊藤要求李鴻章自行提出，在那幾處停火。）

李：前承貴國請余來此議和，我之來，實係誠心講和，我國家亦同此心，乃甫議停戰，貴國先要踞有三處險要之地，我為直隸總督，三處皆係直隸所轄，如此，於我臉面有關，試問伊藤大人，設身處地，將何以為情？

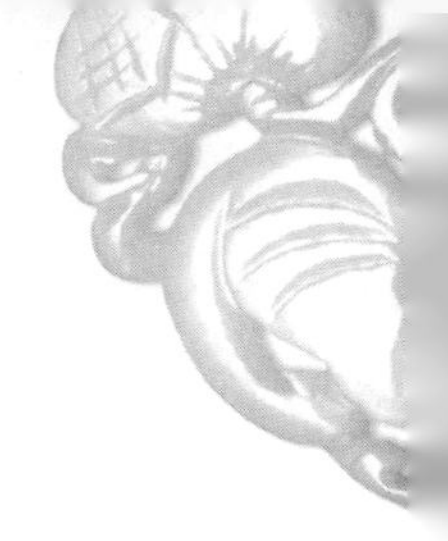

伊藤堅索三要地爲質，毫不讓步，李鴻章遂越過停戰，逕議和約，而日本正樂於「邊打邊談」，因清軍淮敗有湘，湘敗則士氣已近乎整個崩潰，復在談和之時，效死無名；如是，則日軍必著著進展，每進一步，會議桌上便可藉情況不同而推翻成議，索取更爲優越的條件。此在清廷，將構成爲不知伊於胡底的惡性循環。

抗戰初起，蔣百里提出主張：「勝也好，敗也好，就是不跟他和。」以後軍部急於求和，而先總統蔣公胸有定見，絲毫不爲所動；軍統則在專家設計之下，利用敵人心理上的缺點，故意佈置形似的「東京——重慶通道」，延緩了日本陸軍的幾次大攻勢，亦使得周佛海有機會在淪陷區救出了好些重要的地下工作人員。

不幸的是，做法雖然正確，卻不知道這個正確的做法，其來有自，是甲午戰敗、馬關議和，付出極大的代價，換來的慘痛教訓。

因爲忘記了這一點，以致有「國共和談」，誤蹈中共「打打談談」的陷阱而不自知的情況出現。

中共在這方面積有豐富的經驗，狡詐百出，只有執著於不跟他談和這個以不變馭萬變的原則，爲上上之策。現在一般生長在自由世界中，不識人情險巇，復又充滿了自信的年輕學人，總以為「跟中共談談怕什麼?」那是因為他們沒有見過抗戰以前日本軍人的猙獰面目,及吃過中共的苦頭的緣故。執政諸公不理他們,我們不能為了表現尊重少數人意見的那種裝飾性的民主,對國家民族的命運,掉以輕心。

按:李鴻章二月廿六日,先後兩電總署:第一電報告已到馬關,並探悉日軍有五千人派往彭湖方面:第二電云:

頃會議,伊藤等交到停戰要款云:日本兵應占守大沽、天津、山海關所有城池堡壘,我軍駐各處者,應將一切軍需交與日本軍隊暫管。天津至山海關鐵路,由日本軍務官管理,停戰期限內,軍事費用應由中國支補。

如允以上各節,則停戰限期及兩國兵駐守劃界及其餘細目再商等語,要挾過甚,礙難允行。伊限以三日即覆。又詢所索條款,伊謂已預備,俟此議覆到,再給閱商,看來昨添調出口之兵,仍恐赴北,將分攻榆關、津沽、請密飭各軍嚴備堵剿為要。乞代奏,速候上覆。

據翁同龢日記,此電代奏後,「上為之動容,欲請寧壽宮起,而慈躬未平,逡巡而退。」此為慈禧裝病;母子之間,機心如此,結果覆電用孫毓汶稿;翁「出一稿未用」,當係措辭過硬之

故，原文前半段如下：

上諭軍機大臣等，李鴻章兩電均悉。第二電中，未載辯論之詞，不知日內又有續議否？閱所開停戰各款，要挾過甚，前三條萬難允許，必不得已，或姑允停戰期內認給軍費；但恐祗此一事，仍難就範，昨令奕劻等與各公使面商，均以先索和方議條款為要。

朝廷指示的原則是：第一、先議停戰，允於停戰期內認給軍費；否則，第二、開始全面議和，日本應先提出要求條件。

此外，又有一項指示：

再，此和款（條款）尚未交到，李經方熟悉彼中情形，諒能得其底蘊，宜如何密籌釜底抽薪辦法，使和議不致中梗，應飭該員盡力為之。

第三次：二月二十八日下午，仍在原處會議。李鴻章已得到密電指示，磋商媾和條件，伊藤允次日答覆。散會後，李鴻章於返行館途中被刺。

據日本時事新聞記載：

三月廿四日（陰曆二月廿八日）下午四時四十分，談判終了，李鴻章偕隨員乘轎返旅舍引接寺，途中遇兇漢小山六之助，突以手槍向李氏發射，不幸中面部，貫穿鼻之橫頰。兇漢小山，群馬縣人，廿一歲。

按：小山六之助眞名爲小山豐太郎。此事在日本引起極大的震撼；伊藤、陸奧驚愕更甚，伊藤謂人，其後果較一兩個師團的敗績，更爲嚴重。陸奧著「蹇蹇錄」自述當時感想云：

況即不論李鴻章之地位聲望，只以其古稀之高齡，出使異域，遭此凶難，極易引起世界之同情，若或強國欲乘此機干涉，彼固可以李之負傷為最好之口實也。余即夜訪伊藤全權，仔細協商。

至於清廷的反應，先看翁同龢日記：

二月廿九日：小李（經方）報，昨申刻泖公會晤，歸被倭手槍中左頰骨，子未出，戌始甦，子仍未出。……見李經方電，上為之不怡良久……恭邸亦相對愁絕。巳正散。少憩，午正祝慶邸生日，二十年無此往來，因同人皆往，不得不牽率及余，未入。

當時略懂洋務而樂於跟洋人打交道，且身分能見重洋人者，只有一個慶王（恭王不樂與洋人往還），這天如果不是他生日，是否會自告奮勇往晤各國公使，要求主持公道，是個謎。但君臣相顧愁絕，沒有人以爲應該向日本提出嚴重交涉，雖由不明國際公法，亦以一敗再敗，不敢再說一句硬話。當然，李鴻章本人的態度，極有關係；他在甦醒後，連續發回電報如下：

致總署：今申刻會議，已將停戰擱起，向索議和條款，允於明午面交。歸途忽有倭人持手槍對鴻狙擊，中左頰骨，流血不止，子未出，登時暈絕。伊藤、陸奥均來慰問。姑令洋醫調治，此事恐不能終局矣。伊面稱，現要攻取台灣。並聞，請代奏。

按：此係李鴻章故作危言，依當時日本的反應及伊藤、陸奥驚恐萬狀的情形來看，慰撫之不暇，豈能以此言相恫嚇；且亦非情理所當有。伊藤、陸奥當時所懼者，端在此舉引起列強對中國之同情；果作此言，豈非更當同情弱者？

二月二十九日又電總署：

昨夕面傷稍甦，即致伊藤等，以遇玆可悼之事，翌午不能會議，面聆約款，擬命李經方居時代往晤索。頃陸奧來寓晤經方問疾，交到覆函稱：因此凶虐狂悖之事，萬分憂愁，舉國上下，皆抱此情懷。大臣等應先奏明日皇，難免稍有擔延，俟可以知會李參議（按：李經方）；當迅速照辦等因。

並據密稱：伊藤侯今早日皇派來御醫診傷後，已乘輪親赴廣島稟商，後日可回。中堂身受重傷，幸未致命；中堂不幸，大清舉國之大幸，此後和款必易商辦。臨行復云：請寬心養傷，中日戰事將從此止等語。無論是否確實，語尚近情。

原擬條款，或冀少減，稍遲亦必送到。鴻受傷時，昏暈輿中，血滿襟袍，元氣大傷，幸部位恰當頰骨，若上下半寸，必即致命，實仰託聖主鴻福。諸醫診視再四，子嵌骨縫，礙難取出，皮肉醫療，約須月餘，現惟靜養；俟和款送到，再力疾妥議，隨時電聞。兇手已得，俟其訊有端倪，令伍廷芳前往看審，促令重辦。

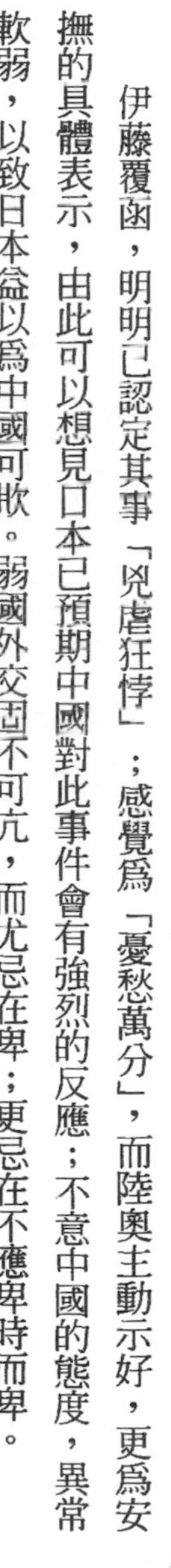

伊藤覆函，明明已認定其事「兇虐狂悖」；感覺爲「憂愁萬分」，而陸奧主動示好，更爲安撫的具體表示，由此可以想見日本已預期中國對此事件會有強烈的反應；不意中國的態度，異常軟弱，以致日本益以爲中國可欺。弱國外交固不可亢，而尤忌在卑；更忌在不應卑時而卑。

李鴻章迭疊挫折，憂讒畏譏；對於意外之來，不獨不能審察其中禍福相倚之微妙事機，且已失去正常應付的能力，如命李經方「代往索約款」，開頭便錯；此時應以傷爲名，要求暫停會議，並無條件先行停戰，否則無法安心養傷之理由，在東京及北京提出直接與間接的交涉，頗有成功的可能。

李鴻章隨員，或具私心、或不敢言，獨怪美籍顧問科士達竟亦見不及此，如張佩綸爲參贊，必不致此。同日又電：

頃陸奥送日后電旨：「因李中堂受傷，特派看護婦兩名，帶親製之繃帶前往」云，請代奏。

按：翁同龢日記載此事云：

日君及親王皆遣員問慰，最奇者日后遣看護婦兩名，攜后親製繃帶往也。

以中國宮闈與外臣無交涉之例而視，自是一大奇事，殊不知此爲日本視李鴻章如在戰陣受傷，則以其身分，日后親爲裹傷，亦非足異。這是一個極好的，李鴻章得以直接上奏於明治天皇的機會，不知道是不知利用；還是不能利用。不知則已，若謂不能，則亦必出於憂讒畏譏之一念，因當時已有「劉三死後無蘇丑，李二先生是漢奸」的諧聯，如李鴻章致書日皇請代向日后申謝，附帶提出請下詔停戰，以安病軀的要求，實爲順理成章之事，不成亦無害，但必自稱「外臣」，清議恐將「認賊作父」之抨擊。

當李鴻章全盛時，僭越之事亦甚多，如擅代朝廷授外人以榮銜品級等等，則此事先電總署，請命同行，亦無不可，只是彼一時，此一時，倘或碰釘子而反留一話柄，殊爲不值，故多一事不如少一事。此爲我的推論，並無事實佐證。

再到直房，將稿刪改數十百字，然已落彀中矣！余之不敏不明，真可愧死。同諸公散直逕往恭王府，以稿呈閱，王亦無所可否，似已入西邸之言，嫌余訐直也，時甫午正，與蘭翁同到督辦處，歸時申正。

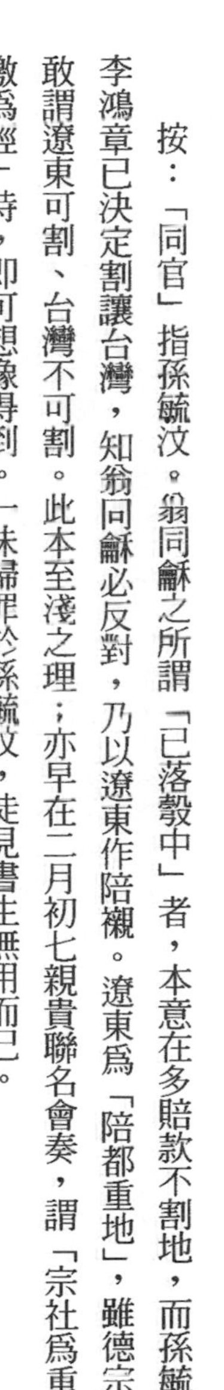

按：「同官」指孫毓汶。翁同龢之所謂「已落轂中」者，本意在多賠款不割地，而孫毓汶及李鴻章已決定割讓台灣，知翁同龢必反對，乃以遼東作陪襯。遼東爲「陪都重地」，雖德宗亦不敢謂遼東可割、台灣不可割。此本至淺之理；亦早在二月初七親貴聯名會奏，謂「宗社爲重，邊徼爲輕」時，即可想像得到。一味歸罪於孫毓汶，徒見書生無用而已。

三月十三日：總署以太后懿旨電李鴻章，謂台灣遼東均不可棄；讓地應以一處為斷，賠兵費應以萬萬為斷。

按：總署之電翁同龢未與聞，至次日始知其事，有「即使再戰亦不恤」之語，其實爲一種做作。但亦未始與「三國干遼」一事無因果關係。

三月十四日：伊藤脅迫李經方，限次日作確實答覆，俄國與英、德謀共同干涉遼東割讓，英國拒絕，德國同意。

三月十五日：李鴻章提出和議條款全部修正案：允割遼東一部及澎湖列島，賠款一萬萬兩。伊藤復提對案。

至三月十六日，李鴻章傷癒，於下午四時在春帆樓舉行第四次會議。首寒暄，次相互恭維，次議約，首及賠款，伊藤表示二萬萬決不能少；並建議中國借洋債拔還本息之期限，不妨由二十年展延至四十年，乃有如下之問答：

李：四十年拔還本息，爾願借否？

伊：我借不起。洋人借債，為期愈遠愈妙。

李：自開戰以來，國帑已空，向洋人商借，皆以二十年為限，爾所言者，乃本國商民出借耳。

伊：即非本國國民借債，皆願遠期。

李：外國借債，但出利息，有永不還本者。

伊：此又一事也。但看各國信從否？對人借債，皆願長期，銀行皆爭願借。

李：中國戰後聲名頗減。

伊：中國資源廣大，未必如此減色。

李：財源雖廣，無法可開。

伊：中國之地，十倍於日本，中國國民四百兆，財源甚廣，開源尚易，國有急難，人才易出，即可用以開源。

李：中國請爾為首相，如何？

伊：當奏皇上，甚願前往。

由此可見，開頭即有涉於意氣的模樣，李鴻章口齒甚利，而伊藤針鋒相對，且在地位上本占上風，以故李鴻章所提三大端：「二萬萬爲數甚鉅，必請再減；營口還請退出；台灣不必提及」，一無所成。

且下次會議，在三天、抑五天之後，亦起爭執，最後以「北京一有回電，即請相會」作結束。

第五次會議，三月廿一日下午二時半開至七時，幾乎完全接受日本的條件，並限期廿三日簽約。在廿一日以前，由李經方負責與伊藤聯絡；因而京中發生一離奇的謠言；翁同龢日記：

三月二十日：李相頻來電，皆議和要挾之款，不欲記，不思記也。

三月廿二日：見李電，言廿二日已刻畫押，限廿日在煙台換約，來請示。……訛言李相亡卒，一切皆經方主持，秘不發喪，今電乃云親至公所與伊藤晤面，以非虛飾也。

掌國政的重臣，竟連特使在外的生死存亡亦不能得確實信息；朝中顢頇無能，一至於此！不過，「訛言」足以反映輿論對李經方的不滿，以後派之爲割台專使，有意相窘，知有由來。

三月廿三日簽約後，李鴻章次日即乘輪回國，未入京覆命。而京中風潮大起，此約之反應有三：

一、三國干遼事，由俄國發動，迅即成爲事實；英國此較不熱衷，而德皇威廉二世，與俄皇尼古拉二世，則相勉採取行動。俄取旅順、德取青島之徵兆，已伏於此。日本則於三月卅日召集御前會議，決定對三國讓步，對中國則一步不讓；因爲中國政府自太后皇帝對立；主戰主和兩派對立；南北兩派對立；乃至湘軍淮軍對立，四分五裂，奪利爭權，樂見對方之敗，過於對敵之勝，故如棋局，著著皆狠。李鴻章以古稀之年，誓雪馬關之恥，竟不惜引狼入室，太半由伊藤之凌逼使然。

二、清議皆反對和約，疆臣則張之洞、劉坤一皆有準備再戰的主張，以故士論更爲囂張，廣東舉人合十八省舉人在北京會商拒約自強。按：是年乙未正科會試，各省舉人皆赴春闈，故康有爲得大肆活動。

翁同龢日記：

> 四月初八日：見起三刻，上意幡然，有批准之諭。臣對以三國若有電來，何以處之？上曰：「須加數語於批後，為將來地步。」於是戰慄嗚咽，承旨而退。書齋入侍，君臣相顧揮淚，此何景象耶？
>
> 四月廿四日：發下殿試前十卷，展封則第三改第一，第十改第二，上所特拔也。

進呈十卷，第一本爲湖南湘鄉的王龍文，第三駱成驤改第一；第十喻長霖改第二，將王龍文壓成探花。駱成驤之蒙特拔，以策論中「主憂臣辱、主辱臣死」二語爲德宗激賞所致。

至於割台以後，以唐景崧爲主角的那一幕鬧劇，則陳寶琛「感春」詩中，「槐柯夢短殊多事」一語，最爲確評。

這齣不妨命名爲「槐柯夢」的鬧劇，戲以電視連續劇擬之，則「製作人」翁同龢；「導播」張之洞；「製作費」白銀二百萬兩，其中「導播」移用二十萬兩（見俞明震所撰「台灣八日記」），「劇幅」演至十三集被迫叫停（乙未年五月初二至十四），「收視率」無統計，「反應」不佳。

陳寶琛「感春」四律，第四首專爲割台而詠，全詩如下：

北勝南強較去留，淚波直注海東頭。槐柯夢短殊多事，花檻春移不自由，從此路迷漁父棹，可無人墮石家樓。故相好在煩珍護，莫再飄搖斷送休。

按：「感春」實詠落花，但其時尚爲大清天下，製題不便明言，故代以「感春」；後十八年壬子，亦即民國元年，陳寶琛步前韵復作四首，清社已屋，無復顧慮，因逕題爲「落花」。合前四律總稱爲「前後落花詩」，爲「滄趣樓詩集」中壓卷之作，句句詠落花，句句詠時事；句句存史實，亦句句寓感慨。前引一律，命意則爲落紅已墮，飄零何處，故首謂「北勝南強較去留」言墮英之趨捨，以喻廷議割遼東抑割台灣之爭；次謂去留皆非身所能計，竟飄流入海，「淚波直注」，極言身世之波。

三句用李公佐「南柯記」典故，看似與落花無關，而實不然，槐花盛於七月，而開於首夏，故「夏日槐序」（見「山堂肆考」）；接下句「花檻春移不自由」，言三春花事已了，嫣紫姹紅，皆成陳跡，仍與落花有關。所時事，則爲唐景崧「開國」；李經方割台。五句言承第四句而來；六句則謂竟無人爲誤國失地引咎。結尾兩句則設爲落花珍重叮嚀之詞，纏綿悱惻而不失爲詩人溫

柔敦厚之旨。

甲午之後，至乙未四月十四日煙台換約後，告一段落，四月十七日有上諭一道，申明苦衷，而實爲譴責禍國之臣；這是很重要的一項文獻，分段引錄，並詮釋其涵意如下：

日本覬覦朝鮮，稱兵犯順，朕睠懷藩服，命將出師，原期迅掃敵氛，永弭邊患，故凡有可以裨益軍務者，不待臣工陳奏，皆已立見施行。何圖將不知兵，士不用命，畀以統領之任，而僨事日深；予以召募之資，而流氓麕集，遂至海道陸路，無不潰敗，延及長城內外，險象環生。

此言財政充分支持軍事，而結果如此！李鴻章、張之洞、劉坤一、吳大澂都罵在內。一望而知出於翁同龢或其門下；極可能是汪鳴鑾的手筆。

按：翁同龢是日記事，殊可玩味，首言派新進士覆試閱卷，麟書居首，翁同龢居次；汪鳴鑾殿後。

新進士覆試在前一日，照例一文一詩，四書題爲「政者正也」；而試帖詩題，用左傳「龍見而雩」得龍子，爲罕見之例。見雨曰雩，「龍見而雩」意謂天子當陽，方能風調雨順，此一文一詩兩題，針對慈禧而發；亦爲德宗收回大權的一種宣示。

以下又記：

是日奉硃諭一道，飭六部九卿，翰詹科道至內閣，恭閱上以倭人肇衅，不得已講和之故，宣示群臣。（軍機先已恭閱，不赴內閣，今日閱卷者在南書房先閱，由領班章京齎往內閣交侍讀等，並傳不得抄錄攜出。）

此硃諭明明爲翁同龢擬就，由德宗以硃筆抄錄。德宗文字雖遠較穆宗爲佳，但亦尙未到能如此論如此修潔的程度。至於不准抄錄攜出，自是防備有人抄呈慈禧進讒之故。以下續引原諭：

比來戎馬騷騷，有進無退，甚將北犯遼藩，西犯京畿，危急情形，匪言可喻，和戰兩事，必應當機立斷。念朕臨御天下二十餘年，宵旰憂勤，未嘗稍釋，今乃忽有此變，實惟藐躬涼德，有以致之，且天津海嘯為災，衝沒營壘，為史策所僅見，上天示警，尤可寒心。

此一段如罪己詔，但亦不便深言，因和戰大計，實由慈禧所定。過責則如責太后了。京東水災而特及天津海嘯，衝沒營壘，其爲痛恨李鴻章誤國的弦外之音，清晰可聞。

> 乃爾諸臣工於所議約章，或以割地為非；或以償銀為辱，或更以速與決戰為至計，具見忠義奮發，果敢有為。

讚揚主戰派，即否定主和派；而既讚揚主戰派，則一切責任，皆不須擔負。於此尤可確信此硃諭爲翁同龢所擬，而實未得事理之平；主和誤國，主戰莫非不誤國？

> 然於時局安危得失之所關，皆未能通盤籌畫，萬一戰而再敗，為禍更難設想。今和約業已互換，必須頒發照行，昭示大信。凡此已成之局，均不必再行論奏。惟望京外文武大小各員，自今以後，深省愆尤，痛除積弊，咸知練兵籌餉，為今日當務之急，切實振興，一新氣象，不可因循廢弛，再蹈前轍。諸臣等均為朕所倚畀，朕之艱苦，當共深知；朕之萬不得已而出於和，當亦為天下臣民所共諒也。

諭中隻字未及太后，而最後兩語，實爲慈禧而道。三年後變法維新，兩宮無可調和，以及翁同龢之終將被禍，皆伏於這一道硃諭之中。

從這天開始至戊戌年四月廿七日止，整整三年時間，在光緒朝別成一個段落，論兩宮母子之爭，則帝黨佔上風。論地域派系之爭，則南系佔上風，論學術觀念之爭，則新派佔上風。此三年中知名人物的地位處境及「價值判斷」如下：

一、風雲人物：翁同龢、張蔭桓。

二、不甘寂寞，極力掙扎想恢復權勢者：李鴻章。

三、潛在的關鍵人物：榮祿。

四、潛在的危險人物：袁世凱。

五、仍舊保持其投機作風而獲得成功者：張之洞。

六、政治生命已結束者：張佩綸、孫毓汶。

先談孫毓汶，自四月十七日硃諭下後，孫請假五日，繼而請假一月；六月五日請開缺，據翁同龢日記：「旨允准，本日即下，未請懿旨。」此可證明，孫爲后黨。光緒二十五年卒，恤典甚優，因其時慈禧復又垂簾了。

次談張佩綸，此時尚未歸隱江寧，二月底有一函致李鴻藻，爲李鴻章緩頰，並痛斥袁世凱，本爲夾袋中人物，而忽然態度大變，殊可玩味。此函爲對李鴻章晚年，頗中肯的評論，分段引錄，並略作箋釋如下：

合肥素仁厚，止以喜用小人之有才者，晚年為貪詐所使，七顛八倒，一誤再誤。晚節若此，愛莫能助，夫復何言！惟綜其生平而論，以功覆過，略跡原心，七十老翁，何所求乎？議約竣（此約如何能議得愜人意耶），能容其退歸，以全恩禮，在朝廷亦是厚德。

公篤故交，求曲保全之，此非蕢私於親昵也。春秋之法，罪有所歸，寬子苛父，亦非平允；況安吳、剿捻之績，亦何可一筆抹煞。能使此老無不測之禍，是在仁人一言。

「蕢」爲張佩綸自稱；別號蕢齋。論李鴻章之過，「爲貪詐所使，七顛八倒」，深刻之至；論其功，只言安吳、剿捻，不及辦海軍，辦洋務，亦緣張佩綸身在局中，深知其非。「寬子苛父」謂李經方：由「容其退歸，以全恩禮」；「能使此老無不測之禍」諸語以觀，當時必有嚴辦之議，而自知罪無可逭，只求全身以退。

如議約既竣，翁同龢能勸德宗如其所願，以大學士原品休致，回籍食半俸，不令干預朝政，則以後又是另一番局面。不過，此舉須以大魄力出之，因爲伊藤一定會替李鴻章說話；事實上，李氏父子在日議約，多方遷就，即有結伊藤爲奧援，俾緩急之際，得能求助之意。

黃知猜忌尤深，此老亦非見機者，恃公心手必不過辣也。此非所宜言，恃愛姑放言之，蓋以公夙性篤厚之故。

「猜忌尤深」謂翁同龢；李與翁同奉特旨，令軍機總署，同議「朝鮮之事」，故如有嚴譴，李鴻藻亦有發言之資格。所謂「恃公心手必不過辣」，實即望李鴻藻能牽制翁同龢之意。

若和戰之跡，則亦無從迴護，雖身存而名已喪，無如之奈。倭圖朝鮮，在都於吳軍力持不撤之說，屢見封章，此已舊話。

此言光緒十年春，吳長慶軍自朝鮮撤至金州前，張佩綸以翰林院侍講學士上摺，力持不可；張旋即奉會辦福建海疆之命。

甲申花房之役，乙酉春間定約，已成兩屬；黃遣戍過津力爭之，清卿不可，此亦舊話。

光緒十一年乙酉，三月初，李鴻章與伊藤博文訂立中日天津條約，兩國自朝鮮撤軍，將來出兵，彼此先行知照，事定撤回，兩國均不代朝鮮練兵，此即張佩綸所說的，朝鮮「已成兩屬」。張佩綸於十年年底定罪發往軍台，發遣過津，曾向李鴻章力爭，而吳大澂（清卿）方會辦北洋軍務，參預議約，與張佩綸意見相左。此言吳大澂亦有過失；而翁同龢之庇護吳大澂，則爲不爭的事實。

寓津七年，日慮此作杞憂，合肥託大，釀成此禍，諸將已伏其辜。而禍端萌自袁世凱，熾於盛宣懷，結於李經方；儀老稍欠明機，為此三人蠱惑，更成糊塗。

張佩綸於光緒十四年婚於李氏，以東床參幕府，至二十年八月被逐，前後七年。其時盛宣懷任天津海關道，爲迎合翁同龢，於朝鮮戰事，推波助瀾，日漸擴大，故張佩綸謂之「熾於盛宣懷」。儀公謂李鴻章。

小李賣父誤國，天地不容，自己終身廢棄；盛亦累經彈劾，雖有大力庇之，終為財色冥殛；獨袁以罪魁禍首，而公論以為奇才，實不可解。花房之役，攘吳長慶功，此不足論；雖曰欲尊中朝，而一味鋪張苛刻，視朝鮮如奴，並視日本為蟻，怨毒已深，冥然罔覺。土匪之起，即倭所使；電稟日數十至，請兵往剿。彼豈不知親家翁之約者，無乃太疏！（吳清卿折輩行與袁作兒女親家。）

「大力」庇盛者，即翁同龢。袁世凱長子克定，娶吳大澂之女；所謂「親家翁」之約，無乃太疏，指天津條約爲吳大澂所訂，關非公論。李鴻章自謂「中年戎馬，晚年洋務」，豈不知天津之約，朝鮮必成「兩屬」。

如納張佩綸之言，以爲不可，吳大澂如之奈何？至謂李經方「賣父誤國」，則李鴻章馬關被刺後，由李經方與伊藤議約，苛刻條件皆由小李所許，經張佩綸此函證實。惟不知「賣父」代價爲何？

求翼長不遂與葉（志超）爭分不相見，指牙山使之屯劄，致人絕地。既回津門，所與合肥論者，皆無甚高論嘉謨；而與盛（宣懷）騰書都下，各表所見，均係事後諸葛，實則全無影響。

其時倭氛日棘，蕢自七月初九臥病，至八月初，月餘未見合肥，不能復爭。所密謀者三君之外，一張士珩而已，焉有不用其一策，而日日仍參預謀議者乎？都下諸公主持清議，皆呆人也。

按：此段所著重在最後兩語。八月十一日，張佩綸被劾，在北洋干預公事；表明七月初九臥病，至被劾時止，月餘未見李鴻章。李既示用其一策，安能日日參預謀議，此可以清理推測者；而清議仍謂其攬權，故有「呆人」之誚。

袁乃子久從侄，於黃執禮甚恭，且推子久舊交，亦何取雌黃後進？第對此公深談數次，大言不慚，全無實際；而究其所為，驕奢淫佚，陰賊險狠，無一不備。公以通家子弟畜之則可，以天下奇才目之則萬萬不可。所以不能已於言者，既已誤合肥矣，更恐誤國，更恐誤公；與之實有恩而無怨也。斯人不用，吾言不效，此信作夢囈觀，則大幸耳。

此段專論袁世凱。袁子久即袁保齡袁甲三之子，袁保恆之弟，爲李鴻藻門生；故袁世凱於李鴻藻自稱「小門生」。張佩綸自言「與之有恩而無怨」，無異自承多年提攜袁世凱；此時發現袁世凱爲一險人，悔之已晚，特爲李鴻藻痛切言之。對袁的批評，殊爲中肯；若其人不用，國之大幸，後來亦符所料。

張佩綸畢竟有知人之明，李鴻章識其人、愛其才而不能用，此亦氣數所關。至於袁世凱之見用，李鴻藻頗有關係，袁與榮祿的關係，即由李鴻藻而來。袁於馬關和議成後，有函致李鴻藻論陸軍路路皆一敗塗地原因，深得其要：

此次軍務，非患兵少，而患在不精；非患兵弱，而患在無術。其尤足患者，在於軍制冗雜，事權分歧，紀律廢弛，無論如何激勵，亦不能當人節制之師。即如前敵各軍，共計不下十萬人，而敢與寇角者，亦只宋祝帥、依堯帥舊部各二、三千人，及聶提督千百人耳，此外非望風而逃，即聞風先潰；間或有一二敢戰者，又每一蹶不可復振。

宋祝帥謂宋慶，字祝三；依堯帥謂依克唐阿，字堯山，姓扎拉里氏，滿洲鑲黃旗人，時官黑龍江將軍；其人爲多隆阿之後，旗將中賢者。

「清史稿」本傳：

依克唐阿勇而有謀，性仁厚，不嗜殺，每有俘獲，不妄戮一人。轉戰吳、皖、魯、豫，先後救出難民十數萬計，至今人尸祝之。初與長順訂兄弟交，長順兄事之；及議遼陽戰守，語不協，依克唐阿毅然獨任其難：曰「孰使我為兄也者？」其雅量如此。

觀此描寫，其人風標可想。至聶提督謂聶士成，字功亭。宋慶、聶士成雖皆起家安徽，但與李鴻章系統的淮軍，淵源不深，故沾染的習氣亦不深，此爲猶堪一戰的最基本原因。

以下，袁世凱又論整軍之道；爲其小站練兵的方針：

為今之計，宜力懲前非、汰冗兵、節縻費、退庸將，以肅軍政。亟檢各將帥數人，優以事權，原以餉糈，予以專責，各裁汰歸為數大枝，扼要屯紮，認真整勵，並延募西人，分配各營，按中西營制律令，參配改革，著為成憲。必須使統將以下，均習解器械之用法、戰陣之指揮、敵人之伎倆，冀漸能自保。

仍一面廣設學堂，精選生徒，延西人著名習武備者為之師，嚴加督課，明定升階。數年成業，即檢派夙將中年力尚富者，分帶出洋，遊歷學習，歸來分授以兵柄，庶將弁得力，而軍政可望起色。

袁世凱從朝鮮回國後，就渴望能練軍；而持同樣意願者，還有一個胡燏芬。當時湘軍、淮軍之必將解體，凡在北洋任事而頭腦比較清楚者，都已料到；但有志於此者，只有胡燏芬、袁世凱。胡的條件優於袁，得以猛著先鞭，但袁世凱工於心計，反而後來居上。丁士源「梅楞章筆記」

敘其經過，頗多異聞，引錄詮注如下：

北洋諸官吏，咸謂海軍已有辦法，重整陸軍，亦為當務之急，尤以鐵路督辦胡燏芬，及由朝鮮而歸，尚未回浙江溫處道原任之袁世凱為甚。

按：胡燏芬原籍浙江蕭山，同治十三年進士，點庶吉士，散館改廣西靈川知縣，加捐道員，走了李鴻章的路子，得以補天津道，管北洋糧臺。光緒十七年遷廣西臬司；二十年入京祝嘏，中東事起，爲李鴻章奏留，仍管糧臺。丁文稱之爲「鐵路督辦」，微誤，胡燏芬辦鐵路，爲以後之事。

顧胡袁二人，均不能握筆為文，胡因將英使交彼之應時練兵說帖，求寧波王宛生編修，代擬條陳。王文思敏捷，且研究新政有素，遂使兩稿，一以英使之說帖為藍本，一則加以文字之煊染，王覺所煊染稿較妥，乃交胡燏芬遞至京師督辦軍務王大臣恭親王、慶親王及榮文忠祿，得命練定武軍十營。

按：此記誤兩事爲一事。胡燏芬先經李鴻章同意，李鴻藻保薦，奉旨練定武軍十營，先練五千人，徐議擴充。此計畫出自漢納根，其人爲德國騎兵中尉，而爲李鴻章聘爲北洋海軍教練；大東溝之役，丁汝昌受重傷，並曾代丁指揮海戰。北洋類此牛頭不對馬嘴之事情甚多。

至胡燏芬所上條陳，在二十一年四月間，言變法自強，條列十事，首即「開鐵路」。且條陳非遞交恭王，乃正式奏疏；出於編修王修植手筆，王浙江定海人，即丁文中所謂「寧波王菀生編修。

袁世凱微有所聞，以王為北洋大臣王文韶之重要幕府，袁日趨其門，並與王菀生修植及其同僚張金波錫鑾、孫慕韓寶琦、潘了俊志俊，四人拜盟。菀生向以袁為韓事罪魁，故遇之頗疏，然袁乃覥顏逢迎。

當時侯家后之名妓為沈四寶、花媚卿、花寶琴、林桂笙、賽金花等，袁遂將朝鮮帶回之款，日以四寶班為讌會所，肆其趨附伉儷，得求王代擬一練兵條陳，王即以英使練兵說帖為藍本之稿塞責。

按：王文韶於光緒二十年九月，在雲貴總督任上內調，幫辦北洋事務，以備接替直督，這本來是翁同龢擴張勢力的安排；不意外號「琉璃蛋」的王文韶，後來竟爲榮祿暗中籠絡，成爲后黨。翁同龢被逐回籍，王文韶內調接任戶尚；榮祿外放爲直督，兵權在握，注定了「百日維新」終必歸於泡影。翁與王的交情本來甚厚，以後日漸疏遠，翁同籍後，竟絕音問。

胡燏芬奉旨練定武軍十營，本邀袁世凱爲助，袁所開條件甚苛，未曾談攏；漢納根又跋扈難制，所以胡燏芬的興趣轉向造鐵路。

王修植所獲之「英使練兵說帖」，不詳其由來；但袁世凱練兵採德國制度，則「英使說帖」，似無影響。

> 袁奉為至寶，朝夕朗誦，緊記要點，繕就後，求榮文忠遞之。榮文忠逐條詳詢，袁亦逐條回答，榮遂攜袁同見恭慶兩邸；兩邸詢袁，袁亦明白答覆，較胡燏芬所答為詳明，因胡乃紹興人，官話不如袁之流利也。

按：袁世凱於廿一年六月引見，旋奉旨交督辦處差遣，出於李鴻藻所保，其間袁曾數謁翁同龢；翁對袁的印象，最初爲「開展見誠實」；以後變爲「此人不滑，可任」，至十月初三，遂由恭王、翁同龢、李鴻藻、長麟等在督辦處商定，胡燏芬造鐵路、袁世凱練洋務。

至於榮祿，其時為翁同龢所抑制，並無左右政策的力量。但榮與翁已如水火；而榮祿在暗中支持袁世凱，則確為事實。榮祿之惡翁同龢，有李鴻藻年譜所收榮祿致陝西巡撫鹿傳霖一函可證；函作於二十年十一月初三；書於便條，無上下稱謂：

一、常熟奸狡性成，真有今人不可思意（義）者，其誤國之處，有勝於濟南（寧）（指孫毓汶），與合肥可並論也。合肥甘為小人，而常熟則仍作偽君子，刻與其共事，幾是無日不因公事急執，而高陽（指李鴻藻）老矣，又苦於才短，事事為其欺蒙，可勝嘆哉！

二、日前常熟欲令洋人漢納根練兵十萬，歲費餉銀三千萬，所有中國練軍均可裁撤，擬定奏稿，由督辦軍務處具奏。鄙人大不以為然，力爭之；兩王及高陽均無可如何，鄙人與常熟幾至不堪，始暫作罷議。及至次早，上謂必須交漢納根練兵十萬，不准有人攔阻；並諭不准鄙人掣肘云云，是午間書房，已有先入之言矣，奈何！

妙在刻下據漢納根云：「十萬不能練，可先練三萬；先須招洋將八百員，以備教練，然須先發聘價四百萬安家，然後全中國募三萬人，仍須先發其一千萬兩」等語。明是攬局之語，而常熟自覺辦不動，從此即不提起矣。諸如此類種種不盡情形，不能盡述。當爭論時，鄙人謂：「中國財賦已屬赫德，今再將兵柄付之漢納根，則中國已暗送他人，實失天下之望。」

渠謂：「此係雄圖萬不可失之機會」等語。不知是誠何心！豈堂堂中國，其欲送之於合肥、常熟二子之手耶？幸此事未成。鄙人仍擬竭力徵兵，冬末臘初，兵力可恃，即擬力主戰事云云。初三日寅初。付丙。

按：當時欲仿西洋制度練陸軍，而以人材難得，思借重客卿，爲當政者大致相同的看法。孫毓汶爲兵部尙書，與徐用儀曾主張接納英使建議，由赫德練兵，面陳於帝；翁同龢以財權、軍權歸於一人，執意不可。則榮祿之所見，翁同龢亦未嘗未注意。

又漢納根練兵，在名義上係歸由胡燏芬辦理；胡燏芬與翁同龢的岳父湯金釗（道光十八年協辦大學士、諡文端），爲浙江蕭山小同鄉，故與翁同龢有淵源，但胡爲李鴻藻門生，關係更深。榮祿將漢納根練兵一事，歸咎於翁同龢，非持平之論；而遠告西安的鹿傳霖，則以鹿與張之洞爲郎舅至親，度鹿必告張之洞，厚結反翁的勢力。黨援傾軋，花樣無所不有，此其一例。

榮祿於甲午九月入京祝嘏，正值恭王復起用事；恭王有一長處，不沒人長，故與醇王不睦，但於作爲醇王心腹的榮祿，仍頗欣賞，因薦榮祿代福錕爲步軍統領。當時自慈禧以至親貴，下及滿洲大臣，皆有一個感覺，德宗信任漢人太過，而兵權歸於漢人，更是耿耿於懷，但湘軍、淮軍、平洪楊、剿捻匪，而尤能自籌糧餉，不累國庫，則雖不平，亦無可如何。及至平壤大敗，淮軍、湘軍皆將解體，滿洲正宜收回軍權，此亦爲八旗大致相同的想法；而在滿洲大臣中，可掌軍權者，則以資格、家世、才具而論，榮祿誠不作第二人想。榮祿致鹿傳霖函結尾一語「鄙人仍擬竭力徵兵」，固已明白宣告，必爭兵權。

乙未四月十七日，「準罪已詔」下達；五月間李鴻章回京入閣辦事；六月間政府改組，據翁同龢日記所載情況如下：

初五日：孫毓汶出軍機，並開兵部尚書缺。

初十日：徐郙升兵尚，許應騤升總憲（左都御史），廖壽恆調倉場（侍郎）、汪鳴鑾調吏右、許景澄升工右。

廿一日：吏尚熙敬、戶尚敬信、兵尚榮祿。

六月初十日的調整，爲翁系勢力的擴展；廿一日的調整，由於體仁閣大學士福錕於閏五月予告；協辦大學士麟書升補爲大學士，麟書原領吏尚，既正揆席，不得再兼尚書，由戶尚熙敬調補；兵尚敬信調戶尚，而以榮祿補兵部尚書。直隸總督北洋大臣，則維持王文韶作一招牌；兵權此時實際上已歸榮祿了。

劉鳳翰「榮祿與武衛軍」一文云：

榮祿接掌兵部尚書後，督辦軍務處各事，即由榮祿一人主辦，恭王與慶王領銜，各大臣會銜而已。在整編有作戰實力的部隊中，聶士成（直隸提督）的武毅軍，與宋慶（四川提督）的毅軍，是甲午中日戰爭過程中，最出色的兩支軍隊，故予以整編保留，並更換新式裝備，而榮祿與聶、宋兩提督，也建立了直接關係。

按：榮祿被任爲兵部尚書以前，先派翁同龢在總理各國事務衙門行走。在此之前，徐用儀爲王鵬運所劾，謂其附和孫毓汶，迎合李鴻章，封奏乃康有爲所草。徐用儀軍務、總署兩差並撤，軍機大臣由錢應溥補；總署則由數辭不就而終不能不拜命的翁同龢補，並兼管同文館。同時入總署者，尚有李鴻藻；而翁同龢在總署當家，事極繁重，因而不常至督辦處，但大事仍由翁同龢與恭、慶兩王商定。

榮祿不參廟堂大計，而專意於收兵權，則爲翁同龢所不及知，亦無暇問。至十月初三，商定胡毓芬造鐵路，袁世凱練新軍，兩王領銜的原奏如下：

> 查歐洲各國專以兵事為重，逐年整頓，精益求精，水師固其所長，陸軍亦稱驍勇。中國自粵捻削平以後，相沿舊法，習氣漸深，百弊叢生，多難得力；現欲講求自強之道，固必首重練兵；而欲迅期兵力之強，尤必更革舊制。去歲冬月，軍事方殷之際，曾請遠練洋隊，蒙派胡燏芬會同洋員漢納根在津招募開辦；嗣以該洋員擬辦各節，事多窒礙，旋即中止，另由胡燏芬練定武軍十營，參用西法，步伐號令，均極整齊，雖盡西國之長，實足為前路之導。
>
> 今胡燏芬派造津蘆鐵路，而定武一軍，接統乏人，臣等公同商酌，查有軍務處差委，浙江溫處道袁世凱，樸實勇敢，曉暢戎機，前駐朝鮮，甚有聲望，其所擬改練洋隊辦法，及聘請洋員合同，暨新建陸軍營制餉章，均屬周妥，相應請旨，飭派袁世凱督新建陸軍，假以事機，俾專責成。

當時奏准的辦法是先就定武十營，計步隊三千人、炮隊一千人、馬隊二百五十人、工程隊五百人爲根本；再加募新兵，以七千人爲度，每月約支正餉銀七萬餘兩；請德國教練。練兵的地點，仍用定武軍原駐地，距天津七十里的新農鎮；即是所謂「小站」。

袁世凱奉旨後，於十一月初六奏報成軍，編制爲：

一、步兵：左右兩翼，左翼兩營；右翼三營。

二、炮隊：共三隊，右翼快炮隊；左翼重炮隊；接應馬炮隊。

三、馬隊：四隊。

新建陸軍的重要人事，除徐世昌爲文案；張勳爲中軍官以外，就是有名的「北洋三傑」了。但最初是四個人，都出身於北洋武備學堂。這四個人是：王士珍，營務處會辦兼步隊幫統，及工兵學堂、德文學堂監督。段祺瑞，炮隊統帶，兼長炮兵學堂。馮國璋，督練營務處總辦，兼長步兵學堂。梁華殿、馬隊統帶，兼長騎兵學堂。梁華殿後來因夜操難辨地形，策馬墮入深池而溺斃。

袁世凱在小站練兵，不過半年的工夫，成績已斐然可觀，最大的原因是，痛改湘淮軍，逐層剝削的惡習；他在上大府的條陳中說：

所擬餉數，例之湘淮餉制，未免嫌優。但餉薄則眾各懷私，叢生弊竇；餉厚則人無紛念，悉力從公。且威著於知恩，罰行於信賞，每屆關餉，並簡派委員，核實點發；營員不得經手，則上無侵蝕，下免紛紜，積極頹風，可冀力挽。

袁世凱說得到，做得到，士兵關餉之前，須先一包包都包好，上標姓名；點到名，驗明正身，拿了餉包就走，其中一文不缺。

因此新建陸軍士兵的月餉，雖跟湘淮軍相仿，約爲四兩五錢至四兩八錢，但核實發放，已等於提高了待遇。湘淮軍發餉，一年不足十二個月，而是九個月，或十個月，稱爲「九關」；「十關」，關者關餉之謂。

至於軍餉的餉項，則比湘淮軍優厚得太多。湘淮軍營官月餉五十兩、辦公費一百五十兩；此辦公費中包括各營雇用司書、醫生、工匠的費用在內。新建陸軍的營官，月餉一百五十兩，辦公費三百兩，而且必要的人員，都有編制，另支薪餉。軍官生派優裕，既不必，也不准剋扣士兵之餉；也用不著動歪筋腦去另外搞錢。這樣軍紀便可維持於不墜；一支部隊，紀律好，訓練沒有不好的。到了光緒二十二年四月中旬，小站新建陸軍報成軍尚未半年，朝命榮祿前重慶視察；而此時有一怪事，即原保袁世凱的李鴻藻，指使言官參袁。據「李譜」記：

四月十六日：命兵部尚書榮祿，往天津小站閱新建陸軍。御史胡崇桂，參袁世凱營私蝕餉，榮往查辦。

按：袁練新建陸軍，公爲保薦人，據陳夔龍云，胡崇桂參袁世凱，亦出公之主使。

五月十四日：榮祿奏，袁被劾各款，均無實據。詔諴勉督練新軍之袁世凱，並命王文韶就近考查。

按：「清朝御史題名錄」，無胡崇桂，而有胡景桂；據「容庵弟子記」參袁者確爲胡景桂，直隸永年人，字月舫，號直生，光緒九年庶吉士，留館授職編修，光緒廿一年補授河財道御史；此公即胡金銓的祖父。

光緒九年癸未科，李鴻藻以協辦大學士派充讀卷官，居首；胡爲李鴻藻門生。其時袁世凱底蘊漸露，凡過去曾識拔袁世凱者，均有悔意，如李鴻章、張佩綸，下逮南通張狀元等等；李鴻藻亦深悔薦袁之非，而又小人有才，新練陸國，成績斐然，兵權在手，倘有出軌行動，受累匪淺，因而授意胡景桂摺參。

上諭派榮祿前往考查，覆命稱譽，則袁世凱將來倘或出事，榮祿以兵尚翼護，貴有攸歸。此爲李鴻藻出爾反爾，不得已之苦衷。胡景桂未幾外放山東臬司，而袁世凱則以戊戌八月告密之功，由直隸臬司簡放山東巡撫；胡景桂大爲惶恐。而袁世凱不記前嫌，開誠結納，並薦之爲藩司。此爲袁世凱宦術過人之處。

榮、袁的結合，決定了愛新覺羅皇朝，終將亡於慈禧太后之手的命運。自李鴻章垮台至「戊戌政變」，爲帝黨壁壘分明，公然反抗后黨的時期，就表面看，乾綱大振，一切大政均出自宸斷；而翁同龢重用張蔭桓，一隻手洋務；一隻手財權，得意非凡。但后黨以榮祿爲首，暗中佈置，主要的策略，即是接收李鴻章所惘惘不甘而放棄的北洋兵權。爲防翁同龢猜忌，以南派資深的王文韶爲直隸總督，作爲掩護；而暗中重用袁世凱，另建新的武力。同時慫恿李鴻章，在洋務方面，處處跟翁同龢爲難；此外還有最厲害的一著是，在恭王身上下工夫，掣翁同龢之肘。

其至有關係的一事，發生於光緒廿三年十一月中旬；當時爲膠州灣事件，翁同龢與張蔭桓商定的宗旨是，中德兩國自了，而李鴻章必欲牽引俄國介入，甚至逕自致電駐俄使節許景澄，應與俄國如何交涉；並電令毅軍宋慶照料自日赴旅順的俄艦。

翁、張忍無可忍，遂有倒李之密，而爲恭王所阻；張蔭桓一擊不中，知李鴻章必將報復，態度大變。此段秘辛，關係重大，無可估計；但以事不成，世無知者；六年前，我爲故宮博物院整理入藏之翁同龢致張蔭桓函札一批，始明眞相，可爲發覆。

按：光緒二十三年九月，德國遠東艦隊，擬在膠州灣過冬，總署拒絕。未幾曹州發生教案，德國教士二人，爲土匪所殺；德皇威廉二世覬覦膠州灣已久，但恐與俄國勢力衝突，於是年夏訪俄時，謀取諒解而無確定之成議，此時擬以教案爲藉口，強占膠州灣，電詢俄皇意見。俄皇覆電，無權過問；俟德國遠東艦隊行動後，乃向德提出反對。

俄國何以出爾反爾？目的是要製造出兵中國的機會。當時李鴻章決定聯俄，外以報復日本；內以謀復起主持洋務，並打擊翁同龢，此時見有機可乘，不顧一切，爲俄國的內應。張蔭桓對他這套引鬼進門的手法看得很清楚，所以向翁同龢建議，守定「斷不用兵」及「兩國自了」的原則，俾杜絕俄國決定擴大事態，以便出兵干預的陰謀；德宗亦同意此兩項原則與德國公使海望的交涉，相當順利，摘錄翁同龢日記如下：

十一月初十日：午初訪樵野（張蔭桓）皆赴總署，未正同至德館；攜六條照會與一一辯論，不料一一皆有頭緒，竟得十之七八。……余慮其反覆，假其鉛筆畫數語於第之下，令翻譯福蘭格讀於海聽，一諾無辭。歸後余草問答令斌寫之（語簡而要，與尋常問答迥異）：

第一條：李秉衡止稱不可做大官，去永不敘用四字（極密）。

第二條：濟寧教堂給六萬六千內，勅建天主堂匾，立碑。

第三條：曹州、鉅野立教堂兩處，為被殺教士賠償，照濟寧之數（另三千兩償搶物）。

第四條：請明諭飭地方官盡力保護（照約）。

第五條：如中國開辦山東鐵路及路旁礦場先儘德商承辦。

> 第六條：問如何是辦結，允兩國照會教案畢，即為辦結。

「斌」名斌孫，爲翁曾源的長子；翁同龢的侄孫。所引六條，括弧內字樣，即爲翁同龢用鉛筆所加者，第一條懲罰山東巡撫李秉衡，不用其爲大官，而非永不敘用。第六條的解釋見後。

十一月十一日，翁同龢將前一日的「問答」奏陳後，與張蔭桓擬妥照會，由恭、慶兩王看過，與張親赴德使館，「以照會稿逐條讀之」，海靖表示並無不合，留稿譯作德文。此日日記中解釋第六條云：

> 此稿就昨件擴充，惟第六款聲明不合賠償而述兩國交情，且有助歸遼東之誼，當另案辦理，與教案絕不相干云云。蓋隱示以可別指一島也。此等語何忍出口，特欲弭巨禍，低顏俯就耳。嗚呼，悕矣！

當時的打算是，以浙江定海割讓予德國。凡此交涉及照會稿等，皆未告李鴻章，即因知李與俄國公使巴德羅福有勾結之故。

這樣到了十一月十五日，在等候德國答覆之時，李鴻章忽然出來攪局；是日翁記：

樵野書來，云今日俄巴使到署、李相竟託代索膠澳，彼即應允發電。廖欲尼之，而許助李說，直情徑行，且曰：「此事非一、二人所能口舌爭也。」事在垂成，橫生枝節，可嘆，可嘆！夜艸奏稿，擬後日上，蓋不可不辨耳。

此即李鴻章的引鬼進門。廖爲刑部尚書廖壽恆；許爲禮部尚書許應騤，皆爲總署大臣。

按：十五日俄使到總署時，翁同龢與張蔭桓皆未在座，致予李鴻章以可乘之機；翁同龢得張蔭桓信後，覆函抱怨，並謀補救之道。原函見故宮博物院印行「松禪老人尺牘墨跡」第二二四、二二五頁，釋文如下：

今日之會，閣下奈何不與？恐敗乃公事矣！然有一法，明早偕閣下往彼館，以此微諷之，何如？明亦當以此告同列也。適風眩，極煩懣。不盡。

芋盦閣下　　　　弟名頓首　十五夕。

中德原爲秘密交涉，此時已爲李鴻章破壞。所謂「微諷」者，意謂擬告海靖，德如不速作了

結，俄將干預，俾德遷就。是夕，翁又二次函張：

適草一稿奉覽，聊備一說耳。此事竟以明晨往彼館催換照會為要著。散直後即當趨訪，幸具晨饔以待。何如。芋盦先生　　弟名頓首　十五夜戌初。

所「草一稿」，當與澄清辦理此案之專責人員有關。次日翁記：

早入與恭邸談昨事，亦甚詫。見起四刻，論昨事，上曰：「遣奕劻即往告李鴻章，速尋巴使，云緩幾日，俟續電，勿遽動。」矢語決斷，非臣工所及。退與慶王言之，王毅然任之。

於此可知，李鴻章託俄使代索膠澳，德宗、恭王、慶王皆不以爲然。德宗的處置，極其明快，而竟難挽回。翁同龢十六日續記：

辰正一刻散，到館臥片刻，起訪樵野，令梁宸東到德館探問，並告余等將往，少頃回云，今日海使無暇，計後半日當有回電，伊無添索，請放心。本國回電，伊不能料也。

其時海靖尚不知有李鴻章託俄使代索一事，所以合作的態度未變。至所謂「本國回電，伊不能料」，爲聲明其權限之語，並非預料「本國回電」必有變化，預作伏筆。

以下續記：

樵發許電（二百十四字），詳告原委，令轉電楊使洽外部，中國不欲俄為華與德失歡；若議不成再電。此時勿調船云云。以我二人名發之。

「樵」爲張蔭桓、「許」爲許景澄，本以工部侍郎外放爲駐俄兼駐德使臣，光緒廿二年俄德分置專使，以許駐德，別調駐美之楊儒駐俄，遣伍廷芳駐美。但駐歐外交，仍以許景澄爲中心；「詳告原委」令轉電楊儒，則以此時交涉對象爲德國；而託俄使代索膠澳，爲李鴻章私人擅作主張，非總署所同意，故不便電楊儒向俄國表示意願，以避免打開俄國爲此案向中國直接溝通的管道，此即張蔭桓高明之處。

而俄國既以爲中國打抱不平，表示不惜與德撕破臉，則表面的一番好意，中國似不能不領情，因以「不欲俄與德失歡」而言，措辭婉轉，用心良苦。「以我二人名發之」，則是示許景澄

與楊儒，此案爲翁、張二人作主，李鴻章無權發言。以下續記：

> 樵又擬旨，謂已派某二人與海商辦，此後如非該大臣之電，國家不承認云云。恐太訐直，明日酌之。（此件未用）

張蔭桓所擬之旨，自是分飭許景澄、楊儒的上諭；正面確定翁、張二人負交此案的全責；反面即是排除李鴻章於此案之外。而張蔭桓所擬之旨，實即根據翁同龢前一日「戌初」致張函中，所附「適草一稿」而來。

括弧中「此件未用」四字，係第二日所加。未用之故，在恭王不贊成；十一月十七日辰刻，翁同龢致張蔭桓函云：

> 昨擬件，邸不欲，云「且緩，且緩」。

所謂「昨擬件」，即指張蔭桓所擬電旨；「邸」則恭邸。此電旨如能照發，許景澄、楊儒不但不必再理會李鴻章；而且必以電旨內容，照會德、俄，此後所有交涉，無李鴻章發言的餘地，即無興風作浪的可能。可惜格於恭王的鄉愿作風；但翁同龢自誤，既有此意，何不先在書房密陳德宗，俟召見軍機時，作爲德宗本人的意旨，當面交代，承旨電發，雖恭王亦不能爭；因爲此即「權操自上」，且事貴專責，題目甚正，欲爭亦難有理由。翁同龢小事精明，大事糊塗，即此可知。

此後三日，內外都發生了變化，外則李鴻章面託俄國代索膠澳，加以英國又提出權利主張，以致德國猜疑，海靖的態度大變；翁記：

十一月十七日：約樵野詣德館，未刻樵來，云德致梁震東（誠）書云：電未回，可勿往。意頗疑之。

十一月十八日：遣人告海靖，余等即往，伊推卻云，有要事不能候。然則變卦顯然矣。

內則張蔭桓的態度亦大變；翁記：

十一月十九日：見起四刻，辰正散。張君與余同辦一事，而忽合忽離；每至彼館，則偃臥談笑，余所不喻也。

張蔭桓之所以如此，即因倒李鴻章不成，而爲恭王所阻的旨稿內容，則已外洩。張蔭桓此時已深具戒心，認爲翁同龢不足與謀此等須使決絕手段的大事；而李鴻章雖在失意之時，要報復張蔭桓，卻綽有餘力。翁同龢既不可恃，則惟有明哲保身而已矣。

自十一月廿一日起，情勢變得非常複雜了；而李鴻章則從中大施其翻雲覆雨的手段。翁同龢是日日記：

今早梁震東往德館未得見，並阻我輩往，而查外電薄，昨德寄德館電二次，二百六十餘字，益可疑；乃令人往問福蘭格，前約三日乃六七日，究竟何日再商？始定明日三點鐘往晤。

當時駐華各國使館，與本國的電報聯絡，仍須透過中國的電報局辦理，各有密碼，無從窺探其內容；但可以由電報的頻率及字數，約略猜詳。翁同龢因德國兩電使館，字數達二百六十餘，推斷當係有關「六條」的回電，因命人往詢德使館翻譯官福蘭格；遂有次日上午之約。此爲中德方面的交涉，由翁同龢、張蔭桓主持。

另外則爲李鴻章擅作主張，節外生枝的外交活動，據翁同龢同日所記，則李鴻章與日俄兩

使，皆有接觸：

發許電（餘與樵名），發北洋鄂督電，告以現在教案將結，膠澳難議，各國皆不允南洋給德國一島；日使告李相畫一策，謂以膠暫租與德，是解圍之法。

此段所記，謂翁與張具名，致許景澄電；又以決署名義分電北洋王文韶、鄂督張之洞。電文內容相同，尚持樂觀論調，告以「教案將結」者，以推斷德國對「六條」已有回電，且因海靖次日之約而間接證實。

其次，本擬在東南沿海（南洋）別指一島與德，而英國等皆表示利益均霑，此在翁同龢天眞的想法，即爲反對德國的表示。至於對德交涉解決的辦法，翁同龢傾向於「日使告李相畫一策」，即將膠州灣開放爲通商口岸，所謂「以膠暫租與國」之「租」指租界，見次日日記與致張蔭桓函甚明。

李鴻章與俄使巴伯羅福的接觸，係在是日晚間；翁同龢續記：

今晚巴使訪李相，未知其意。夜李函，云巴言俄二艦明日到旅順，已電北洋矣。

李鴻章與巴伯羅福會談的情況，據李函翁，計爲兩事；次（廿二）日「辰初」，翁同龢函張蔭桓云：

昨夜儀公函言，見巴使謂接外部電，兵船三隻，已由長崎起錠赴旅。（高揚按：「日記兩艦」為誤書。俄艦確為三艘，後據王文韶電報，兩泊煙台，一入旅順。）廿二晚可到。儀已發電，詳告北洋，令宋提督及船塢委員照料一切。並告以俄係實心親密，一杜英窺伺；一催德退膠，無他意等語。成事不說；今日攜函告邸，邸亦無語，惟慮宋誤會出事耳。

以上爲翁同龢原函上半段。李鴻章不但接納俄艦，且逕自致電北洋，令直隸提督宋慶及船塢委員，照料一切，事先既不奏聞；亦未商諸總署同事，獨斷獨行，僅於事後以數行告翁，其專擅跋扈，視舉朝如無人；但亦爲恭王衰頽、翁同龢庸懦，有以致之。

下半段轉告李鴻章與巴伯羅福所談的另一事：

至通商口岸一節，儀以己意語巴；彼謂此調停之法，如長崎亦通商，而日人另給地與俄屯

煤，無礙各國。當以此意電外部，與德廷商之云云。此節卻有關係，看今日口吻如何？若能趁此作轉圜下台計，豈非大妙？餘面談。

名頓首。廿二日辰初。

按：「彼謂」直至「云云」，為巴伯羅福之語。很顯然地，巴伯羅福慫恿中國以膠州灣開放為通商口岸，而引長崎之例。「另給地與俄屯煤」，為將來索地之伏筆，而以輕描淡寫「屯煤」二字出之；李鴻章明知而不言，翁同龢則茫然不悟，還在打如意算盤。

其時英國窺伺大連；而俄國的目標顯然在旅順，加上德占膠州，有三個地方要出問題。翁同龢希望照日本公使的建議，開放膠州灣為通商口岸，作為實現利益均霑的具體行動，以杜英國之口；而對德國，作「多給租界」，以示優異。當日下午與海靖會晤時，就是打的這把如意算盤。

十一月廿二日翁記：

樵野來，申初詣德與海靖密談，福蘭格在座，云得回電，款案前五條可了，第六條膠澳退兵，德國面子太不好看（此語可怪，有退意），斷辦不到，並斂兵入船亦游移。再三駁詰，舌敝唇焦，始稱斂兵或可商。

告以款案六條，可先照覆，作一結束；海云：膠事另案緩商。復與商膠開通商口岸、多給租界與德、德實得利而各國免饒舌，是第一妙法。海遲疑良久，託言恐俄不願。復曉譬百餘言，海終為難；並云此層已受外部訓，不可行矣！復告以須照此意再電，海勉允。最後令後日送照覆底來看，訂期互換。樵野過余晚飯，擬問答稿，彼書之。發許電，令商膠口通商事，睡極晚。

按：其時總署大臣，除恭慶兩王外，尚有九人，與翁同龢在一條線上的，只有一個張蔭桓，張蔭桓既已「變節」，且對英國的觀感，與翁同龢不同，翁以爲英德勾結，而張已瞭解，與德勾結者，實爲俄國。

且其時有向英國借款之事在進行，由張經手，需要李鴻章的支持，如向英借款不成，則李鴻章在進行的向俄借款成功後，亦可分潤回扣，所以從任何方面來看，張蔭桓皆不願得罪李鴻章。於是，翁同龢益形孤立。

相反地，李鴻章則除獨斷獨行，肆無忌憚地勾結俄艦來華，蓄意破壞中德直接交涉以外，此時因爲翁同龢庸闇可欺，而恭王既有保全之心；張蔭桓復有輸誠之意，因而得寸進尺地與俄國進一步勾結，談借款、談造鐵路；同時不插手對德交涉。十一月廿七日翁記：

未正二赴總署。李相昨令德商包耳問海靖，膠澳開商如何？海云不夠。此密商事而李又詰之真拆局矣。

說「拆局」，翁同龢還只看到一面；李鴻章希望海靖瞭解，中國辦洋務他又在「當家」了。這才是他派德商包耳去看海靖的眞正目的。翁同龢續記：

前日德寄德館一百卅字；昨日六百數十字（三交），必是回電，而海告包耳無回信，奸詐可知，路透電：德王送其弟，臨分（手）頌曰：「如中國阻撓我事，以老拳揮之。」李相又派薩蔭圖赴旅順當俄翻譯，不謀於眾，獨斷獨行，奈何！

按：德皇之弟享利親王，乘軍艦東來，德皇在漢堡對海軍發表演說：如有阻撓德國在華利益者，決以實力對付。此即翁記所謂「以老拳揮之」。德使館收到六百餘字的電報，當與德皇說，享利訪華之事有關，未必即是「六條」的回電，翁同龢昧於外勢，復又武斷，無怪乎李鴻章百足之蟲，居然復活。薩蔭圖為總署俄國股章京。

翁同龢續記：

夜祀先，與子侄團坐而飲，目前歡娛也。

按：是日爲冬至，禮先聚飲；「目前歡娛也」五字，不啻新亭之淚。其時俄德勾結，由於李鴻章的引狼入室，進展極快，俄國在旅順已完全強占的部署，德國的態度，遂亦轉爲強硬。十二月初二，翁同龢問李鴻章：「俄船究能退否？」李鴻章自任保必退；謂「前日巴使密告，斷不占我寸土」，結果是三天之後，原形畢露。十二月初五日，翁同龢、張蔭桓與海靖第七次會晤，海靖有示，接到訓令，關於「六條」中的第五條：「如中國開辦山東鐵路及路旁礦場，先儘德商承辦」一節，另案辦理；張蔭桓準備允許，而翁同龢不可，因爲併入教案，爲特殊情況，他國不能援例；否則便是「兩層利益，恐他國助我歸遼者，又將援索」，此指俄國而言，而海靖的答覆是：

海云：「俄已得旅順，何再索爲？」余始悟俄實與德通，令海前驅耳。

此悟已晚，觀次日翁記可知：

未正赴總署，海使兩照會，一言膠澳竟欲全占，極無理；一言昨晚接電，曹州府復有驅逐教民，聲言欲殺洋人，係提督主使，請將提督革職等語，並稱此案不滿其意，兵不撤也。急發東撫電，並婉謝海使。

海靖之後，巴伯羅福接踵而至，先談中東鐵路，「語亦極橫」，接下來談旅大俄艦撤退；翁同龢記載如此：

李相詰以旅大退兵當在何日？伊反詰膠州如何辦法？言外膠如德踞，我常泊彼也。可恨，可恨。李索其暫泊照會，伊云「可」。

「暫泊」的照會，始終未送，後來反索「黃海口岸屯煤，並造鐵路通之」。至此，李鴻章的責任，已非常明顯，如在雍、乾兩朝，必召李鴻章詰問：當初擅自託俄代膠澳；並一再保證，俄船必退，現在情勢如此，尚有何說？依世宗、高宗父子的作風，必責成李鴻章，限期促俄撤退，辦不成必立斬。

但當時竟坐令李鴻章賣國，自兩宮至親貴，無一語相詢，實爲奇事。光緒末年，親貴用事，亦未始不由李鴻章胡作非爲，恣意弄權之所激。

當然，這也是翁同龢懦弱無用之故，徒有憂國之心，卻無幹濟之才，凡事仍不得不請教已不甚可靠的張蔭桓。

當時總署有個不成文的規定，某國外交歸某大臣主辦；這個不成文的規定之形成，是基於某人對某國素有淵源，辦事比較他人來得順手的想法，基本上不脫中國人好講人情面子的觀念。

因此，李鴻章以經手中俄密約的關係，當仁不讓地把持了對俄外交；張蔭桓因爲光緒十一年五十五年使美，以及這年——光緒廿三年夏天，曾充慶賀英國維多利亞女皇「垂簾六十年」的專使之故，自然而然地成了對英外交的主持人，這時正在談判英國的一項大借款。

英國不在俄德「三國干遼」之列，對華外交便落後了一步；當時眼見俄德猛著先鞭，有分占膠澳、旅大之勢，自然要急起直追，但苦無插足的藉口，只能強調利益均霑，中國如果予他國好處，英國不能向隅；在基本上是被動的。不過最後終於找到一個主動的機會，即是提出比俄國爲優厚的借款條件。

原來中日馬關條約，賠款二萬萬兩，先付一半，由俄法分借，於光緒廿一年五月訂約，年利四釐；法國的債權，由俄國擔保。馬關條約中規定，其額賠款一萬萬兩，如能於光緒廿四年西曆五月八日付清，則以前所付利息，可抵作賠款正項；照此計算，中國可節省二千一百餘萬兩，因此亟亟於著手第二次大借款。

翁同龢十一月廿六日所記：「申初李相來，云今日巴使見訪……又云俄肯借債，一切照二十年法，但索鐵路利益五條」云云，即指此事。

英國認爲俄國第二次承貸的借款如果成功，則俄國控制中國的力量太大；此爲決不能容忍之事，因此出比俄國爲優厚的貸款條件；翁同龢十二月十九日記：

英使竇（納樂）等四人來，必欲見余、李、敬、張、許同坐，彼云借款外部擔保，惟必須有利益語，始可服議院之口。至借款則四釐息，不折扣，五十年清，較俄債更便宜矣。然如何利益，須後日電至乃宣。蓋以甘言餂我也。

「李敬張許」指李鴻章、敬信、張蔭桓、許應騤。敬、許及必欲翁同龢在座，皆爲李鴻章所預先堅持；主要的目的是，分張蔭桓之權，而使得對英交涉，不讓張蔭桓有「獨得之秘」。

至送灶那天，英使竇納樂，在總署向翁同龢提出了低利借款的五項交換條件：

一、中國開放大連灣、南寧、湘潭爲通商口岸。

二、當緬甸鐵路築至中國邊界時，中國允許英國公司展築至長江流域。

三、英輪可在中國內河行駛。

四、中國擔保不將長江流域之任何一部分割讓與第三國。

五、免除租界外貨釐金。

竇納樂並同時聲明，大連開放爲通商口岸，事在必行；而是日上午，俄使巴伯羅福已先獲知英國方面所開的條件，先發制人，向李鴻章「力言大連若開口岸，俄與中國絕交」。

顯然的，英國之要求將大連開放爲通商口岸，爲日本公使以前建議開放膠澳，是同樣的道理，目的在防止他國獨占。而俄國極力反對，至不惜以絕交相威脅，則明視大連已爲囊中之物。

如果翁同龢眞的有勇氣打倒李鴻章，只要據實奏明，指出交涉到如此棘手的地步，全由李鴻章託俄代索膠澳而引起，解鈴繫鈴，今後對俄、對德、對英交涉，請歸由李鴻章專責辦理。這樣來一記「摜紗帽」，李鴻章必是「吃不了，兜著走」。無奈翁同龢無此膽量；不過，對於三國相爭的情勢，他大致已看明白，致張蔭桓函中，有一則未具上下款及年月日云：

今日之事，英俄相爭為重，六條中開鐵路一條，英必阻撓，然其弊不過英商附股及滇省開路而止，未必更有佔口岸之事也。

六條之外，商埠一節俄外部既稱不願則亦必阻撓，即澳門屯船，俄實陰許而顯必不允。不允則旅大之船不退，而我失一口岸矣。

英雖不阻，而藉口均霑，或舟山、或長江，亦索一地，而我又失一口岸矣！此不能不慮者也。

俄船由儀公召來，當有法退去。吳王致儀二電，僕不知也。商埠巴使欣然而外部怫然；巴使與儀公如何說法，僕亦不聞也。

以大局論，我於膠口粗有補救而不能舒各口之禍，終成危局。

以一端論，英以均霑之說挾制我；俄又藉英挾制我，添一層挾制我，我將何術以處哉？儀公卸責，而我輩任咎，奈何？

「任咎」原爲「蒙謗」，塗去改書；「奈何」二字，筆跡潦草，且由此而無下文。推測當時情況是，心中憤懣，擲筆而起。未寫完的一封信，以後爲何到達張蔭桓處，已無可考了。

函中「六條」，即指對德交涉的協議。「六條之外商埠一節」，指開放膠澳爲通商口岸，巴伯羅福一再贊成；但十一月廿八日，許景澄來電，謂俄外部表示反對，後文所謂「巴使欣然，而外部怫然」，即指此。

「澳內屯船，俄實陰許而顯必不允」，實已看出俄德勾結，故意製造藉口的陰謀。「吳王」乃俄國親王吳克托穆；李鴻章訪俄時，由吳接待，以後成爲與李鴻章聯絡的負責人。吳克托穆直接致電李鴻章，而李藏匿不出，此即可成爲「私通外國」的鐵證。

最後論大局、論一端，雖看出種種危險皆出李鴻章所招致；而但謂之「卸責」，則尚未知李鴻章蓄意通俄。張蔭桓當然知道，只是他決不會洩漏內幕；內爲他亦像英國一樣，持著一種「利益均霑」的打算。

光緒二十四年，自正月初三開始，便須應付英、俄、德三國的交涉；不久，法國亦提出權利主張，截至四月廿一日爲止，約莫一白三十天之中，中國所遭遇的損害如下：

一月二十三日：總署照會英使，承諾永久由英國人擔任總稅務司。但若有他國對華貿易總額超過英國，則不在此限。

二月九日：與英、德訂立第二次借款合同，共一千六百萬鎊，折合銀一萬萬兩。利息四釐五，折扣八三，指定江浙三處鹽稅歸稅務司管理，充作付息還本之用。

二月十四日：李鴻章、翁同龢與德使海靖訂立「膠州灣租借條約」，允德國租借九十九年，建築膠濟鐵路，開採鐵路兩旁三十里內礦產。

三月六日：李鴻章、張蔭桓與俄使巴伯羅福訂立旅順、大連租借條約，以二十五年為期，並允建南滿鐵路。

四月五日：英國海軍佔領威海衛。

四月廿日：李鴻章、許應騤與英使竇納樂訂立九龍租借條約，定期九十九年。（按：光緒二十四年為公元一八九八年；租借期限至一九九七年為止，此即香港之所謂「九七大限」。）

至四月廿七日，翁同龢被逐回籍。這天是翁同龢六十七歲生日，三朝老臣、兩代帝師，竟不容其一舉桃觴，倒不是慈禧過於刻薄，而實有不得不然之勢。

去翁同龢爲榮祿多年夙願，四月廿七日之變，自然是榮祿一手策畫。但促成慈禧下此決心者，據說是恭王病危時，慈禧親臨探視，恭王面奏，翁同龢不可用。

此事已無可究詰，但恭王於四月十一日病歿後，慈禧大爲感動，親自宣諭；恭親王勳德最隆，應配享太廟。其他卹血，異常優隆；與數年前萬壽時，甚至不欲恭王祝嘏相比較，愛憎之間，一何強烈？是則恭王臨終之前必有「忠言」；而此「忠言」又必與裁抑帝黨有關，始足以爲慈禧所「感慟」，亦就可想而知了。

至於動手如此之快，則爲翁同龢自己所造成。從閏三月爲接待德國亨利親王議禮開始，張蔭桓一連串令人側目的舉動；加上翁同龢策動變法的急進態度，對后黨的刺激極深，終於作出了同樣程度的反應。

翁同龢三受張蔭桓的牽累，毫無可疑；如果不是張蔭桓表現出不惜與內務府對立的姿態。后黨或還不至於亟亟於去翁。當時大家一致的看法是，張蔭桓倘無翁同龢的庇護，決不敢如此把持跋扈，因此要打倒張蔭桓，就必須先打倒翁同龢。

而事實上，翁與張的「蜜月」已成過去；主要的是張蔭桓在經手英國借款，獲得一筆可觀的回扣，翁同龢雖然是清白的，卻不能免於嫌疑，且亦無法表白，無可奈何之下，惟有逐漸疏遠，而禍發如此之速，是翁同龢做夢也想不到的，茲先記德國亨利親王覲見事；下引翁同龢閏三月廿五日記，爲解說方便，分節錄注：

> 將午初，德王亨利到，乘轎直入宮門，兵廿四人翼而趨，余叱之乃下。相見握手，王既直入南配殿，其隨員自海靖以下十七人，皆從之南配殿，告以此專備王坐，餘人皆在中門外兩旁屋，而彼不應也。余告福蘭格，令兵退出宮門，初尚應許，既而不但不退出，並帶至南配殿下排立矣。

按：接見亨利親王係在頤和園。「南配殿」當是玉瀾堂東配殿道存齋，後改名霞芬室；玉瀾堂爲德宗寢宮，在仁壽殿後迤西。

> 坐二刻，慶邸帶亨利、海靖、兩翻譯（等）四人及廕昌，先詣樂壽堂見皇太后；三刻許，余帶隨員十餘人在山道口會齊，同赴玉瀾堂見皇上。伊等先致頌詞，次進大瓷瓶兩個。上坐、命亨利坐於右偏（有墊高凳）。海靖以下皆入殿立，余等在簷下立，戈什乾清門在殿內外立。

樂壽堂在玉瀾堂西，位置稍後，分前後兩部份，後堂七楹，爲慈禧寢宮；接見亨利親王當在前軒。德宗接見亨利設座位，爲有清一代所未有，乾隆朝，英國特馬戛爾尼覲見時曾跪拜；同治朝，各國公使見帝行九鞠躬禮。

亨利見慈禧太后的禮節，海靖原亦要求賜座，慶王堅持不可，慈禧亦不允，謂「必欲坐只得不見」，始未強求。「戈什乾清門」乃漢滿合璧一名詞，即乾清門侍衛。

> 上與彼寒暄，奕劻傳旨，廕昌傳與翻譯（承旨時皆膝席），約一刻畢。退至南配殿，其從官堅不肯出，乃添坐環列，飲食衎衎，二刻許。

德宗與亨利寒暄之語，須經兩人傳達，先出慶王跪聆；傳旨與廕昌，亦跪聽；廕昌告德方翻譯，方爲立談。南配殿設飲食，當是茶會：「衎衎」和樂貌，亦通侃侃，本來宮中賜食，重在恩榮禮節，進食每爲虛應故事，而亨利的隨員，居然旁若無人地認眞享受，故以「衎衎」形容，遣詞絕妙，不愧狀元才情。

上步行至南配殿慰勞之（在北裡間，余等階下站班，不知又坐否？面贈寶星），一刻。（德兵見上至三舉槍，擊銅鼓，帶兵者拔刀禹步，以為致敬。上立視，諭云：兵皆精壯，甚可觀。）

「面贈寶星」即贈勛。「德兵見上」云云，爲檢閱亨利的衛隊，指揮官行撇刀禮，踢正步；翁同龢謂之爲「拔刀禹步」，比作茅山道士作法拿妖，令人失笑。

上還至玉瀾堂、慶邸、張公率亨利等上船遊龍王寺，余等先退至聽起處，少坐即退出宮門回寓，即赴承澤園候之。未正亨利到，慶邸設宴於園款待之。邸主席，余等陪坐，洋人十一人；余等十三人（胡芸楣、世伯軒、梁誠）。申正散（不送）。

所謂「余等十三人」即總署大臣胡毓芬（芸楣）；世續（伯軒，內務府大臣）及梁誠。翁同龢是日日記又有補充，謂「今日洋菜」係張蔭桓家的廚子所辦；席面則由梁誠佈置，記中謂之「一切傢伙皆梁誠經理」。

亨利覲見一事，與德宗見忌，翁、張被禍，極有關係。由翁記中可以很明顯地看出來，德宗相當醉心於西化，后黨所忌者，爲德宗已可與洋人直接打交道，馴致有挾洋人以制太后之禍；而頑固的保守派及親貴所不滿者，則在禮節，耿耿於懷者是大損天威之恨。凡此皆翁張有以導之，尤以張蔭桓爲甚。

至於內務府及宮內大璫，則對張家廚子至禁苑辦席，視作非常嚴重之事。宮中賜宴，向由內務府承辦，非光祿寺所能過問；如此日之宴亨利親王，可以大發利市，報銷至數十萬兩銀子之鉅。張蔭桓之闌人，壞兩百餘年之成法，由一飯之微，逐漸擴張，可以接管整個內務府的大小事務；猶如拆牆腳，必由第一塊磚開始。因爲有這麼一種警惕與遠慮，在一向對維護既得利益的內務府及太監，便非去張蔭桓不可了。

談到改革，德宗、翁同龢、張蔭桓是三位一體的，但就反對派而言，各有各的主要目標，慈禧的目標當然是德宗；她不一定摒斥翁同龢，相反地，如翁同龢能「導之以正」，她亦不惜重用，但如翁同龢「教壞了皇帝」，則必採取斷然的處置。至於對張蔭桓，則以近侍媒孽已久，印象極壞；後來事實表現，竟是深惡痛絕，積恨難消。

反對派也是后黨的領導者榮祿，則純然以翁同龢爲對象，他代表著慈禧反德宗；旗人因大權旁落而反漢人；保守派反革新，還有，最要緊的是代表他自己的利益，不打倒翁同龢，他不能出頭。

加上李鴻章認爲一生事業，毀在「吳兒無良」之尤的翁同龢手裡，推波助瀾，暗箭明槍，處處成爲榮祿反翁的前驅。榮祿與李鴻章的結合，這股勢力，無人能敵；因此，首先垮的，就一定是翁同龢了。

在這樣一種微妙複雜的局勢下，德宗等君臣三人，必垮無疑；但德宗之垮得慘；翁同龢之垮得快；張蔭桓之垮得兇，卻是任何人所估計不到的。然而種瓜種豆，因果關係則頗分明。且從「垮得快」談起。

首先我要爲讀者指出，德宗與翁同龢，在甲午之戰後，還只是想在現狀上求改進；及至慈禧把持，李鴻章以「鞠躬盡瘁，死而後已」爲戀棧的藉口，進而想外報日本之仇，內修「吳兒」之怨，敗壞國事，至於如此，乃憬然省悟，非澈底改革，將多年爛根拔除淨盡，不足以言自強。

因此「君臣一德」，都抱著這樣一個想法，太后也好，老臣也好，反正就這一回了，隨便你們怎麼去胡搞。至於激發出這樣一種重起爐灶的決心。則康有爲的影響，是不容懷疑的；康有爲曾通過張蔭桓的關係，而說動了翁同龢，力勸德宗變法，也是無可懷疑的。

決心是早在亨利親王訪華以前就下了；接待亨利的儀節，已可看出德宗的心態；但翁同龢一系的開始積極行動，卻在恭親王薨逝，亦就是變法維新最大的一塊絆腳石移去之後。茲據「近代中國史事日誌」，臚列其發展情況如下：

四月十一日：恭親王奕訢薨，年六十七。

四月十二日：太后懿旨，恭王配享太廟。

四月十三日：御史楊深秀奏，請定國是，守舊圖新，派近支王公遊歷各國，舉貢生監遊學日本；並譯泰西精要書籍。詔命總署議奏。

四月十四日：楊深秀奏，請釐定文體，各項考試，不得割裂經文命題。

四月十八日：楊深秀奏，請告天祖，誓群臣以變法（康有為稿）。

四月十九日：御史李盛鐸奏，時務需才，請開館譯書，以宏造就。

四月二十日：侍讀學士徐致靖奏，外患已深，請速定國是。

四月二十二日：翁同龢擬變法諭旨。

四月二十三日：詔更新國是，變法自強，先舉辦京師大學堂。

命各省督撫保舉使才。

德宗與翁同龢論國是，翁云西法不可不講；聖賢義理之學，尤不可忘。

四月廿四日：命宗人府查看工公貝勒等，如有留心時事，志趣向上者，切實保薦，聽簡派出洋遊歷。

德宗擬於宮內接見外國使臣，翁同龢持不可，被詰責。又以張蔭桓被劾，疑張翁有隙。

四月廿五日：命工部主事康有為、刑部主事張元濟，於本月二十八日預備召見。湖南鹽法長寶道黃遵憲，江蘇補用知府譚嗣同者該督撫送部引見，廣東舉人梁啟超著總理各國事務衙門查看具奏（均翰林院侍讀學士徐致靖保薦）。

命立各省商務局，認真講求。

張謇與翁同龢長談，並為擬大學堂辦法。

賜夏同龢等進士及第出身有差。

按：翁同龢日記，晚年頗有刪改，冀以免禍，如擬變法諭旨，日記中隻字不提；又「擬於宮

內接見外國使臣」一節，隱隱指出此爲張蔭桓的建議，而又強調與張處於反對地位，以防牽連。但僅如以上所記，已可看出國事朝政，將大事更張；守舊派岌岌可危。其間有一小事，爲加速后黨對帝黨正面迎戰，短兵相接的導火線，而爲治近代史者所忽略，在此可爲讀者指出。

自恭王於四月十一日薨於位後，軍機班次爲禮親王世鐸、翁同龢、剛毅、錢應溥、廖壽恆。但禮王久爲傀儡，且其時因病不能入値，故翁同龢爲實際上的領班，錢、瘳一向親翁；剛毅爲刑部司官時，翁爲堂官，廿一年十月與翁同入軍機，實爲翁所保薦，以代額勒和布，此時雖已與榮祿暗通款曲，而尙不敢公然叛翁。

由此可知，此時翁在軍機處是「一把抓」；自謂直上青雲，其實「高處不勝寒」。四月十三日翁記「外內極多」，指各省各部陳奏而言，以下小字註處置情況極詳；乃以首輔地位逕自處斷，得意之情可想。乃處於危地而漫焉不察，以致禮部一奏，葬送錦繡前程；原記：

禮部以恭忠親王喪禮，大臣百官素服及傳臚是否改期？交片，毋庸素服，不必改期，素服至廿四止。

按：恭王薨，慈禧太后面諭：「輟朝加二日，皇帝素服十五日」，則應至四月廿五日，而是

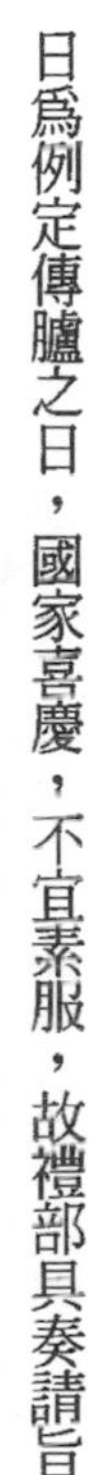
日爲例定傳臚之日，國家喜慶，不宜素服，故禮部具奏請旨。

這一來就發生了觀念上的嚴重衝突，在德宗與翁同龢想，金殿臚唱是天下讀書人最重視的一個大日子；殿試以後的貢士，以及他們的家屬，都在引領而望，是掄元、是鼎甲；是二甲賜進士出身，還是三甲賜同進士出身，名次高下，有關前程，今以恭親王之喪，延遲一天，是則朝廷重懿親而不重天下人才，足令士林寒心。而況正當變法之際，新制未建，舊法自壞，一開始就立了個很不好的例子，亦非所宜，所以傳臚照常，素服少除一天。

在后黨看，遲一天傳臚有甚麼關係？明明是要推翻懿旨，示人以太后說的話不能作準的印象；而且也是變相的貶斥恭王。此例一開，慈禧的威信動搖，很快地就會爲帝黨所制，因而非速去翁同龢不可。

榮祿如何獻議，慈禧如何納言，如今當然已無從查考，但有一個跡象是很明顯的，在翁同龢擬變法詔旨的這一天，亦即四月廿三日的人事調動，實爲后黨的先下手爲強；據翁記：

> 是日宣麻，榮祿授大學士，管戶部；剛毅協辦大學士調兵部；以崇禮為刑部尚書。

按：內閣堂官，自同治以來定制：大學士四員，兩滿兩漢；協辦大學士一滿一漢。漢軍占漢缺。其時榮祿與翁同龢皆為協辦，例得兼部，一兵尚、一戶尚；這年閏三月武英殿大學士病故出缺，此為滿缺，由榮祿升大學士，應開兵尚缺，以刑部尚書剛毅調補，並升了由榮祿所空出來的滿缺協辦。

向例協辦出缺，應由六部之首的吏部尚書升補，此協辦原該歸光緒十六年便已是尚書的熙敬所得，破例以剛毅升補，此為牽制翁同龢的明顯跡象。

其次，大學士管部，如認眞行使職權，尚書即須受其節制，如閻敬銘當年管戶部，出納稽核，管到司官；榮祿升大學士後，實應順理管兵權，特派管戶部，必出於懿旨，而此為有意壓制翁同龢，更為明顯的跡象。

然而何以必須挑在四月廿七動手，讓翁同龢的生日都不能過？關鍵就在他的生日，倘非他的生日，或許還可延緩幾時。此話怎講，一說就明白了，以翁同龢當時的地位，生日這天，賀客之盛，可想而知；主張變法的朝士，加上新進氣銳的新科進士，慷慨激昂，放言高論，立即可以形成轉移視聽，沛然莫之能禦的清議。慈禧與榮祿都領教過當年「翰林四諫」及清流的威風，豈能讓這個反太后、反保守派的大結合的場面出現？

走筆至此，覺得翁同龢落得如此下場，似乎眞有天意，如果皇帝素服，仍照懿旨，穿滿十五日，吉服傳臚改在四月二十六日，局面就很可能改觀。這話怎麼說呢？須知二十七日之變，是因

爲二十五日傳臚；二十六日德宗移駕頤和園；慈禧當面交代驅逐翁同龢，德宗被迫認次日頒下硃諭。

倘或二十六日傳臚，則德宗於二十七日才能駐蹕頤和園；這天既爲翁同龢生日，則召見既畢，翁同龢仍可回家過生日，下午再到頤和園隨扈。慈禧縱對變法不滿，卻決不致出於如此決絕的手段；而翁同龢借生日大會朝士，闡明德宗勵精圖治的決心，仍舊可以冠冕群倫。翁同龢在位，就不致有「四京卿」的操切從事，所謂「戊戌政變」這個名詞，根本不會產生。

或問，倘是這樣的情況，慈禧與榮祿又如何應付？我的回答是：一定是榮祿入軍機；以學士的身分，代理王而領樞廷。至於雙方是合作還是互相牽制，自是無從揣測；但可斷言的是，德宗的境遇與國事，都不會像後來所發展的那樣糟糕。讀史三十年，常常發現，一件小事，可以導致歷史進行方向的改變，此爲最近發現的一例。

翁同龢垮得很慘，但到底是一肚子墨水的人，毫無怨天尤人的悻悻之態，顯示了古大臣進退雍容的風貌。四月廿七日記：

丑初微雨，既而潺潺，喜而不寐。今日生朝，晨起向空叩頭，入看摺治事如常。起下、中官傳，翁某勿入。同人入，余獨坐看雨，檢點官事五匣，交蘇拉英海。

按：所謂「起下」，即宣召軍機入殿；凡宣召謂之「叫起」，起下即叫起之意。此時翁同龢已至將獲嚴譴，「檢點官事五匣」，即檢點經手未了，須交代繼任者的公事五件，付蘇拉轉交。

一時許，同人退，恭讀硃諭：「協辦大學士翁同龢近來辦事多不允協，以致眾論不服，屢經有人參奏。且每於召對時，諮詢事件任意可否，喜怒見於詞色，漸露攬權狂悖情狀，斷難勝樞機之任。本應察明究辦，予以重懲，姑念其毓慶宮行走有年，不忍遽加嚴譴；翁同龢著即開缺回籍，以示保全。欽此。」

臣感激涕零，自省罪狀如此，而聖恩矜全，所謂生死人而肉白骨也。隨即趨出至公所小憩……剛（毅）錢（應溥）廖（壽恆）三公皆來，余衣冠詣三處辭行。張樵野來。晚與三公痛談，明日須磕頭，姑留一宿。

「明日須磕頭」者辭帝。次日記：

午正二刻駕出，余急趨赴宮門，在道右磕頭。上回顧無言，臣亦黯然如夢。

「侯鯖錄」記，東坡在昌化，負大瓢行歌於田間，有老婦謂坡云：「內翰昔日富貴，一場春夢」。翁同龢的放歸，亦如東坡的淪謫，此時心境，只有以「事如春夢了無痕」來自解了。

最難得的是，翁同龢還能以閒豫的心情，了卻好些文字債；四月三十日記：

夜題前數年許星叔囑題尊甫玉年先生「孤山補樓圖」，填詞一闋，和卷中韻。筆墨未了，奈何？

「玉年先生」爲筆者伯高祖，諱乃穀，舉人，官敦煌知縣，有惠政，相傳歿而爲敦煌城隍。此爲翁同龢首須了卻的文債，因先恭慎公歿已五年，不能負死友之諾。翌朝，盡一日之友，作七古兩首，五古一首，七律兩首，皆爲題畫。其「題志伯愚仲魯兄弟同聽秋聲第二圖」云：

和林秋風起何處，不入江南萬行樹；江南亦自有秋聲，戚戚蕭蕭苦征戍，廿年離合亦常事，萬種悲歡難共喻（原註：時伯愚在此，仲魯在南）。大圜洪鈞覆萬物，獨以金天妙陶鑄，或愉或戚或蕭散，或託歌詞或騷賦，老大平生無不可，到處安閒欣所遇，曾從華頂作重九；又向秋江問官渡；今年忽掃舊巢痕，徑往鄉關守祠墓。計惟仲子當一見，車馬江干勞小駐。伯兮開府渺天北，瀚海黃沙隔煙霧，渥洼名馬已分贈，闕特勒碑書莫附。古來秋士重堅節，肯為浮名感遲暮？君看獨鶴與大鵬，豈願啁啾一方聚。不然坡潁好連床，何事梧桐秋雨句。題詩相勗兼自勵，明日飛輪指歸路。」

此詩寄託甚深。「廿年離合」兩句，謂與德宗君臣遇合；以下數句自謂隨遇而安，付之命運安排，無所不可；「華頂」、「秋江」記昔年行蹤，不圖今年突然歸田。「伯兮」謂志銳，方以珍妃獲罪之故，謫爲烏里雅蘇台參贊，贈馬、贈碑帖皆有本事。「獨鶴」自況，「大鵬」謂志銳；「啁啾」燕雀當然是指后黨。

除了應酬筆墨以外，翁同龢又忙於話別，或則面晤、或則函覆；贈行則或以書畫、或以現銀，何者可受、何者應酬，都須他親自決定，如五月初二日所記：

那琴軒來，厚贐卻之；榮仲華遣人致書，厚贐亦卻之。夜仲山來談，良久別去，黯然。銘鼎臣送菜、燮臣送菜、王寄樵送菜，皆受。

那琴軒即那桐，爲戶部北檔房司官；北檔房皆爲滿缺，職司國庫收支總帳，外債及賠款出納，亦歸北檔房。當時國際支付，以英鎊結算：結匯曰：「買鎊」，早晚市價，買低報高，差額甚鉅。

那桐與張蔭桓在「買鎊」之中，上下其手，皆積資鉅萬；張蔭桓獲罪遣戍，「百石齋隨黃葉散」；那桐則在金魚胡同購華屋，人稱「那家花園」，至北洋時代猶爲鶯歌燕舞之場。

榮祿之厚賻，自爲負咎致歉的表示，翁同龢當然不受；但隔二日「又傳使來賻」，翁同龢「受之，答書」。廿九年三月，翁同龢鄉居得榮祿噩耗；十六日記：

> 報傳榮仲華於十四辰刻長逝，為之於邑。吾故人也！原壤登木，聖人不絕，其平生可不論矣。

原壤春秋魯人，孔子故舊，母死，孔子助之沐槨，原壤登木而歌。又嘗踞坐以待孔子；孔子責之曰：「幼而不遜弟，長而無述，老而不死是爲賊。」以杖叩其脛。翁同龢以榮祿比作原壤，意謂曾有恩惠於榮祿，而榮祿之無禮。孔子不絕原壤，應以爲法；既然如此，不必再論恩怨；作恕語，正見得積憾之深。

最可玩味的是，與張蔭桓應酬的情形；五月初八日記：

樵野來，告初六與軍機同見，上以胡孚宸參摺示之，仍斥得賄二百六十萬，與余平分，蒙溫諭竭力當差。又云：是日軍機見東朝起，極嚴；責以為當辦廖公，力求始罷。又云：先傳英年將張某圍拿，既而無事。皆初六日事也。余漫聽漫應之而已。

張蔭桓自四月廿七日一面以後，至此日始再相晤，可知亦經歷過一番極大風險，忙於免禍，無暇訪候。胡孚宸參摺中與張蔚桓得賄二百六十萬，與翁同龢平分；此流言實由張蔭桓與李鴻章，奉派與俄簽約而起。

翁同龢被逐後，新政仍照常推行，這可能是慈禧與德宗母子間的「協議」，即以准許施行新政交換德宗逐翁的硃諭。及至「百日維新」告終，「六君子」被殺，德宗被幽禁於瀛臺，慈禧第三次臨朝訓政，滿清皇朝再無任何可以避免瓦解的機會；其間因果關係，在拙作「同光大老」中，言之綦詳，不宜重複贅敘。

但可為讀者介紹在野的翁同龢，對幾次大事件的反應，從另一角度來看光緒末年朝政的得失。

由袁世凱告密而爆發的政變，發生在八月初六；翁同龢於兩日後獲悉，地點是在南昌——翁同書之子，翁同龢稱爲「五侄」的翁曾桂，於光緒廿二年簡放爲江西藩司；翁同龢於七月下旬，自常熟經上海轉赴南昌探望，住於藩署。其時明發上諭，改用電報；所以政變以前各種新政，翁同龢都能從上諭中獲知：

八月初七日：自明發皆歸電報後，絡繹紛紜，新政煥然，目不暇給。

此自是讚許欣慰的表示；但次日所記，即生變化：

晨起恭讀電傳（初六日）諭旨：「現在國事艱難，庶務待理，朕勤勞宵旰，日綜萬機，兢業之餘，時虞叢脞。恭溯同治年間以來，慈禧（全徽）皇太后兩次垂簾聽政，辦理朝政，宏濟時艱，無不盡善盡美。因念宗社為重，再三籲懇慈恩訓政，仰蒙俯如所請，此乃天下臣民之福。由今日始在便殿辦事；本月初八朕率諸王大臣在勤政殿行禮，一切應行禮儀，著各該門敬謹預備。欽此。」臣在江湖，心依魏闕，益戰慄罔知所措也。是日秋分，微陰仍熱，終日憒憒，未辦一事。

慈禧復又垂簾，知新政已歸於失敗，「心依魏闕」者，惦念德宗的境況；「戰慄」者，知必懲辦新黨，受株連。次日又記：

數月以來，夜夢種種，亦不復信矣。昨夢人持示一詩，首句「寂寂仁義圃、亘亘道德途」，真至言哉。

所謂「夜夢種種」爲隱語。實指起用新黨，大辦新政而言；至此夢醒，故云「不復信矣。」其時翁同龢本擬遊廬山，時局經此鉅變，大敗遊興，且急於回鄉，行期已定，八月十四日記：

閱電（十一日）傳諭旨，新政仍有改作，權衡執政不拘前說。（詹事府等仍復；上書者不准妄言；祠廟惟淫祀當毀，餘如舊；大學堂仍設，各府縣小學堂聽；停官報。又有犯官徐致靖、楊銳、林旭、劉光第、譚嗣同及康有為之弟廣仁，均交刑部、軍機嚴訊。張蔭桓雖非康有為之黨，惟聲名甚劣，交刑部暫看，再候諭旨。）默坐未能入辭，輾轉百端，此懷莫可喻也。

按：括弧內文字，皆爲節錄八月十一日上諭，詹事府、通政司、大理寺、光祿寺、太僕寺、鴻臚寺等六衙門原已裁撤，至此恢復；此爲后黨籠絡人心的要著。至查辦各官上諭，特別聲明：「此外官紳，概不深究株連。」翁同龢可保無事；然而事由己起，以下變法詔發其端，百日之間得此結果，感觸極深，故有「輾轉百端」之語。

翁同龢於中秋離南昌，八月廿三日經南京至上海，始得聞政變詳情，是日記：

巳正一入吳淞口，午正泊碼頭，緝夫、寅丞兩侄孫候於河干。偕寅坐馬車至新馬路寓，緝夫亦來。惲莘耘將往鄂，為余留一日，因晤談，得近日京師情形之詳，鼠輩謀逆，陷我聖明，兼貽無窮之禍，真堪痛器，心悸頭眩，幾至投地。

此鼠輩指康有爲及其黨徒。翁同龢鄉居刪改日記，力辨已非康黨，如九月初四日記：

新聞報等，本皆荒謬，今日所刊康逆語，謂余論薦尤奇，想我拒絕，欲計傾我耶？

但朝廷仍以爲康有爲出於翁同龢密保；十月廿一日降諭嚴譴，翁同龢十月廿四日記：

新聞報傳廿一日嚴旨，臣種種罪狀，革職永不敘用，並交地方官嚴加管束，不准滋生事端等因，伏讀感涕而已。

按：所列翁同龢的罪狀為：輔導無方，甲午之役主戰主和，信口侈陳；及力陳變法，密保康有為，狂悖跋扈等等。以甲午戰敗，亦歸罪於翁，翁所不受亦不辨。

到得光緒廿五年入夏以後，內外避勢，又形險惡，而以康有為在加拿大成立「保皇會」一事，最有關係；因為在此以前，后黨與帝黨的衝突，儘管水火不容，但彼此並無顯明的旗幟；至廿五年六月十三日，康有為於加拿大維多利亞城宣佈成立「保皇會」，在北美地區拓展會務；隨後康門高弟梁啓超，亦在日本作同樣的活動。

「保皇」令人同情，醜詆慈禧，亦頗有人感興趣，但康有為說大話、募捐斂財的作風，即連康門弟子亦有不以為然者。

不徹底的「保皇會」宗旨，對中國的革命並沒有幫助；當時直接的反作用是：第一、保皇罵太后，等於以子辱母，陷德宗於不義，慈禧對康梁窮兇極惡的醜詆而無可如何，勢必遷怒於德宗；第二、康有為獲庇於洋人，始能肆無忌憚，以致激起守舊派仇洋的心理，而導致了以「扶清

滅洋」爲口號的義和園之猖獗。廿五年下半年局勢的發展，有如下數事可記：

①命軍機大臣協辦大學士兵部尚書剛毅往廣東等地，清釐出入款項，以爲籌餉之計。

②山東出現義和團，往北蔓延至直隸及畿南地區。

③通諭各省督撫：各國虎視眈眈，非戰不能結局者，必須同心協力，殺敵致果，不可預存和心。

④以袁世凱爲山東巡撫；義和團在山東不能立足，益往北發展。

⑤以李鴻章督粵。

⑥購拿康有爲、梁啓超。

⑦準備廢立，以榮祿反對，不果行。

⑧端王載漪獲部分兵權。

⑨立載漪之子溥儁爲「大阿哥」，準備繼位。

當時的關鍵人物榮祿，頭腦是比較清楚的；但支持守舊派打擊新黨的策略；由於康梁的作風，激出后黨及守舊派一股強烈的反力量，以端王爲首，言論偏激，行爲囂張，漸不可制；尤其是對義和團的態度的轉變，由剿而撫，由撫而用，將有肘腋之禍，有心人無不深憂。

當十月十八日命海疆各省懸賞購線緝拿康梁時，上諭中又咎及翁同龢；翁於十一月二十一日記：

新聞報紀十八日諭旨：嚴拿康梁二逆，並及康逆為翁同龢極薦，有「其才百倍於臣」之語，俯讀悚惕，竊念康逆進身之日，已微臣國之後，且屢陳此人居心叵測，不敢與往來，上索其書，至再至三，卒傳旨由張蔭桓轉索，送至軍機處，同僚公封遞上，不知書中所言保如也。厥後，臣若在列，必不任此逆猖狂至此，而轉因此獲罪，惟有自艾而已。

翁同龢之作此記述，是深恐逮問抄家，欲留辯解之辭。最緊張的是這年除夕，日記云：

航船已停，各報俱止，乃今知本月廿三日有旨：恭親王、三貝勒、大學士、樞廷、戈什、雨齋、內府、六曹之長，均於次日召對。孤臣伏處，不知朝廷措置何事也。韓子所云：瞻望宸極，魂神飛去者矣。

按：翁同龢是以爲德宗業已被廢；廢立之謀，早非秘密，事先曾以廷寄詢大省督撫意見，劉坤一表示反對，覆奏中的警語是「君臣之分已定，中外之口難防」；榮祿據此泣諫慈禧，乃得挽

回。

相傳此奏出於張季直的手筆，故翁同龢決無不知之理，但當時並不知廢立已暫且作罷，只有劉坤一在十一月間奉召入覲，似乎因反對廢立而有罷官的模樣；且十二月廿三日諭旨，召見名單，更爲可疑，恭親王溥偉以外，「三貝勒」謂宣宗長孫溥倫、惇親王奕誴長子載濂、恭忠親王次子載瀅。

「戈什」則爲御前大臣及領侍衛內大臣；「兩齋」指南書房及上書房翰林；「內府」即內務府；「六曹之長」謂六部堂官，凡親貴、宰輔、近臣、師保、家臣都已到齊，若非太后宣佈廢立，何用如此？而德宗如果廢立，則其重大失德，必由師傅承受，因爲輔導無方，才會教出不足以君臨天下之君，翁同龢此時何得不「魂神飛去」？

義和團公然作亂，起於三月底、四月初，翁同龢日記，則於五月初五始有記載：「報載諭旨，義和團匪戕武員，拆鐵路，燬電杆，飭相機剿辦。」聊聊數語，無評論，無感慨；見得此老並不在意，只當尋常盜匪案，而不知爲大亂之起。

至十二日見申報所載「拳匪日熾」新聞，始認爲「此可憂事，如何，如何。」其時拳匪之亂，已成燎原之勢，英國海軍提督西摩，已率八國聯軍自天津向北京推進，而翁同龢並無所知，大老居林下，常熟亦非僻地，而對時局隔膜至此，在現在來看，是件不可思議之事。

五月二十日後，翁同龢始在日記中，有密集記載，錄其可資討論者如下：

五月二十日：是日鹿撫軍閱兵至福山，匆匆去。

鹿撫軍為鹿傳霖，久任陝撫；光緒二十一年川督劉秉璋因辦理教案不善去職，以鹿傳霖調補，亦因處置藏番事不當，於廿三年三月解職閒居。「戊戌政變」後，權歸榮祿；榮任西安將軍時，與鹿深相結納，因於是年九月間，起鹿為廣東巡撫；其時兩廣總督為譚鍾麟，此人為翁同龢同年，久任疆吏，且於光緒七年即任陝甘總督，一方面自恃資格；另一方面總督起居作主座，久任則往往養成驕恣性情。

如李鴻章、左宗棠、沈葆楨、丁寶楨、張之洞等，無不如此，譚鍾麟較之上述諸人，才具不及，架子守之，廣州督撫同城，更易起摩擦，鹿傳霖之不如意，可想而知，因而於二十五年六月，得與江蘇巡撫德壽對調，當然仍是榮祿的力量。

這年冬天，慈禧打算廢立，而劉坤一不贊成，遂於十一月間內召，以鹿傳霖署理；如果劉坤一不能回任，即由鹿傳霖升任。及至拳匪作亂，榮祿認為東南為國家命脈，仍以劉坤一穩健可恃，劉坤一乃於二十六年四月回任；鹿傳霖仍任蘇撫。

五月二十日閱兵至常熟福山鎮，匆匆而去者，因爲時局激烈動盪，正達頂點，在五月十八京津交通完全斷絕，拳匪在京城大肆焚燒，並與八國聯軍開戰後，慈禧的態度，開始作了一百八十度的轉變，於五月十九電召粵督李鴻章迅速來京，預備議和；又命東撫袁世凱帶隊進京，準備剿匪。至此，劉坤一所創議的「東南自保」之策，終成定局，所以鹿傳霖匆匆而去，參預自保的部署。

六月初三日，報紙有十七、十九日諭旨，嚴拿戕日本書記官之犯。又宣佈拳民在涿州等處具結毀棚，又嚴九門之禁，有昨夜仍有喊殺焚搶之語，則京師之亂可知矣。閱之頭眩心悸，不可支，奈何、奈何。

六月初五日：得朗亭，聞廿九消息，午後子戴、君閎自蘇歸，所聞尤異。

六月初六日：報紙北事稍定，可知昨聞之虛，郡中謠言最盛也。

六月初七日：得郎函，始悟子戴、君閎所言不虛。絅堂來，見鈔件，益證所聞。

郎亭爲費屺懷、子戴爲宗舜年、絅堂爲龐鴻文，皆爲翁同龢門生或同鄉後輩而蹤跡素密者。所謂「廿九日消息」，即劉坤一、張之洞電盛宣懷，請飭上海道余聯沅與各國領事訂約，保護租界及長江商教。宗子戴則有更進一步的消息，如李鴻章、張之洞等表示，不奉五月廿五日的宣戰詔。

而翁同龢起初不信，「郡中謠言最盛」謂蘇州人好造不負責任的謠言；及至第二次得費屺懷之信，證實宗子戴等所言不虛。龐絪堂攜來的鈔件，當是余聯沅與上海各國領事獲致協議的草案。

東南自保之議，原發自張季直，而絕不與翁一商，此是門生愛護老師，不使其捲入漩渦。因爲以事後來看，此一舉措，竟是英雄作爲；而在當時曰「自保」、曰「不奉詔」，豈非要造反？與聞其事，而不作任何表示，將來萬一有禍，仍不免株連，所以張季直根本就不告訴翁同龢。

張季直到九月初三日，始函呈師門，並致送食物；此爲東南自保之策，已見諸實行，且已收效以後之事。李鴻章亦已抵京，兩宮將到西安，大亂粗定，開始議和。當李鴻章六奉上諭，由海道抵達上海，時爲六月廿五日，而一直觀望不前；張季直其時有函致劉坤一，批評李鴻章的態度云：

合肥駐節滬上，聞名徘徊，若以朝局兵機，敵情賊勢，合參統計，未遂無辭。然君父懸刀俎之上，生靈陷湯火之中，惟是逭暑避囂，散眼容與，雖充國之持重，亦高克之逍遙，以示忠愛，

未敢深信。

趙充國於漢宣帝時，以功封營平侯，早年有戰績，通知四夷事；晚年奉命征羌時，銳氣已失，上屯田之策。張季直以李鴻章相擬，頗見貼切；但「雖充國之持重」，接以「亦高克之消遙」，不能不佩服張季直眼光的銳利。

高克，鄭國大夫；其事蹟不著於史記，見於左傳；詩經鄭風，「清人」即爲高克而作。「詩集傳」卷四：

> 鄭文公惡高克，使將清邑之兵，禦狄於河上，久而不召，師散而歸。鄭人爲之賦此詩，言其師出之久，無事而不得歸，但相與遊戲如此，其勢必至於潰敗而後已爾。

若是，則鄭師之潰，咎不在高克，在鄭文公之「假以兵權，委諸境上，坐視其離散」。但既以六電促之離粵；復以三電速之北上，前後九諭望援，而李鴻章仍如「清人在消」、「河上乎逍遙」，則「以去忠愛，未敢深信」，豈不其然！

以今日言庚子之變之文獻，既多且周；視當日道路傳聞，亦未知李鴻章與俄國第一陰謀家微德正在秘密打交道而論，張季直用「清人」之典，璧喻其事，確有人不可及的卓識在。庚子之禍，皆知爲端王、剛毅所激成，殊不知爲禍之深且烈，李鴻章必須負責。

俄國當時是重施「膠澳事件」的故技，一方面擺出僞善者的姿態，延緩自天津向北京進軍，並電德國，盼德皇能阻止瓜分中國；一方面向滿洲進兵，而李鴻章則爲桴鼓之應，有意在廣州、上海多方遷延，直待俄軍在東三省佔地多處，黑龍江將軍壽山自殺，始於八月廿一日由海道北上，先駐保定；因已調直督，故名正言順至保定到任，對進京仍持觀望拖延態度，以便利俄軍陷吉林、陷藩陽。

其時議和的主要條件爲懲辦禍首。國際上的看法，頗不利於慈禧；認爲眞正的罪魁禍首是中國的皇太后，因此，李鴻章與奕劻議和的首要使命，即在保全慈禧，讓她能夠繼續掌握政權。其次是親貴不能與大臣同科。

各國公使一致通牒，所列的禍首共十人：載漪、載勛、載瀾、毓賢、李秉衡、董福祥、剛毅、趙舒翹、英年。其中毓賢是最原始的禍首，此人即老殘遊記中的曹州府「王太尊」。

此十人結局的命運是：載漪、載瀾斬監候，加恩發往極邊新疆，永遠監禁；載勛賜自盡，畢命於山西蒲州，毓賢正法；英年、趙舒翹自盡；剛毅斬立決；李秉衡斬監候，惟以已故，撤銷卹

典外，應免再議；溥靜交宗人府圈禁；董福祥則暫置不問，因恐激起回亂。

七月廿五日，奕劻、李鴻章與德、奧、比、西、美、法、英、義、日、荷、俄等十一國簽訂和約，共十二款：一、對德謝罪；二、懲辦禍首；三、對日謝罪；四、於外國墳墓被掘處建碑；五、禁止軍火運入；六、賠款；七、使館駐軍；八、削平大沽炮台；九、各國於北京、山海關駐兵；十、張貼禁止仇外之上諭；十一、修濬白河及黃浦江，以利外國船艦進出；十二、改總理各國事務衙門為外務省。在賢良寺簽約時，李鴻章扶病到場；他的病是讓俄國人逼出來的。

原來自李鴻章外放粵督後，朝中無人再主張聯俄，因而中俄關係逐漸疏遠。有至義和拳亂熾，俄國公使格爾思根據指示，向中國建議，召李鴻章入京定亂。慈禧納其議，於五月十九電召李鴻章入京；廿九日，李電微德，徵求其意見，第二次勾結就此搭上了線。羅曼諾夫所著、可信性極高的「帝俄侵略滿洲史」（有民耿譯本，民國廿六年商務刊本）中記載：微德當時很得意地向沙皇報告說：「俄國政府面前又展開新的前途了！」半個月以後，俄皇下令，增兵滿洲，大舉入侵。

由此後的情勢發展來尋繹，微德與李鴻章所取得的默契，及李鴻章所同意的陰謀如下：

一、李鴻章儘可能觀望徘徊，延不入京；以便俄國在東三省造成既成事實。

二、俄國對李鴻章在北京議和，採取若干虛偽的友好姿態，欺騙行在，以便李鴻章易於為俄

國爭取利益。

三、俟對各國和約大綱十二條成立后，由俄國向中國建議派駐俄公使楊儒爲全權大臣，與俄國商辦俄國自東三省撤兵問題；而暗中則仍由李鴻章主持。

此一陰謀於二十六年十一月十一日，亦即公元一九〇一年元旦實現，楊儒與俄國戶部尚書微德及外務部尚書拉姆斯道夫展開交涉後，俄國提出「東三省交地事約稿」，亦爲十二條，其中萬不能接受者，有第六、七、八、十一、十二等五條；而以第八條、十二條爲尤甚。第八條是：「滿蒙新疆等處路礦及他項利益，非俄允許，不得讓與他國；中國自行築路亦然。又除牛莊外，不得將地租與他國。」第十二條：「自幹路（中東鐵路）或支路（南滿鐵路）向北京造一路直達長城。」

俄國不但要席捲滿蒙新疆，且欲置北京於其控制之下。此訊一傳，各國無不反對，日本與英國的態度更爲激烈。

日本與英國反對此事的手段很簡單，也很有效。自「辛酉政變」，兩宮聽政，特定年號爲「同治」，開督撫參與進行決策之漸；朝廷遇有大舉措，亦往往先諮詢重要疆臣的意見，尤其在「電旨」、「電奏」成爲制度以後，下宣上達，政見溝通，更爲方便，其中最起勁的是張之洞，三日一小奏，五日一大奏，但他發言的力量不及劉坤一，所以日本外務省指令駐上海領事致電劉坤一，說日英德美奧，均不以中國另與俄國訂約爲然，一切條約應與各國公同商辦。

易言之，中國只能與各國訂公約；不能另與俄國訂專約。劉坤一得電轉達西安行在；行在轉電李鴻章：各國不滿中俄交涉，應統籌全局，商英美德日各使勸阻，既不可激俄廷之怒，亦不可動各國之憤，須因應機宜，善爲操縱。

這時在俄國的楊儒，發覺微德勾結李鴻章的內幕，恍然大悟，自己作了李鴻章貓腳爪，因而致電李鴻章，以朝廷不欲與俄另訂約爲詞，請旨收回全權之命，改歸北京公議。但李鴻章受到俄使格爾思及微德來自口頭與電報兩方面的威脅，表示倘非從速核准交還滿洲條款，俄將久據。

因此，轉呈楊儒的請求時，仍舊主張由楊儒在俄「從容與議」；隨後復又密電軍機，請早定俄約。認爲各國私議，全係日本從中播弄；劉坤一、張之洞素暱日英，易爲所動。但榮祿不爲所動；然而也不敢公然與俄國決裂，只說俄約應改，請寬以時日，從長計議。

壓力最嚴重是在二十七年一月底至二月初那半個月中，如「近代中國史事日誌」載：

一月二十八日：俄使格爾思晤奕劻、李鴻章，傳俄皇諭旨：限於二月初七日（西曆三月二十六日）前，將交地約章畫押，否則東三省由俄自便。並聲言願與俄好則畫押；若願決裂、聽便。奕劻等即電行在，請速命楊儒畫押，以保危局、勿多顧慮。

另一方面，微德及拉姆斯道夫，又在俄京向「全權」楊儒逼迫，所用手段可以窮兇極惡四字來，首先是拒收清廷希望展限的「國書」；繼而以不合乎外交禮貌的言詞，恐嚇威脅。

至二月初二，軍機分電李鴻章及楊儒：「如俄能展限，如天之福；若竟不允，能再商改，不使各國藉口，倘二者均不能行，惟有請全權定計，進行不能遙斷也。」於是李鴻章乘機對楊儒亦加上一把壓力，電楊儒謂：「電旨是內意已鬆，當立斷，即斟量畫押，勿誤！」

情勢演變至此，關鍵繫於楊儒一人，如果他願意像李鴻章那樣賣國，談個人條件搞幾百銀子不成問題，但楊儒堅決表示：「畫押需有切實電旨。」微德無奈，改威逼爲誘騙，一則曰：「如貴大臣能簽押，他日政府不准，再行作廢」；再則曰：「中國政府如此欲加罪於與俄訂約之人，俄必出場保護。」

同治年間，崇厚使俄，談判畫界，就曾上過這樣的當；但楊儒不同，正色指責微德：「貴大臣可出此言！我係中國官員，欲求俄國保護，顏面何在？如此行爲，我在中國豈尚有立足之地。」

楊儒固受逼迫，李鴻章更無法置身事外，俄使威脅；日使勸勿與俄訂約，而國內輿論及劉、張兩督，一片反對之聲，劉坤一的看法，最爲透澈：「不畫押，俄雖決裂，不過緩交三省，事後必有公論；若一畫押，德於山東必先照辦，各國群起紛爭，即成瓜分之局，存亡呼吸，所爭止一押之間。」

因此楊儒更爲堅定；而李鴻章則更爲焦急，好不容易有「內意已鬆」的機會，轉瞬即逝。及至二月初六，楊儒在俄外部拒不簽約辭出時，爲俄人推仆於地，不省人事；中俄交涉地點，復又移至北京，而奕劻與李鴻章的態度不同。

其時在北京的議約事宜，名義上雖由慶王奕劻領銜，實際上由李鴻章一手主持，只發電時以奕劻之名冠其前，二月初八，李鴻章以「若不畫押，俄必決裂，禍患即在目前」爲詞電軍機處；奕劻意見不同，且不甘常作傀儡，因而單銜另發一電達行在，請「統籌全局，慎重施行。」此外一向恃李鴻章爲奧援，與李家父子利益一致的盛宣懷亦致電李鴻章說：

此次拳禍費盡心力，幸免分裂，而終入其阱中，中國休矣！列邦以惡名加於俄，中外復以庇俄之名加於中堂，後世論者，誰能曲諒乎？

由此可知，四海滔滔，主張與俄訂約者，只一李鴻章，此眞天下之獨夫。但此約之終得打消，由於國際間的情勢將發生重大變化，日本深感威脅，積極進行日英同盟，以俄爲假想敵，其他各國亦因俄國的態度，影響了公約的成立，深致不滿；而劉玶一則力主「各國牽制」的策略，老奸巨滑的微德，見此光景，主動說明不堅持與中國簽約；同時由拉姆斯道夫約見英美德三使，否認曾向中國提出草約。此爲二月下旬之事。

三、四兩月，與各國簽訂公約的交涉，進行得相當順利，主要的賠款，議定爲四萬萬五千萬兩，以金價計算，四十年償清，年利四釐，自本年（光緒二十七年，公元一九〇一年）七月一日始，至一九四〇年十二月卅一日止。幸而十年以後，革命成功，推翻滿清，庚子賠款得以另行提出交涉，挽回利權不少；此爲中國國民黨領導革命，對國家最明顯的重大貢獻之一。

六月十六，聯軍開始撤退，於是中、俄爲東三省撤兵的交涉，再度展開。俄國通知李鴻章，要求中、俄滿洲交涉，在議定簽約前，不使他國預知；所允之事，不聽他國人指使。李鴻章電奏行在；覆電不允。這一來，俄國的全部壓力都加在李鴻章頭上；以後的三個月，李鴻章過的是地獄生活。

俄國人挾制李鴻章者，即是公開受賄的眞相。李鴻章受賄，在帝俄時代末期，是個公開的秘密，俄國財政部總務廳有一項特別會計項目，稱爲「李鴻章基金」，總數四百萬盧布，約合美金二百萬，係由微德奏請俄皇尼古拉二世，頒發密旨，由國庫所撥出，存於華俄道勝銀行，而由財政部管理帳目。

當中俄密約簽訂的第二天，微德以一份議定書，送交李鴻章親閱，規定在中東鐵路建造過程中，分三次撥付李鴻章三百萬盧布；但李鴻章實際上只收到一百七十萬零九百四十七盧布又九十一戈貝，這個數字是從李鴻章、李經方父子，在華俄銀行的支票戶頭中結算出來的。

第一筆一百萬盧布，在光緒二十三年五月，由俄國答聘專使吳克託穆王爵在北京所送；旅大租借條約簽訂後，致送第二筆；以後又有三次，但數目甚微。俄國政府騙人，一向如此，說大話用小錢，開頭很大方，以後就越來越小氣；毛澤東與俄國鬧翻，未始不因此故。

除李鴻章外，俄國還想賄賂駐德兼駐俄公許景澄，向中國政府建議派許景澄爲「東省鐵路公司」第一任總辦，年支公費一萬五千兩，許景澄只願接受實報實銷的辦公費用，而俄國施展「強迫中獎」的手段，許景澄因而自此項公費中，每年提出一萬兩轉解總署儲存，並函陳總署大臣表示，接總辦之任是因爲「於中俄鐵路原委，夙經接洽，或冀少盡駑駕之責，是以未敢推辭，非圖增益祿人，以違素尚。」這筆款子，後來移作北京城內修理街道之用。

當時對俄交涉，虧得有許景澄、楊儒的守正不阿；倘或許、楊與李鴻章一起蹚混水，則東三省早已爲俄所有。

但許景澄身被極刑；楊儒則在俄國外務部仆跌受傷，赴德治療，始終未能康復，卒於二十八年正月，亦可說是死於非命。忠於國事者如此下場，天道寧論，令人氣短。

回頭再談李鴻章。當公約定議，聯軍自北京撤退時，行在有一電旨：「此次與各國議和，本有俄之賠項在內，爲數又最多，應即照會領袖公使，商詢俄兵在東省者何時撤回？」

按：庚子賠款，俄國獨得一億三千萬零，占總數百分之二十九：俄國除實際支出，包括軍費及中東鐵路損失在內以外，淨賺一千四百萬盧布；拉姆斯道夫曾得意地說；「這是歷史上最夠本的戰爭。」

此一「憑列強公斷」的策略，完全正確，但李鴻章不願，也可以說是不敢實行，仍由中俄直接交涉，而微德出了一個花樣，條件照舊，換湯不換藥，李鴻章亦知決不能爲朝廷接受，因而一口拒絕。

其時英日同盟已進入正式談判的階段，日本政府表示，俟兩宮回鑾後，日本將聯合英美，責俄撤兵；即令英美游移，日本亦將單獨提出詰責。這一來，中國態度便更爲堅定；而俄國深恐北京撤兵完成，日本實現支持中國的承諾，所以亟亟乎想在此有限的時日以內，達成目標，而所使用的唯一的手段，即是不斷加強對李鴻章的壓力。

那時俄國的公使，已換了雷薩爾；如是格爾思，到底還有見面之情，雷薩爾沒有感情上的負擔，或者說，改派健康狀況不佳的雷薩爾使華，根本就是來逼李鴻章的。

清末民初好些野史記載，李鴻章臨終前數月，脾氣暴戾乖謬，處於一種歇斯底里狀態之中；

如劉秉章之子劉聲木所著「萇楚齋隨筆」有「李鴻章議和時氣焰」一條云：

湘鄉曾敬貽觀察廣銓，時為議和翻譯，平時喜歡戴綠眼鏡，文忠惡之，呼為「荒唐小鬼」。又謂：「將來必要砍頭。」翌日得句云：「荒唐鬼說荒唐話；頑固人看頑固花。」

這是言語上的乖謬；還有行爲上的乖謬：

徐晉卿京卿壽朋，本故吏，亦門生也，亦隨同議和，議論有舉李文忠不洽處，文忠恆以杖擊之。京卿告以痛；文忠云：「不痛何必打乎？」告以：「不可當眾人前打。」又云：「老師打門生，尚須瞞人乎？」京卿退有後言，謂：「三品京堂，不是送來打的。」終亦無如之何，未幾，京卿病故；文忠亦病故。

按：徐壽朋字進齋，直隸清苑人，本籍紹興。捐班主事出身，久在津海關行職，光緒二年以道員充美日使館二等參贊，駐外甚久；二十六年出使韓國，以諳習國際情勢及英文，爲李鴻章奏調回國佐和議。所以徐壽朋有「三品京堂，不是送來打的」之牢騷。

徐壽朋、李鴻章相繼病故，前後相距不及十日，徐壽朋死於急性病，無甚痛苦；李鴻章非死於積勞，而是死於積憂積憤，悔恨萬端，死得非常淒慘。周馥自撰年譜卷下，光緒二十七年九月條下：

九月二十六日得京電，相國病危，屬速進京。比至，相國已著殮衣，呼之猶應，不能語。延至次日午刻，目猶瞠視不瞑；我撫之哭曰：「老夫子有何心思放不下，不忍去耶？公所經手未了事，我輩可以辦了，請放心去吧！」忽目張口動，欲語淚流；余以手抹其目，且抹且呼，遂瞑。須臾氣絕。

李鴻章「有何心思放不下？」即盛宣懷所說的，「中外復以庇俄之名，加於中堂，後世論者，誰能曲諒乎？」我之所以爬梳史料，抉微發覆，剝露李鴻章聯俄的眞相，就是爲了盡前人所期望於「後世論者」的責任；如我輩不盡此責，使賣國禍國者，以爲一手可遮盡天下後世之耳目而無所懼，則亂臣賊子，將誅不勝誅。

自甲午之敗至李鴻章之死，七年之間，元氣大喪；拳匪之亂，兩宮蒙塵，人才凋落，「三忠」授首，士林同惜，此外如自裁的李秉衡，賜死的趙舒翹，皆爲可任艱鉅的美材，乃亦付劫灰之

中。而擾攘翻騰之中，所造就者得一文一武兩人，武爲袁世凱；文則瞿鴻機。

瞿鴻機字子玖，湖南善化人，同治十年辛未翰林，京師淪陷時，瞿方由學政解任，奔赴行在；召見稱旨，而軍機處恰好缺人，由榮祿保薦，與鹿傳霖同入軍機；連王文韶，共爲四人。王、鹿皆已白頭，王文韶且患重聽，所以軍機處重要文字，皆出瞿手；甚至還兼充南書房翰林的差使，所撰「恩遇紀略」云：

> 予初入直時，定興擬旨，榮文忠旋推予，親以筆硯相屬，自是遂皆予起草，仁和、定興同為參酌。慶邸入樞廷，仍予秉筆，同列共審定之。

「定興」謂鹿傳霖；「仁和」謂王文韶。榮祿歿於二十九年三月，慶王代之而掌樞。又云：

> 回鑾時，扈從南書房翰林，止陸鳳石侍郎一人，途中兩宮或賜神廟匾額及御製碑文，皆命臣鴻機撰擬進呈。回京後亦常奉命題御筆畫，及篆寫御寶御章；榮文忠與王文勤戲謂予兼南齋行走。

陸鳳石即陸潤庠，雖爲同治十三年狀元，而學問有限，孽海花頗致譏評；由瞿鴻機所記，足見此一狀元名不符實。

瞿鴻機復著有「聖德紀略」一稿，頗爲慈禧辨白；但多錄親聞慈禧之語，故史料價值頗高；引注數條如下：

初入樞廷，欽聖諭臣曰：「外間疑我母子，不如初年。試思皇帝入承大統，本我親任；以外家言，又我親妹之子，我豈有不愛憐者？皇帝抱入宮時纔四歲，氣體不充實，臍間常流濕不干，我每日親與滌拭。

於此可見慈禧當年一手主持，立醇親王長子爲帝，開始就是一個錯誤的選擇，幼兒資質如何，尚不可知，但健康狀況則顯分明；開國時，孝莊太后選皇三子，而非皇二子繼順治之統，即因湯若望建議，皇三子體格較佳，且已出痘之故。如慈禧果眞遵重「家法」，則孝莊賢明之前例具在，何不一思？

瞿鴻機續記慈禧之言：

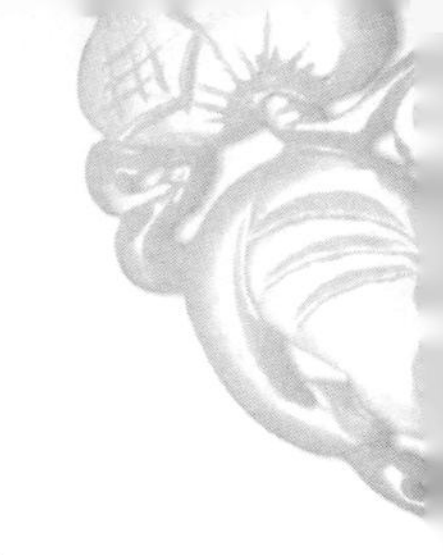

（皇帝）晝間常臥我寢榻上，時其寒暖，加減衣衾，節其飲食。皇帝自在邸時，即膽怯畏聞聲震，我皆親護持之。我日書方紙，課皇帝識字，口授讀四書詩經。我愛憐惟恐不至，尚安有他？

慈禧又自敘其學習政事云：

我十八歲入宮，文宗顯皇帝在宮內辦事時，必敬謹侍立，不敢旁窺，一無所曉。後來軍務倥傯，摺件極繁，文宗常令清檢封事，略知分類。垂簾以來，閱歷始多，至今猶時時加慎，惟恐用心不到。

至於德宗，在瞿鴻機眼中是如此：

德宗恭儉寬仁，而臨朝簡默，蓋恃有慈宮之聖明，又悚於近年之事變，故出謀之時少，養晦之意多，一切用人行政，皆謹承懿訓，然後加御丹毫。

德宗之權盡奪，於此可見，瞿鴻機於頌聖之外，筆下猶存眞相；以下所記，則足證德宗資質教養，過於穆宗：

至於天亶聰明，綜覽強識，章奏所陳之事地名、人名，或欽聖偶忘，立能代舉。於東西各國都會之所，事物之名，無所不記。使臣請覲，向避禮拜；外務都奏請時，欽聖問何日星期，對常不爽。德宗勤政愛民，孜孜求治，制節謹度，聲色遊觀，一無所好。自朝祭龍衮而外，平日服御，從無華靡，亦不更新，蓋天性儉約然也。

此言德宗記憶力特佳，實不盡然。慈禧垂簾時，獨斷獨行，無德宗作主之餘地，但爲沖淡專制的形象計，亦時時以不相干之語詢德宗；或以勢非如此辦不可之事使德宗表示意見。詢地名、人名、日期，即爲經常「表演」的材料；德宗亦必緊記，俾不忤慈意，用心實甚苦。

瞿鴻機當然亦深知內幕，但捨此不書，更無以頌揚聖德；至於服御儉約，「從無華靡」，或者天性使然；「亦不更新」四字，則爲曲筆，宮中規制，每月供應皆有定例；溥儀自言，幾無日不製新衣，而德宗之月例供應，皆爲近侍所侵吞，相傳某次某年南郊，德宗步行上壇時，甬道上屢次停頓，向隨侍大臣訴苦說：「你們都著好靴子；我的靴子破了，不能像你們走得那麼快。」

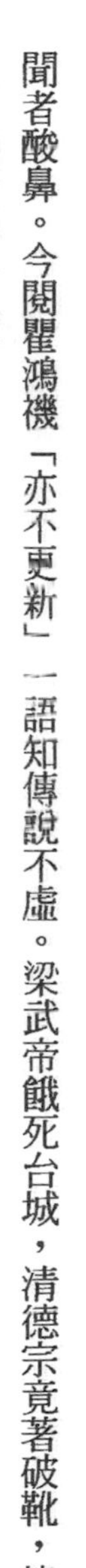

聞者酸鼻。今閱瞿鴻禨「亦不更新」一語知傳說不虛。梁武帝餓死台城，清德宗竟著破靴，皆歷史上絕無僅有之事。

瞿鴻禨又記德宗下筆迅速云：

> 德宗召見臣工，或以其人，或以其言，常有硃筆記載。宮內從容批摺，字必端凝，結體顏柳，豐神駿拔。召對之頃，隨時批摺，則意存迅發，一筆常可數字；馳驟流動，逸態自生。樞廷承旨，恭擬繕述，領下時如奉硃筆張定，則另行照繕，恭進復述。臣鴻禨侍直以來，所擬旨意，惟廢「大阿哥」諭旨一道，欽奉德宗硃筆，增「以綿統緒」四字。聖謨深遠，睿藻周詳，實臣等所不及。洪惟今上嗣服，改元「宣統」，丕承基緒，紹膺萬世無疆之休，亦祥徵之先見者歟。

按：「大阿哥」名溥儁，惇王奕誴之孫，端王載漪之子。慈禧廢立不成，立溥儁爲「大阿哥」；德宗無子，將來即以溥儁爲帝，實爲儲君，以雍正以來不建儲，因以「大阿哥」爲號。此又慈禧違背家法之另一端，其事應略作補述。

按：「戊戌政變」後，慈禧即有廢立之意，先以德宗健康狀況不佳，徵醫入侍，藉以製造空氣；其間最熱心者兩人，一爲徐桐，因廢德宗後，立溥　爲帝，而預定薦其門生寶豐、高賡恩授讀，則天子爲其小門生，過癮可知。

一爲「蒙古狀元」崇綺，此人自嘉順皇后殉節後，鬱鬱不得志二十餘年之久，希望藉贊助廢立，而得起用。崇綺乞休前，官至吏部尚書，倘能復起，則只要有協辦缺出，即應崇綺升補；「狀元宰相」人生至榮之境，對崇綺的誘惑力，至爲強烈，故雖知德宗無失德，即不惜冒天下之大不韙，全力爲之進行，相傳胎死腹中的廢立詔書，即爲崇綺所起草。

但此事有一極大障礙，即榮祿周悉各國公使及重要疆臣，皆不贊成此舉，所以他對此事始終不熱心；慈禧腦筋比徐桐、崇綺要清楚得多，當時向左右表示，此大事非榮祿出力不能辦成。所以徐桐、崇綺連袂往訪，思以奉太后懿旨，迫使榮祿領銜，奏請廢立。榮祿已預知來意，因徐爲前輩；崇則公爵，不便峻拒，因託詞腹瀉，勉強出見；每語至將及關鍵處，即謂腹痛，匆匆告罪遁去，用意在使徐、崇知難而退。

而徐、崇堅持不去，如是遷延數次，終於由崇綺出示廢立詔書稿，榮祿閱未數行，即謂「此大事，某不敢與聞！」時方圍爐，榮即以稿投諸火；崇綺色變，而無如之何。榮祿俟徐、崇辭去，即往見慈禧，泣諫此事違中外公議，必不可行；因痛陳利害。適劉坤一「君臣之分已定；中外之口難防」一疏至，德宗乃得保全；但仍有立大阿哥一舉。

載漪因榮祿之反對，作「太上皇帝」之夢成空，恨榮祿刺骨；故義和拳猖獗時，公然昌言，

「必斬一龍二虎十三羊」，一龍謂德宗；二虎一爲李鴻章，一即榮祿。十三羊則以洋務知名的朝士十三人，自然包括許景澄等在內。

榮祿爲后黨首領，而載漪所指使的義和拳，竟列之爲「必斬」，可知怨毒之深。郭則澐「庚子詩鑒」注云：

> 當拳勢方盛，端邸竟帶拳入宮查驗，指某某二太監通教，捕出於苑牆外殺之，孝欽色駭，然不能遏也。時人詩有云：「禁中大索威和虎，龍種王孫將北軍。」

漢初諸呂謀奪劉氏天下，所憑藉者即爲「北軍」；以載漪擬之爲呂產，可說是誅心之論。郭則澐又有詩云：

> 魁柄輕移戰禍開，驕王意氣挾雲雷；紅巾二領慈寧進，竟擁宣仁作盜魁。自注：是時端邸專政，所主各事，太后不肯下詔，輒傲然曰：「我自行之。」於是諸事悉出矯擅，樞廷等諸虛設。又嘗恫嚇太后，謂都下偏是拳民，不從其意，則將殺盡都人，雖宮中亦不免。又勒令太后宮中內監，悉易義和團之服，而別具二襲奉太后，示太后為拳眾之首云。

載漪敢於如此跋扈，即以具有「候補太上皇」的身分。拳匪之所以猖獗，由於第一，名爲「扶清滅洋」，其實想成擁立之功；拳匪頭目以爲倘大阿哥得能正位皇帝，彼等皆有封侯拜相之分，草莽思想，固當如是；第二，以載漪爲未來之「太上皇」，則奉載漪之命行事，無異奉太上皇的「勅旨」，此即毛澤東之所謂「造反有理」。如當時不立大阿哥，絕載漪覬覦神器之妄念，又何致於有如此猖獗的拳匪？

郭則澐又一詩云：

襄樊西去屬銜途，為備宸供急轉輸，詔遣近臣持節下，抱冰堂上話行都。

按：吳永自兩湖催餉回行在後，先以張之洞的意見商諸榮祿；經榮祿同意後，吳永乘間密奏；慈禧答謂：「爾且謹密勿說，到汴梁即有辦法。」辛丑回鑾，於十月初二日抵開封，駐蹕凡一月；吳永所著「庚子西狩叢談」記：

十月二十日，仍駐開封，是日上諭奉懿旨「溥儁著撤去大阿哥名號，立即出宮。加恩賞給入八分公銜俸，毋庸當差」云云。此事予前在西安面奏，太后曾有爾且勿說，到開封即有辦法之諭，予以為一時權應之語，事過即忘；至此果先自動撤廢，足見太后處事之注意。

聞溥儁性甚頑劣，在宮時，日德宗立廊下，彼突從背後舉拳擊之，德宗至仆地不能起，以後哭訴太后，乃以家法責二十棍。如此行徑，何能承宗社之重？如廢立早行，此次更不知鬧成何等世界也。

平日對諸宮監亦無體統，眾皆狎玩而壓惡之；奉諭後，即日出宮，移處八旗會館，太后給銀三千兩，由豫撫松壽派佐雜三員，前往伺應，隨身照料者，祗有一老乳媼。出宮時涕淚滂沱，由榮中堂扶之出門，一路慰藉，情狀頗覺淒切，宮監等均在旁拍手，以為快事也。

按：載漪的封號本應爲端郡王。仁宗第四子綿忻封端親王；子奕誌襲郡王；奕誌無子，咸豐十年命以惇親王奕誴次子載漪，爲奕誌之子，降封爲貝勒。光緒十五年加郡王銜，二十年進封端郡王。「清史稿」載漪傳：

循故事，宜仍舊號，更曰「端」者，述旨誤，遂因之。載漪福晉，承恩公桂祥女，太后侄也。

戴漪與德宗以從兄弟而爲聯襟，他之能晉封郡王，自然是由於裙帶關係。慈禧之弟承恩公桂祥，另一女婿爲載澤；爲聖祖第十五子愉郡王胤禑之後，本爲疏宗，其父奕棖，已降封至宗室十二等爵位的第十等的二等輔國將軍；載澤應降封爲十一等的奉國將軍；但慈禧因他是內侄女婿之故，以之繼承爲惠親王綿愉之孫，綿愉爲宣宗幼弟，咸同年間皆尊稱爲「老五太爺」而不言爵銜，載澤因此而得封鎭國公加貝子銜，末年親貴用事，載澤掌財權，重用盛宣懷而引起鐵路風潮。

清祚之終，載漪、載澤皆與有力焉；恭王謂人：「本朝天下亡於方家園。」方家園爲慈禧母家所居之地；恭王作此言時，在甲午前後，預言竟於十餘年後實現，但英法聯軍之後，又有八國聯軍，內犯京師，恐爲恭王生前所想像不到。

兩宮回鑾後，十樞政令，初期仍以榮祿爲主；四軍機共事的情況，據梁士詒（燕孫）年譜中所載光緒廿八年十二月家書中論述云：

太后銳意維新，主媚外以安天下。惟所任非人，習於所安，對於守舊泄沓諸臣，意存瞻徇，不肯決意淘汰。皇上韜光養晦，遇事不發一言。樞垣用人之權，榮仲華相國主之。榮有足疾，於

政治上無所可否，皆迎合后意；而黜陟之宗旨，不無同己異己之見地。王夔石相國有聾疾，而又遇事詐聾，鹿芝軒、瞿子玖兩尚書頗操行政之權，鹿多執拗，瞿好挑剔，兩有不解之時，王相國解之；鹿瞿王有不相能之時，榮相國又能以一言解之。此近日四軍機之大略也。

要之，近日非不鋭意維新，而內外諸臣有血性者甚少，每下一詔，多粉飾敷衍，一奏塞責。此由於無人才，而人才之不出，由於賞罰之不明、不公、不嚴，此則用人者之咎也。

血性諸臣，畢命西市；「戊戌政變」及庚子之亂，摧折士氣，至深且重；及至榮祿下世，奕劻領樞，政以賄成，肆無忌憚，境況更不如初回鑾時。瞿鴻禨還算是比較正派的，但在小人媒孽之下，終於去位；此即有名的「丁未政潮」。

其時奕劻與直督袁世凱相結納，而瞿則引粵督岑春煊爲外援。兩宮蒙難時，岑春煊以甘肅藩司，率兵勤王；故慈禧視岑春煊與原任懷來知縣吳永爲「救命恩人」，眷遇特厚，岑春煊妒惡如仇，而性情至爲偏急，不能容人，署川督時，循例三月期滿，須行到任甄別，他人不過參革數員，以爲懲勸，岑春煊擬參劾三百員，經幕友力勸，仍劾去四十員。及調任粵督，四年之中，劾罷全省文武大小官員一千四百餘人之多，當時稱張之洞「屠錢」；岑春煊爲「屠官」。

光緒三十二年七月，閩督端方與江督周馥對調，大概周馥不願到福建，運動慶王，改調兩廣，而以岑春煊調雲貴。粵督調滇，等於以大改小，岑春煊豈能甘服；請病假赴滬就醫，延到三十三年正月，奉旨調補川督，電旨毋庸來京請訓；岑春煊自上海搭長江輪西行，到了漢口突然下船，電請順道入覲，不俟電覆，即循京漢路到京；照例宮門請安，兩宮亦立即召見。

此舉震動了京師，有的說他將入軍機；有的說他將代袁世凱為直督。其時恰好郵傳部尚書長沙張百熙病歿，慈禧念他病軀不宜遠行，補了張百熙的遺缺。

這一下，岑春煊「屠官」的癮又發作了，未到任即面劾郵傳部左侍郎朱寶奎，朱革職後，岑方到任。岑春煊如此跋扈，而慈禧太后又如此寵信，慶王與袁世凱皆不免自危，尤其是慶王，已數遭岑抨擊，不去岑寢食難安；於是設計在岑任郵尚不及兩旬，復又奉旨出督兩廣。

據說這是袁世凱的設計，其時廣東欽州土豪劉思裕聚眾劫掠，此亦常有之事，而袁世凱密電其兒女親家周馥，張大其詞，倉皇入告；袁世凱亦適時入覲，談到廣東的動搖，袁世凱面奏：「周馥臣姻家，人雖忠誠，年力衰邁；粵寇再起，而其地革命黨甚多，恐非周馥才力所能制。」岑春煊則是以剿匪知名；就這樣，由慶王密奏，以岑春煊再度督粵。其間據說恭王之女，素為慈禧所信任的大公主，亦很出了力，據岑春煊「樂齋漫筆」記大公主得賄一百五十萬兩，向慈禧如此陳言：

岑某所陳時政，意在力圖富強，其策未嘗不善，然實非一朝一夕所能辦到。即如現在每日奏事，必兩點餘鐘，太后春秋已高，何能受此辛勞？不如仍令在外坐鎮，以固國防，俾奕劻等從容整理庶務，太后庶稍安逸，而國事亦可望治，是兩全之道也。

袁世凱與大公主之言，設詞皆甚工巧；雖以慈禧之精明，亦不能不見聽。「樂齋漫筆」又記：

時世凱在北洋，見余底缺未開，主知猶固，亦恐一日赴鎮，據兩廣財賦之地，終不利於彼也。日謀所以陷余之計，知東朝平生最惡康、梁師弟，陰使人求余小照，與康、梁所攝，合照一幀，若共立相與然者，所立地則上海時報館前也。既成，密呈於孝欽，指為暗通黨人圖亂之證。深宮不審其話，既見攝影佇儼然，信之不疑，驚愕至於淚下。亟謀所以處置者，樞臣固請如瞿相之例。

所謂「如瞿上之例」，即援照瞿鴻禨「開缺回籍」之例，處分岑春煊。丁未政潮的重心，在瞿鴻禨遭遇翁同龢同樣的命運；女主弄權，片言可以罷相。瞿鴻禨一去，可以肯定，再無像樣的政府，清朝亦亡定了。

這一段公案，爲談「清朝的皇帝」最後的一個有關朝政的話題；玆先引錄光緒三十三年五月初七日「東華錄」如下：

諭：惲毓鼎奏鴻禨暗通報館，授意言官各節，著交孫家鼐、鐵良秉公查明，據實具奏。

瞿鴻禨爲協辦大學士，故被參後派大學士查案；又以瞿爲漢人，故加派陸軍部尚書滿洲人鐵良會查。此爲清朝遇有類似案件處置的常規；但不待查明，即日作斷然處置，其非常規。

「東華錄」同日載一上諭：

惲毓鼎參樞臣懷私挾詐，請予罷斥一摺，據稱協辦大學士、外務部尚書、軍機大臣瞿鴻禨，暗通報館，授意言官，陰結外援，分佈黨羽，余肇康於刑律素未嫻習，因案降調未久，與該大臣兒女親家，託法部保授丞參等語，瞿鴻禨久任樞直，應如何竭忠報稱，頻年屢被參劾，朝廷曲予寬容，猶復不知戒愼。

所稱竊權結黨，保守祿位各節，姑免深究，余肇康前在江西按察使任內，因案獲咎，為時未久，雖經法部保授丞參，該大臣身任樞臣，並未據實奏陳，顯係有心迴護，實屬徇私溺職，法部左參議余肇康，著即行革職；瞿鴻機著即開缺回籍，以示薄懲。

顯然的，這是所謂欲加之罪，即令「有心迴護」，又何致加以「開缺回籍」的處分？其爲別有內幕，不言可知。「十朝詩乘」卷二十四記其事云：

善化（瞿鴻機河南善化人）於樞臣中最炳任，罷官前二日，內廷宴公使夫人，有以樞邸易人為問者，謂見諸報章。慈聖以是事惟善化知之，深怪其不謹。樞邸察知，遂有人受意劾之，竟遭罷斥；詔旨所謂「私通報館」即指此。

此僅得部分眞相。「樞邸」指慶王；「有人」指惲毓鼎，爲慶王賄買參瞿；「報館」指汪康年所辦的「京報」及「中外日報」。

京報的創辦人汪康年字穰卿，杭州人；光緒十八年進士，不喜做官，於甲午戰後，與梁啓超在上海合辦時務報，鼓吹維新，「戊戌政變」之前，汪梁已經分手；汪康年專心報業，另創「時務日報」，旋即改名「中外日報」。

至三十三年二月，復創「京報」於北平，未幾，候補道段芝貴以重金爲歌妓楊翠喜贖身，獻於奕劻長子農工商部尙書載振；又送了奕劻十萬銀子的壽禮，竟得署理黑龍江巡撫，爲「台諫三霖」之一的趙啓霖所糾參，段芝貴丟官；載振亦由其父奕劻代奏，開去一切差缺，趙啓霖則以污衊親貴的罪名革職。

但首先揭發其事者爲「京報」；在此以前，「京報」對時政已多所抨擊，「振貝子案」引起軒然大波後，奕劻恨之刺骨，而結怨於瞿鴻機，因爲汪康年、趙啓霖都是瞿鴻機的門生。

說瞿鴻機「暗通報館」，這話倒也不是空穴來風，瞿鴻機利用「京報」，打擊政敵，多少也是事實；而汪康年自瞿鴻機處獲悉許多機密消息，亦無可否認。據說瞿鴻機夫人喜歡談論政事；汪康年常使其妻從「師母」處探知宮廷動向；而瞿鴻機又曾密奏請赦康、梁，慈禧恐演變成第二次的「戊戌變法」，因而作了斷然處置，是即所謂「丁未政變」。

其時岑春煊正在上海，見此光景，不免自危，乃乞假一月，留滬就醫，意在觀望。於是而有與康、梁合攝照片的事件；相傳設謀並假造此一照片者，爲兩江總督端方及上海道蔡乃煌。

「清朝野史大觀」記其人云：

> 蔡乃煌原名金湘、字雪橋，作秀才時殊無賴，工刀筆，好為人構訟，清道員王存善嘗宰番禺，惡其為人，思有以懲之，卒以爭妓一案，褫其衣頂，遂挾其兄子乃煌監照，北走京師，冒應順天鄉試，登乙科，至是乃居然名乃煌字伯浩，人亦莫之辨也。

所謂「監照」即曾捐監生的部照；監生例得應北闈鄉試。其後蔡乃煌以縣令在台灣藩署作幕；甲午之役，唐景崧表示將死守台灣，電請給餉，翁同龢一出手就是一百萬兩。餉到台灣，事已不可爲，蔡乃煌竟得乘隙侵吞二十餘萬；遠走四川，納貲爲道員，復又運動奕劻，竟得授爲上海道。

此人既工刀筆，必工心計，僞造照片以傾岑春煊，其計甚毒；慈禧雖傷心至於淚下，但仍以岑春煊「有庚子舊勞，毋令難堪；以久病未痊，准其開缺調理」。與瞿鴻禨連翩下台。

由岑春煊突然抵京，改任郵傳部尚書，面劾朱寶奎開始的「丁未政變」，起先是岑瞿一派佔上風；但最後是奕劻、袁世凱全力反攻，大獲全勝，岑瞿下野，而以京報館被封煞尾。

政變的結果是「幾家歡樂幾家愁」，出現了一幅新的「陞官圖」，升沉當然視其背景而定，岑瞿失意，奕袁得勢，情況如下：

①袁世凱內調，以軍機大臣而領部院首席的外務部尚書，完全接收了瞿鴻禨的權力。直督亦

由袁的保薦，以楊士驤充任。

②東三省設行省，總督徐世昌，奉天巡撫唐紹怡，爲袁世凱親信；吉林巡撫朱家寶與奕劻有密切關係。

③軍機大臣度支部侍郎林紹年，與瞿鴻機極爲接近，因而被排，外放河南巡撫，原任豫撫張人駿爲張佩綸族叔，接岑春煊兩廣總督的遺缺。

此外有純粹由慈禧太后識拔者三人：

①王文韶因反對廢科舉，於卅一年罷直，以首輔在京邸養老；卅三年五月，予告回杭州。瞿鴻機復又罷相，內閣僅得三大學士一協辦，張之洞遂以湖廣總督升協辦大學士，復又越過早在卅一年即已升協辦的學部尚書榮慶而扶正，授爲體仁閣大學士，旋入軍機。皆由慈禧特旨。

②載振開農工商部尚書後，以度支部尚書溥廷調任；度支部尚書改授慈禧的內侄女婿載澤。

③湖廣總督出缺時，四川總督亦缺人未補，由趙爾巽之弟趙爾豐以川滇邊務大臣護理，此時以趙爾巽調補；趙爾巽可能想爲趙爾豐製造眞除的機會，不願赴任，遂改調湖廣；以江蘇巡撫陳夔龍升任川督。陳亦不願赴川任；結果形成陳趙相爭之局，終於在三十四年，陳佔上風，川鄂對調，趙爾巽去成都，陳夔龍至武昌。有人以爲係得奕劻之力，事殊不然。

陳夔龍有能名，爲榮祿得力部屬，當拳匪之亂時，任京兆尹，伸非調度有方，兩宮恐無法逃難；而八國聯軍入京後，地方秩序亦難以維持，凡此勞績，以榮祿之故，慈禧早有所知。至於相爭得佔上風，實由張之洞所保存；張之洞在湖北搞成一個爛攤子，倘由趙爾巽接手，不爲之設法彌縫，逐案清理，將興大獄，所以希望有能名的陳夔龍接手，去收拾爛攤子。

袁世凱的入直軍機，對德宗來說，是一種精神上的虐待。德宗平生所痛恨者兩人，一爲榮祿；一爲袁世凱。惡袁尤甚於榮，而每日晤對，內心時時浮起憎恨，卻連對袁世凱發一頓脾氣都不可能，其痛苦爲何如？

日積月累的抑鬱，爲德宗健康情形迅速惡化的原因之一；民國廿五年「逸經」載有北洋醫官屈庭桂口述「診治光緒皇帝秘記」云：

前清光緒末年，皇帝久患重病，外國公使等有懷疑其中慈禧太后之毒者，蓋外使自拳亂後，多惡后而袒帝也。法使館徵得內庭同意，嘗派法醫狄得氏入宮診治，知帝確患重病，群疑始釋。

時在九月初旬，一日早晨，太后與光緒臨朝，召見軍機大臣，帝困苦不能支，伏案休息。太后乃謂：「皇帝久患重病，各大臣何不何薦名醫診視？」慶王奕劻首先奏對：「臣自六十九歲大病之後，袁世凱薦西醫屈某來看好了。」

據屈記，袁世凱、張之洞、世續亦同聲保薦；屈庭桂述請脈情形云：

時太后與皇帝均在西山頤和園，十四日清晨，慶王帶余覲見太后及帝於正大光明殿。光緒正面坐，太后坐其側，聞中醫陳蓮舫、施愚等亦曾到診，太后問余如何診法？余答：按西醫規矩要寬衣露體，且聽且看。」太后許可，余即對光緒施用「望聞問切」的工作。

屈庭桂診斷的結果如此：

①常患遺洩、頭痛、發熱、脊骨痛、無胃口，腰部顯然有病；由尿中有蛋白質證實。

②肺部不佳，似有癆病，但未及細驗，無法斷定。

③面色蒼白，無血色，脈及心臟均弱。

④神經極度衰弱，稍受震動，或聞鑼鼓聲響，或受衣衫磨擦或偶有性的刺激，即行遺洩，且不受補，愈食補藥，遺洩愈頻。

中醫有「虛不受補」之說；經西醫證實，確有此種現象。屈庭桂的處方未記述；但懍於明朝的「紅丸故事」只處方，不進藥。

按：在屈庭桂之前，於五月間即已徵醫，胡鈞編張之洞年譜，於「五月德宗皇帝有疾」條下記：

命各省保薦良醫，鄂人呂用賓深明醫術，時官江西，鄂督擬薦之入京，公亦以為然。用賓請脈出，言虛損已甚，惟進清補之劑而已。

除河北所保呂用賓以外，另有直隸、兩江、江蘇、浙江諸督撫保送陳秉鈞等六七人；浙江巡撫馮汝騤所保者，爲其幕中文案，名杜鍾駿，字子良，揚州人。德宗崩後，即在北京懸壺；民國初年，著有「德宗請脈記」一書，自言於光緒三十四年七月十六日，第一次至頤和園請脈，其對答之語如下：

帝：你瞧我的脈怎麼？

杜：皇上的脈，左尺脈弱，右關脈弦，左尺脈弱，先天腎水不足；右關脈弦，後天脾土失調。（據杜自註，已知慈禧最恨人言德宗肝鬱，而德宗惡聞人謂其腎虧，故改用此說法。）

帝：我病了兩三年都醫不好，是甚麼緣故？

杜：皇上的病，非一朝一夕之故，積虛已久。臣在外頭給人醫病，凡虛弱與此相似者，非二

百劑藥不能收效。服藥有效，非十劑八劑，不隨便改方。

帝：（笑）你說得對。現在你用甚麼藥醫我？

杜：先天不足，要用二至丸；後天不足，要用歸芍六君湯。

帝：就照此開方，不必更動。

當時慈禧亦在座，且亦謂「就照此開方。」德宗言「不必改動」乃已諳醫理，同意杜鍾駿的處方；慈禧復又叮囑，可知過去有面奏之方，與所書之方不盡相同，爲內務府大臣有意；或甚至承慈禧意旨，不欲診治有效，囑醫改方之事發生過。

這一點當時就獲得證實。據杜鍾駿記，「跪安」退出時，德宗復命太監追語，切勿改動。至軍機處開方時，復有一太監來謂：「萬歲爺交代，你剛才在上頭說的甚麼，開的方子就是甚麼。千萬別改動。」又指陳秉鈞謂：「千萬不可跟他串通起來。」陳秉鈞字蓮舫，「清稗類鈔」記其人云：

陳蓮舫者醫也，青浦人，居珠家閣（按：似應為朱家角）。光緒中葉，與其里人賴嵩蘭皆以內科著稱。嵩蘭懸壺於家，旁郡邑之土著皆信之；蓮舫嘗納貲為官，醫孝欽后病，且嗣子挹霏大令，曾宰富陽，以是來往江浙間，遂為吳越官紳所敬禮。盛杏蓀尚書宣懷，又為之揄揚，至滬，恆寓盛之斜橋邸中，富商巨賈乃益崇拜之，有小恙輒遠道迎致，以其號稱御醫，且官且封翁，得其一診以為光榮也。

陳蓮舫以「御醫」之名號召，確爲事實；亦無足爲非，據說其家世世行醫，至陳蓮舫已十九代，方出一「御醫」，足以光大門楣，自當宣揚，始稱孝思。不過，德宗最討厭的亦就是陳蓮舫；「萇楚齋三筆」卷六「德宗景皇帝久病情形」條：

上海陳蓮舫比部，又最為德宗所深惡，始則批其擬方中有云：「名醫伎倆，不過如此！可慨也夫。」繼則俟比部方已上呈，袖中出一紙自開病狀，與比部所開脈案，全不相同；終則面擲其方於地。比部汗流浹背，不敢仰視，出語他人，謂為生平未有之奇辱。

按：陳蓮舫爲捐班刑部主事，故稱「比部」。照劉聲木所記，德宗之深惡陳蓮舫，即因面奏與開方不同；如相同，則當其陳述病因時，德宗即已加以糾正。所謂「袖中出一紙，自開病狀」，即爲陳蓮舫面奏時的筆錄，兩不相符，致爲德宗所深惡。醫士有此，施之常人猶不可，何況至尊？

陳蓮舫改方，如非慈禧默許，陳蓮舫決不敢如此。

德宗所稱許者，一爲杜鍾駿，一爲曹元恆，乃江蘇所保。曹爲蘇州人，字智涵，到京未幾，請假回蘇，即不願再往；蘇撫許以添給公費每月二千兩，另給川資三千兩，曹元恆已收復退回，因知事不可爲，深恐惹禍。

事不可爲非病不可治。杜鍾駿「請脈記」中，記請脈之不合理云：

余問內務大臣曰：「六日輪流一診，各抒己見，前後不相聞問？如何能愈病？此係治病，不比當差，公等何不一言？」繼（祿）大臣曰：「內廷章程，向來如此，余不敢言。」

御醫六人，每日一人輪診，杜鍾駿係「插班」，九月十六日不過初次召見，須至廿一日始爲「正班」。不意當晚傳旨，次日仍須請脈；開方後，太后傳諭：杜鍾駿改二十二日值班。因連診兩日，藥已對症，倘非特爲傳諭，則下一日必又將召杜鍾駿診治，漸有起色，自非慈禧所樂見。

杜鍾駿初到，不明內中矛盾，復向陸潤庠陳情。陸亦蘇州人，爲滿清最後的一個「狀元宰相」；其家亦世代行醫，蘇州人謂其祖宗積德，故出一狀元，因陸潤庠除八股外，一竅不通，

「孽海花」頗致譏評。

杜鍾駿對陸潤庠是如此說法：

> 公家世代名醫，老大人「世補齋醫書」，海內傳誦；公於醫道，三折肱矣，六日開一方，彼此不相聞問，有此辦法否？我輩此來滿擬治好皇上之病，以博微名，及今看來，徒勞無益，希望全無，不求有功，先求無過，似此醫治，必不見功，將來孰執其咎？請公便中一言。

陸潤庠之父名懋修，字九芝，醫德醫道，都不愧儒醫之名。陸潤庠本人亦通醫術，所以杜鍾駿託他進言；陸潤庠當時婉言拒絕；只以「內廷規矩，向來如此，既不任功，亦不任過」相安慰。

至八月初八，六名醫士，分作三班，張彭年、施煥爲頭班；陳秉鈞、周景燾爲二班；呂用賓、杜鍾駿爲三班，每班兩個月。易言之，頭班張、施二人看兩個月，再由二班接替；又兩月後，三班接替。這看起來，比較合理了；其實是個蓄意不欲德宗病好的陰謀。

原來久病成醫，德宗對杜鍾駿頗有信心，服藥見效；而呂用賓爲京中名醫，對德宗致病之由，知之甚稔，處方亦易收功，是故雖六日一輪，只服此二人之藥，漸漸亦可痊也。因而改爲兩

月一班，而以杜呂置於其末；輪到此班請脈，已在四個月以後；小恙經此耽誤，尚可入於膏肓，何況德宗雖是不死之病；須有可救之時，那裡經得起四個月的耽誤。

德宗亦心知此爲有意置之於死地，因而在分班後，即交下太醫院藥方二百餘紙，另外有手書病歷一紙，此爲眞正德宗親自所作的文字；簡明扼要，可見「翁師傅」啓迪之功，照引如下：

余病初起，不過頭暈，服藥無效，既而胸滿矣；繼而腹脹矣；無何又見便糖遺精，腰酸腳弱。其間所服之藥，以大黃為最不對症；力鈞請吃葡萄酒、牛肉汁、雞汁、尤為不對。爾等細細考究，究為何藥所誤？盡言無隱。著汝六人，共擬一可以常服之方；今日勿開，以五日為限。

德宗之意，即是如杜鍾駿所言，「虛弱類此者，非二百劑藥，不能收功。」有此長服之方，則頭班、二班即使藥不對症，可以摒棄；在此以前，太醫所開之方，德宗即每每不服。

此「常服之方」係陳蓮舫所擬；杜鍾駿記：

過後，六人聚議，群推陳君秉鈞主稿，以彼齒高望重也。陳君直抉太醫前後方案矛盾之誤，眾不贊成。余亦暗擬一稿，以示呂君用賓；慫恿余宣於眾，余不願，乃謂眾同事曰：「諸君自度能癒皇上之病，則摘他人之短，無不可也；如其不能，徒使太醫獲咎，貽將來報復之禍，吾所不取。」

陳君曰：「余意欲南歸，無所顧忌。」余曰：「陳君所處，與我輩不同，我輩皆由本省長官保薦而來，不能不敢穩慎。我有折衷辦法，未悉眾君意下如何？案稿決用陳君，前後不動，中間一段擬略為變通，前醫矛盾背謬，宜暗點而不明言。」

在這段記載中，陳蓮舫的意思是很明白，他已預知德宗之病決不能好；但將來又欲以「御醫」之名爲號召，倘有人謂，既爲「御醫」，何以不能好皇帝。則可以爲太醫所誤才遁詞，用脈案爲證，俾無損其「御醫」之名。

又，據杜鍾駿所言「我輩由本省長官保薦而來」云云，可知陳蓮舫非蘇撫所保；保薦者爲盛宣懷，通過閹人的關係，而舉於慈禧之前者。

中間所改一段脈案，眾推杜鍾駿秉筆，改動如下：

論所服之藥，熱者為乾薑、附子；塞者若羚羊、石膏；攻者如大黃、枳實；補者若人參、紫河車之類，應有盡有，所謂無法不備矣！無如聖躬病久藥多，胃氣重困，此病之所以纏綿不癒也。

此段改稿，據杜鍾駿自言：「眾稱善，即以公訂方進，進後皇上無所問。其實不然！前引「萇楚齋三筆」記陳蓮舫受辱事，即指此方；此方既爲公訂，且脈案中已洞見癥結，則用藥必四平八穩，可以常服，而德宗何以「面擲其方子於地？」無他，進方時已非公訂之方；爲陳蓮舫所改動過了。

由於既無常服之方，頭班之藥，亦全無效驗，因此而有延西醫之舉。據屈庭桂自述：

自後，每日早晨，余即到診一次，宮女等一見余至，輒呼「外國大夫來了。」光緒帝平素對中藥至為審慎，必先捧藥詳細檢視，余診視多日，見其呼吸漸入常態，用藥亦頗有效。關於食物營養之選擇，余屢行進言，彼亦照行，故病狀頗有進步。……有一次太后對內務大臣面諭關於食物事，帝聞而氣憤之極，即怒擲枕於地，以作表示。

顯然的，慈禧所諭食物之事，必爲屈庭桂所建議，德宗所樂從，而慈禧加以限制者。屈庭桂又云：

余診視一月有餘，藥力有效，見其腰痛減少，遺洩亦減少，惟驗其尿水則有蛋白質少許，足為腰病之證。

按：屈庭桂初診爲九月十四日；一月有餘，則在匝月以後；故下文緊接十月十八日之變。但惡兆之萌，則以慈禧萬壽下一日違和之故。杜鍾駿記：

（十月）十一日皇太后諭張中堂之洞曰：「皇上病日加劇，頭班用藥不效；余因日來受賀，聽戲勞倦，亦頗不適，你看如何？」張曰：「臣家有病，呂用賓看看尚好。」皇太后曰：「叫他明日來診脈。」次日，兩宮皆呂一人請脈。呂請皇太后脈，案中有消渴二字，皇太后對張中堂曰：「呂用賓說我消渴，我如何消渴？」意頗不懌。張召呂責曰：「汝何以說皇太后消渴？」呂曰：「口渴誤書。」越日復請脈，皇太后亦未言。第三日，皇太后未命呂請脈，獨皇上召請脈。

按：消渴即糖尿病。中國知識階級歷來對此病有誤解；因司馬相如患此症，而行爲浪漫，因而消渴有重慾的意味在內，慈禧自然不懌。

又，第三日德宗仍召呂用賓請脈，亦為一可注意之事。其時應輪二班請脈，而德宗仍召呂用賓，足見對症；但已破壞慈禧的規定，益足為忌。

杜鍾駿又記：

到十六日，猶召見臣工；次夜，內務府忽派人來，急遽而言曰：「皇上病重，堂官叫來請你上去請脈。」余未及洗臉，匆匆上車，行至前門，一騎飛來云：「速去，速去！」行未及，又來一騎，皆內務府三堂官派來催促者也。及至內務公所，周君景燾已經請脈下來云：「皇上病重。」坐未久，內務府大臣增崇引余至瀛臺，皇上坐坑右，前放半桌，以一手托腮，一手仰放桌上，余即按脈，良久，皇上氣促口臭，帶哭聲而言曰：「頭班之藥，服了無效，問他又無決斷之語，你有何法救我？」余曰：「臣兩月未請脈，皇上大便如何？」皇上曰：「九日不解，痰多氣急，心空。」

頭班藥既無效，復無決斷之語，其為受命故意躭誤病勢，責何可逃？是日為十月十七日夜，多日未大解，則呂用賓方內，自必有對症之藥，所以不效者，其中自有隱情。

此一隱情，便是「方家園集團」認為必須掌握一個原則，決不可讓太后崩在皇帝之前。而慈禧自八月間便有痢疾，一直未曾痊可；萬壽時筵宴頻繁，病勢增劇；十月十三日命慶王驗收普陀峪工程，已自知恐將不起。

十七日夜間，非德宗病危，而是慈禧病危；所以如此張皇，謂「皇上病重」，飛騎相望於道，連番催促者，即為下毒手於德宗的伏筆。明乎此，可知任何良方，皆將歸於無用。而杜鍾駿在此以前所記，皆為實錄；以後所記，則有不盡不實之處：

請脈看舌畢，因問曰：「皇上還有別話吩咐否？」諭曰：「無別話。」遂退出房門外；皇上招手復令前，諭未盡病狀。復退出至軍機處擬方。余案中有「實實虛虛，恐有猝脫」之語。繼大臣曰：「你此案如何這麼寫法，不怕皇上駭怕麼？」余曰：「此病不出四日，必出危險。余此來未能盡技，為皇上癒病，已屬慚愧，到了病壞尚看不出，何以自解？公等不令寫，原無不可，但此後變出非常，余不負責，不能不預言。」奎大臣曰：「渠言有理，我輩亦擔當不起，最好回明軍機，兩不負責。」

繼大臣者繼祿；奎大臣者奎潤。軍機則醇王載灃領班，以次為慶王奕劻、世續、張之洞、鹿傳霖、袁世凱，均在西苑。請示後，醇王與張之洞商定，脈案中不寫「不出四日，必有危險」之語。

次日爲十月十八日，中西醫皆請脈，杜鍾駿記所見云：

皇上臥於左首之房，臨窗坑上，喘息不定，其脈益勁而細，毫無轉機。有年約三十許太監，穿藍寧綢半臂侍側，轉述病情。

杜鍾駿未記如何處方，亦未記德宗作何語？而屈庭桂記所見所聞者如此：

迨至十月十八日，余復進三海，在瀛臺看光緒病。是日，帝忽患肚痛，在床上亂滾，向我大叫：「肚子痛得了不得！」時中醫俱去，左右只餘內侍一二人，蓋太后亦患重病，宮廷無主，亂如散沙；帝所居地更為孤寂，無人管事。

德宗「忽患肚痛」，在「中醫俱去」以後，此語最可注意；是否內侍在進中藥時，雜以他藥，殊爲可疑。屈庭桂又記：

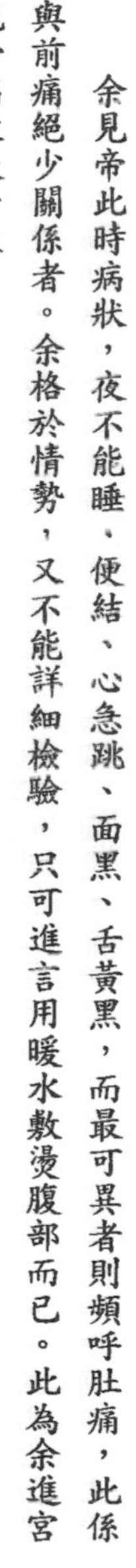

余見帝此時病狀，夜不能睡、便結、心急跳、面黑、舌黃黑，而最可異者則頻呼肚痛，此係與前痛絕少關係者。余格於情勢，又不能詳細檢驗，只可進言用暖水敷燙腹部而已。此為余進宮視帝病最後一次。

十九日情況不明，及至夜間，杜鍾駿與同事，均被召，宮內已有電話傳出，預備後事。杜鍾駿等被召，爲備德宗彌留時，作最後一次的會診；留下不救的脈案存檔。

十月十九這天，關於德宗的情況不明，不召請脈，利其速死；慈禧亦已至十分危殆，隨時可崩的地步，此由「加賞宗室覺羅孤寡，及八旗綠步各營兵丁半月錢糧」一事可知；因爲已到人事已盡，不得已用「做好事」來祈福的下策。

談到這裡，我須先請讀者試思，如慈禧已崩，而德宗一息尚存，可能會發生何種情況？最可能的一種情況是，由肅王善耆領導，結合親德宗的親貴宗室，肅清宮禁，首當其衝的將是袁世凱。

肅王善耆時任民政部尚書，請日本顧問辦巡警，又訓練了一批能爬牆上屋的消防隊，早有爲德宗報仇，重新建立愛新覺羅皇朝正統之志。如果皇太后先崩，群臣哭臨，善耆能入禁宮，必先趨瀛臺，以德宗的名義，發號施令，袁世凱固然要倒楣，「方家園集團」亦將垮台；而溥儀能否繼位，更在疑問。

此所以十月十九日，「宮門之外，文武自軍機以次，守衛森嚴。」總之，德宗必崩於慈禧之前，然後才能以懿旨來安排一切大事。

或謂，慈禧雖崩，仍可秘不發喪，先由軍機秉承皇后的懿旨辦事；這話固然不錯，但詔告天下臣民，必謂在德宗病榻前面承旨意，倘未至瀛臺，則一切都是矯詔，亦一切都是亂命，輦轂之下，大亂立起。但是，德宗其時雖猶有一口氣存，御容卻已不能為人所見；其故後文將有解說。

十月二十日的情況，據杜鍾駿所記如此：

次早六鐘，宮門開，仍在軍機處侍候，寂無消息，但見內監紛紜，而未悉確實信息。至日午，繼大臣來言曰：「諸位老爺們久候，余為到奏事處一探信息，何時請脈？」良久來，漫言曰：「奏事處云：皇上今日沒有言語，你們大人們做主。我何能做主？你們諸位老爺且坐坐罷。」未久，兩內監來傳請脈，於是余與周景燾、施煥、呂用賓，四人同入，余在前先入，皇上臥御床上，其床如民間之床，無外罩，有搭板，鋪氈於上。皇上瞑目，余方以手按脈，瞿然驚寤，口目鼻忽然俱動，蓋肝風為之也。余甚恐，慮其一厥而絕，即退出。周、施、呂次第脈畢，同回至軍機處，余對內務三公曰：「今晚必不能過，無須開方。」內務三公曰：「總須開方，無論如

何開方均可。」於是書：「危在眉睫，擬生脈散。」藥未盡，至申刻而龍馭上賓矣。

德宗歿於十月二十日申刻，杜鍾駿所記爲最正確之史料。杜又續記：

先一時許，有太監匆匆而來曰：「老佛爺請脈。」拉呂、施二同事去，脈畢而出，兩人互爭意見，施欲用烏梅丸，呂不謂然，曰：「如服我藥，尚有一線生機。」蓋皇太后自八月患痢，已延兩月之久矣。內務諸公不明丸內何藥，不敢專主，請示軍機，索閱烏梅丸藥方，見大辛大苦，不敢進，遂置之。

本日皇太后有諭：到皇上處素服，到皇太后處吉服。次晨召施呂二君請脈，約二小時之久。施呂下來，而皇太后鸞馭西歸矣。

所謂「先一時計」，即德宗申刻駕崩之前一時許，度時爲午未之交，約下午一點鐘左右。「烏梅丸」爲治血痢之藥，慈禧致命之疾，有此一段記載而確定。

最可注意者，即「皇太后有諭」，命著「素服」，則已知德宗仙去，不稱「大行皇帝」，則匿喪出於慈禧之意，因尚有大事未安排妥當。勾稽史料，有兩點可爲指出，以供將來修正「清史稿」

之採擇：

第一、德宗崩後，慈禧命皇后前往伴靈；直至次日施呂二醫急救無效，鸞馭西歸，皇后始終未在病榻之前。

第二、十月二十日以懿授醇王爲攝政王；醇王之子溥儀「著在宮內教養」，統緒固已有歸，但溥儀的身分，尚未確定。就理論而言，可有三種處置，承嗣穆宗；承嗣德宗；兼祧。僅承嗣德宗，當然是絕不可能之事。問題只在兼祧與否？倘非兼祧，則溥儀入承大統的身分，即與明世宗無異；德宗之后，處境亦如孝宗張皇后，被尊爲「皇伯母」而已。

慈禧崩於二十一日未刻；發表次序自然仍是先帝後太后。張之洞年譜中，記兩宮之崩，下有一段附注，爲非常重要的史料。

第聞景廟崩後，軍機大臣入臨，皇后自內出；卒然問曰：「嗣皇帝所嗣者何人也？」諸臣未即對；公對曰：「承嗣穆宗毅皇帝，兼祧大行皇帝。」又問曰：「何以處我？」對曰：「尊為皇太后。」曰：「既如是，我心慰矣。」遂哭而入。

軍機大臣是否「入臨」，張譜中並無記載，但即使進殿，因爲有皇后在，亦只能遙瞻，不能

臨視。

此段記載中，所透露的眞相甚多；最重要的兩點是：第一、皇后未能爲慈禧送終；第二、溥儀兼祧一事，慈禧至彌留時方始作成決定。依常理來說，皇后應侍病榻，始爲盡子婦之道；而慈禧對立嗣這樣的大事，亦應早日宣示，以定人心。這種有乖常理的怪事，無獨而有偶，即非偶然了。

於此先要談當時的一種傳說，說「方家園集團」在發覺慈禧病勢嚴重，恐將不救；而又瞭解慈禧不願死在德宗之後時，曾經密商，作成一個決定，即一方面照慈禧的意旨行事；另一方面要爲德宗報仇。具體的做法便是鴆弑德宗，而殺袁世凱以謝。

這個傳說的眞實性究有幾許，無從判斷，但德宗死於非命，則以屈庭桂的記載毫無可疑；玆就已有證據分析如下：

一、十月十八日，德宗向屈庭桂大叫：「肚子痛得了不得。」屈以「此係與前病絕少關係者」而認爲「最可異」。

二、杜鍾駿於十七日請脈時，詢知德宗已九日未大解；屈庭桂亦云「便結」，然則此腹痛，顯非如常人服瀉下之劑而將大解的現象。

三、屈庭桂請脈時所見德宗病容爲「面黑、舌黃黑」。此爲中毒的徵象。

我前面說道，杜鍾駿的「請脈記」，後半段有諱飾；當二十日取最後一次請脈時，只言「皇上瞑目」，不記其臉色；事實上中毒的現象已更明顯，任何人臨視，亦會發生懷疑，而又不能禁止大臣臨視，但如有皇后在大行之側，則於禮不能入殿。是故，慈禧之命皇后守靈，就是拿她作一面擋箭牌；而此任務能否忠實執行，即爲溥儀是否兼祧德宗，以及皇后能否成爲太后的關鍵。易言之，此爲慈禧最後控制皇后的一種手腕。

如上所談，已將慈禧及德宗母子先後崩逝經過，作了一個比較符合實際的概述，與歷史及各家筆記皆有出入，特別是日期上的一天之差。慈禧及德宗爲中國歷史上最後崩於位的皇太后及皇帝，必須有正確的記載。爲加深讀者的印象起見，特再條舉大要如下：

一、慈禧及「方家園集團」慢性謀殺德宗，起先所採取的手段，比較緩和，主要的原則是，醫藥飲食，勿使見效，以期病情惡化，自然死亡。

二、慈禧於八月間開始患痢疾，一直未癒；十月初十萬壽以後，殆因飲食不愼，病勢日重，轉爲血痢，德宗本爲慢性病，油未乾、燈未盡，不能速死；倘或慈禧先崩，而德宗猶能治事，勢非大翻案不可。故必使德宗崩於太后之前，此爲慈禧及「方家園集團」，慶、袁集團一致的定見。於是德宗的病勢，即隨慈禧的病勢爲轉移；易言之，慈禧病危，德宗亦被宣傳爲病危，以爲必要時下毒手的張本。

三、十月十七日夜，急召諸醫，謂「皇上病重」，實際上爲慈禧病重；視杜鍾駿所記：①德宗猶能起坐；②語言雖帶「哭聲」，但仍能「論未盡病狀」，斷非病危至彌留狀態。至於杜鍾駿謂「不出四日，必出危險」云云，事後補記，有所隱飾；雖不知醫者，亦看得出來。因爲以常識論，即爲其所言，尚有四天工夫，可資挽救，何得須定死期？果然如此，要醫藥何用？

四、下毒之時，非十七日夜間，即十八日上午。中西醫請脈時，情況皆已大變。屈庭桂記德宗腹痛不可忍，爲不應有的症狀；又「心跳、面黑、神衰、舌黃黑。」杜鍾駿只記「喘息不定，其脈益勁而細」，與屈記「心跳」相符；其他未記，顯有所隱。

五、十九日情況不明；未見杜鍾駿有所記述。病危至此，不召醫，無是理；召醫而未見記載，所諱者何？思過半矣！

六、十九日夜召醫，仍爲慈禧病危的信息。德宗此時已入於昏迷的狀態，雖未死，已無作爲；召醫而又未即請脈，且宮禁森嚴，則即令「出大事」，秘不發喪；或甚至德宗雖未死而謂之已崩的步驟已定。

召醫待命的目的，即在視慈禧的病情，決定德宗的死期；而當德宗的死期已定時，召醫作最後一次的診視，完成應有的程序。倘或慈禧猝然而崩，必不宣布。先以懿旨作傳位的安排；同時召醫爲德宗作最後一次的診視，旋即宣佈德宗崩逝，溥儀入繼，尊慈禧爲太皇太后，以太皇太后名義，宣佈德宗皇后爲皇太后。至此始爲太皇太后發喪。

七、二十日午間，慈禧之主治醫生呂用賓、施煥會診；軍機不敢用烏梅丸，則已確定慈禧不救。於是召杜鍾駿入瀛臺；此即德宗死期已至。申刻，龍馭上賓。

此時未即宣佈帝崩，則以權力分配與轉移的安排，尙未就緒；同時慶王奕劻尙在普陀峪，至廿一日始趕回。至於袁世凱「容庵弟子記」，謂「皇族中頗有爭競繼統者」，其言實無根據，當穆宗崩時，恭王、醇王皆有發言地位；光緒末年，親貴中絕無有如恭、醇兩王當年的地位，憑慈禧一言而決，無可爭競。

且當時夠資格繼統者，只一小恭王溥偉，從未進入核心勢力範圍；無人爲之提名，根本就談不到爭競。

此時最尷尬者袁世凱，沈雲龍教授「現代政治人物述評」所收「談袁世凱」一文云：

袁、張（之洞）柄政之次年戊申十月廿一日，載湉病危，自知不起，嘗手書十年困窘，由二人所致，其一為袁世凱；其一則字體不清，無從辯識。按載湉自戊戌政變後，即被幽禁於瀛臺。庚子出奔西安，暇中每與諸豎坐地作嬉戲，尤好於紙上畫成大頭長身各式鬼形無數，仍拉雜扯碎之；有時畫成一龜，於背上塡寫袁世凱姓名，黏之壁間，以小竹弓向之射擊，既復取下剪碎之，

令片片作蝴蝶飛，蓋其蓄恨於袁世凱至深，幾以此為常課（見吳永庚子西狩叢談）。

德宗如果有權，必殺袁世凱，此爲宮中習知之事。十年困辱，手自書之，此事絕對可信；徵之手書病狀示醫可知。慈禧命皇后護靈，當然亦有搜索德宗生前文字的附帶任務在內。我甚至疑心，或曾留下命皇后及載灃殺袁世凱的遺囑。德宗與后，望影互避，但德宗雖不喜后，亦頗諒解其處境；反之，皇后亦然。因此，皇后念夫婦一場，即不必有前述「方家園集團」集議謀德宗之傳聞，亦必有以補德宗之憾。許編張之洞年譜，於袁世凱開缺回籍條下記：

監國攝政王秉太后意，命軍機擬旨，禍且不測。今反復開陳，始命回籍養痾。公退，語人曰：「主上沖齡踐祚，而皇太后啟生殺黜陟之漸，此端一開，為患不細，吾非為袁也，為朝局記也。」

當時如果殺了袁世凱，即無後來之禍，不獨中國歷史，造世界史亦須改寫；此眞一言喪邦！張之洞與袁世凱共事一年有餘，幾於無日不見，而不識袁世凱爲梟雄；且以爲大清朝尚有多少年天下，故爲朝局而有此遠慮，其愚眞不可及。清末有月旦評曰：「李鴻章張目而臥；張之洞閉目而行。」信然。

清朝自世祖入關後，皆於生前預營陵寢，惟有德宗從未議及此事；既崩，始在西陵與隆裕安葬，安名「崇陵」，規畫甚簡。

慈禧東陵普陀峪陵寢，經營已三十餘年；大修數次，糜費極鉅，此時正式定名爲「定東陵」；因文宗陵名「定陵」，而普陀峪在定陵之東之故。民國十七年陰曆五月十七日，正當張作霖遇難皇姑屯，奉軍撤至關外時，孫殿英部下盜陵，高宗裕陵及慈禧東陵，被禍最慘。時溥儀住天津張園，聞報震驚，派寶熙、耆齡、陳毅前往料理。據陳毅「東陵道詩注」云：

奉天岳兆麟軍之團長馬福田者，故馬蘭峪土匪也，四月廿五日忽叛岳，乘虛踞峪，欲為不軌。五月十五日，孫殿英軍之師長譚溫江，自馬伸橋來，襲福田，破走之，因入峪，大肆焚掠。明日，柴雲陞師之旅長韓大保，又西南自葦子道進據裕陵及定東陵，彼此聲言失和，斷道備戰，遂以十七日用火藥轟毀隧道，窮搜斂物。

按：所謂「彼此聲言失和，斷道備戰」，乃是譚、韓二人勾結，以「失和」爲藉口，「斷道」禁行人，以便盜陵。

廿二日，孫殿英又連夜乘汽車自馬伸橋來；廿四日譚、韓師遂飽載拔營西去。六月初，溫江至京鬻珠，案發被獲。是月，青島警察又於孫殿英隨從兵張岐厚身，搜得珍珠卅餘顆，此案始大聞於世。

至七月初十，入定東陵重殮慈禧，據隨員徐埴「東陵于役日記」：

先至西北隅仰置之槨蓋前，啟上覆破壞槨蓋，則孝欽顯皇后玉體偃伏於內，左手反搭於背上，頭髮散亂，上身無衣，下身有褲有襪，一足襪已將脫，偏身已發霉，均生白毛。蓋盜發之日為五月十七日，盜去為五月廿四日，至今已暴露於梓宮外者四十餘日，可慘也。

即傳婦人差八人，覆以黃綢，移未毀朱棺於石床，然後以黃綢被裹之，緩緩轉正，面上白毛已滿，兩目深陷，成兩黑洞；脣下似有破殘之痕。

幸而朱棺未毀，因以載澤所攜慈禧崩後，頒「遺念」之龍衣兩件，覆體重殮；地上拾得珍珠十五粒，捶碎後納於棺中，封石門而出，計歷時四小時。

裕陵則以積水之故，抽水後方能入，骸骨偏地，慘不忍睹。裕陵祔葬者爲高宗孝賢皇后；仁宗生母孝儀皇后；皇貴妃富察氏、高佳氏、金佳氏，共金棺六具，皆硃紅雕漆細萬字地徑寸梵字及牡丹花；高宗金棺梵字爲陽文，餘爲陰文。高宗之棺，以封漆甚固，斫一大洞，棺內物皆從此取出；執事者從棺內撿出顱骨一個，僅存一齒，齒孔三十六，決爲高宗之骨。餘骨拼湊成形，體幹高偉，骨皆紫黑色，股及背上猶黏有皮肉。最奇者得全屍一具，據徐埴記述：「身著寧綢雲龍袍，已一百四五十年之久，面目如生，並有笑容，年約五十歲，耳環尚在。」以年齡而言，爲仁宗生母孝儀皇后魏佳氏。

談「清朝的皇帝」，至此已可結束；仿近來流行爲政治人物打分數之例，自世祖至德宗共九帝，試爲之一別上下。評分之法如下：

一、共分資質、本性、體格、教育、責任感、統馭、應變、私生活、機遇等九項，分上、中、下三等，上等十五分、中等十分、下等五分。

二、私生活及機遇兩項，另有加減分、私生活上等加兩分；下等減兩分。機遇上等減十五分；下等加五分。

三、「本性」指仁厚；「機遇」指國運及個人得位之機會。根據上述原則，評分如下：

年號＼項目	資質	本性	體格	教育	責任感	統馭	應變	私生活	機遇	得分	名次
順治	上	中	中	中	中	中	下	下	中	95-2=93	8
康熙	上	上	上	中	上	上	上	上	上	140-15+2=127	1
雍正	中	下	中	中	上	上	上	上	中	115+2=117	3
乾隆	上	中	上	上	上	上	上	中	上	135-15=120	2
嘉慶	中	上	中	中	中	中	中	中	中	105	4
道光	下	中	中	中	上	下	下	上	下	90+5=95	7
咸豐	上	中	下	上	中	上	中	下	下	100+5-2=103	5
同治	中	中	中	下	中	下	下	下	中	80-2=78	9
光緒	中	中	下	中	中	中	下	上	下	90+5+2=97	6

附注：本性指仁厚；機遇指國運及個人機遇。

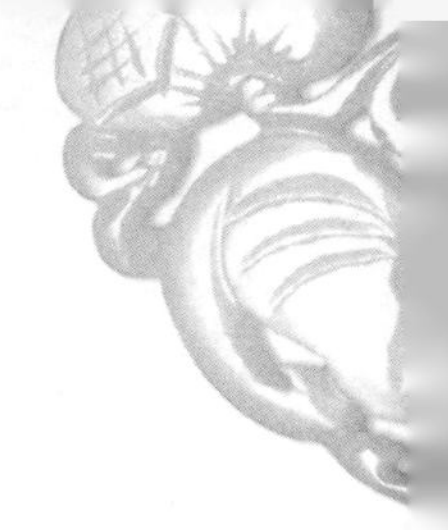

「清朝的皇帝」簡表

廟號	祁謚	年號	御名	在位年數	享年	備考
太祖	武皇帝	天命	努爾哈齊	十一	六十八	改謚高皇帝
太宗	文皇帝	天聰 崇德	皇太極	十七	五十二	
世祖	章皇帝	順治	福臨	十八	二十四	
聖祖	仁皇帝	康熙	玄燁	六十一	六十九	
世宗	憲皇帝	雍正	胤禛	十三	五十八	
高宗	純皇帝	乾隆	弘曆	六十	八十九	太上皇帝四年
仁宗	睿皇帝	嘉慶	顒琰	二十五	六十一	
宣宗	成皇帝	道光	旻寧	三十	六十九	

文宗	顯皇帝	咸豐	奕詝	十一	三十一	
穆宗	毅皇帝	同治	載淳	十三	十九	無子以醇賢親王之子承統
德宗	景皇帝	光緒	載湉	三十四	三十八	無子以醇親王之子承統
末帝		宣統	溥儀	三		
小計		十三廟	十二帝	共二九六年		

附註：太祖自稱天命皇帝、太宗先稱天聰皇帝、崇德始為清朝正式建年號之始。

後記

「清朝的皇帝」談到德宗、慈禧先後崩逝，即告結束，未談宣統的原因是：第一、宣統三年之中，溥儀本人無可談。談他是另一話題；詳近略遠，史家通則，拙作雖是閒談，亦期不悖史例，但那一來，就會大談民初人物，甚至還要談日本人與英國人（莊士敦），跑野馬會跑得漫無邊際，不如就此打住。其次，清朝至光緒三十三年「丁未政變」，慶王、袁世凱、與端方等相勾結，排去瞿鴻機、岑春煊時，愛新覺羅皇朝可說已不可救藥。宣統三年不過此一皇朝的「彌留」狀態，無可談，亦不必談了。

談完了事實，少不得還要發點議論，猶如紀傳以後的論贊。茲請先一論清朝亡國的原因，也就是解釋，何以「丁未政變」可以看出清朝已無可救藥。

這就要先談一談我自己摸索出來的，研究歷史的兩個關鍵性的問題，一個是，歷史的重心在民生，亦就是歷史的重心在經濟；而經濟的重心在交通，這交通是廣義的，包括水利在內。凡有

舟楫之利，易求灌溉之益，苟獲馳驛之便，何難平準之濟？任何時代的交通水利都能充分反映經濟情況，同時亦可看出軍事態勢的強弱，社會風俗的變遷。

另一個關鍵是，瞭解政治上的中心勢力。看支配政治的是知識分子、貴族、外戚、宦官，還是藩鎮？大致知識分子掌權，常爲昇平盛世；藩鎮跋扈，則每成割據的局面，地方有幸有不幸；貴族干政，應視所結合的勢力爲何，結合知識分子，便有清明之象；結合外戚或宦官，必致宮廷多故。最壞的是以閹人而操國柄，爲蒼生之大不幸。

以清朝而言，創業時期自太祖至世祖，大致皆爲貴族結合知識分子操持國事；至康熙朝則充分尊重知識分子，且無中外滿漢之畛域，故能成其媲美文景之治。雍正、乾隆、嘉慶亦然，但以在上者好尙能力之不同，因而知識分子所能發生的作用亦有差異。

有清國勢之衰，肇端於乾隆末年；漸顯於嘉慶中期；而大著於道光一朝。嘉慶仁厚有餘，才智不足，以致雍乾兩朝久受抑制的貴族，漸有干政的傾向；此種傾向至道光朝益見明顯，而致命傷則以宣宗資質愚下，近似崇禎，乃發生假知識分子與才足以濟其惡的小人相結，排斥正統知識分子的現象。

所謂假知識分子即假道學；此輩歷朝皆有，但康熙則敬遠之，雍正則驅使之，乾隆則狎侮之，至嘉慶朝雖漸見尊重，而不若道光之信任曹振鏞至其人既歿而猶不悟。但道光一朝，眞正知識分子在政治上雖不甚得意，猶幸假知識分子只能「衡文惟遵功令，不取淹博才華之士」，而不能限制「淹博才華之士」著書講學，於是至咸豐一朝，人材蔚起；而自文宗以下，政治上對立的派系，不論恭王還是肅順，皆知重用知識分子，故能戡平大亂，成短暫的同光中興之治。

至光緒甲申，恭王以次，全班出樞，朝局陡變，此後的政治情勢，漸趨複雜。就整個愛新覺羅而言；光緒甲申以前，支配政治者，不外八旗及知識分子兩大中心勢力的排宕結合，以知識分子爲主，結合八旗勢力，爲最理想的政治型態；其次以八旗爲主，而知識分子尚有相當發言地位，即如道光末年之危，亦尚能挽救。

及至光緒甲申，政治領導階層的架構，逐漸發生了基本上的變化，此即八旗勢力轉化爲貴族、外戚兩種勢力；假知識分子，亦即徐桐、崇綺一派，昧於外勢，實際上可說無知無識的頑固守舊派，爲慈禧所扶植，以箝制眞正知識分子；而李鴻章漸有鎮藩模樣；李蓮英勾結內務府攬權，則宦寺介入政事。

此種種惡勢力集結於一女主之下，國事遂不可問，猶幸眞正知識分子尚能柄政，故雖國脈如絲，尚存一線之望。迨瞿鴻禨罷歸，一線之望亦已斬絕，當時的政治領導階層的架構是：

一、外戚：軍機大臣醇王載灃；度支部尚書載澤（此兩人雖爲貴族，但以外戚身份，始得進用。載灃爲慈禧姨表侄；載澤爲慈禧內侄婿，亦即德宗的聯襟。）

二、貴族：外務部總理大臣慶王奕劻；民政部尙書善耆；農工商部尙書溥庭。

三、藩鎮：軍機大臣袁世凱。

四、宦寺：軍機大臣內務府大臣世續（內務府大臣應視之爲宦寺系統）。

至於張之洞、鹿傳霖之在軍機，不過聊備一格而已，不能與瞿鴻機相提並論。如瞿鴻機仍舊在位，則奕劻必去；袁世凱不得入樞，載澤亦無掌度支的機會，愛新覺羅皇朝之亡，必不致如是之速。

張之洞是漢人知識分子中，效忠愛新覺羅皇朝最後一人。他亦早看出來，清祚將移，而以亡國孤臣自命；曾賦詩云：

南人不相宋家傳，自詡津橋警杜鵑；辛苦李虞文陸輩，追隨落日到虞淵。

此詩當作於庚子亂後，「南人不相」指翁同龢；次句用天津橋聞杜鵑故事，謂早知用翁同龢，天下將大亂。「李虞文陸」指李綱、虞允文、文天祥、陸秀夫；「虞淵」乃日沒之處，張之洞以李虞文陸自況，有明知其不可爲而爲之意；而「生爲大清之臣，死作大清之鬼」的忠貞似乎亦情見乎詞。但最後竟成了「自作多情」；病亟時有「讀白樂天『以心感人人心歸』樂府句」詩

云：

誠感人心心乃歸，君臣末世自乖離；豈知人感天方感，淚灑香山諷諭詩。

張秉鐸作「張之洞評傳」，引此傳並加按語云：

宣統元年，監國將以洵貝勒辦海軍，濤貝勒管理軍諮，時之洞已入軍機、兼筦學部，見監國如此，乃面諍曰：「此國家重政，應於通國督撫大員中，選知兵者任其事。洵、濤年幼無識，何可以機要為兒戲？」監國不聽，之洞力爭之；監國頓足色然曰：「無關汝事！」之洞感憤成疾，遂以不起，此詩即為是而作。

總而言之，清朝的皇帝，平均要比明朝的皇帝好得多。可惜雍乾兩朝的許多史實已不可知，倘或辛勤搜求，細心爬梳，也許有少數皇帝尚須重新評價。

【經典新版】清朝的皇帝（五）日落西山

作者：高陽
發行人：陳曉林
出版所：風雲時代出版股份有限公司
地址：10576台北市民生東路五段178號7樓之3
電話：(02) 2756-0949
傳真：(02) 2765-3799
執行主編：朱墨菲
美術設計：吳宗潔
行銷企劃：林安莉
業務總監：張瑋鳳

初版日期：2020年1月
ISBN：978-986-352-779-4

風雲書網：http://www.eastbooks.com.tw
官方部落格：http://eastbooks.pixnet.net/blog
Facebook：http://www.facebook.com/h7560949
E-mail：h7560949@ms15.hinet.net
劃撥帳號：12043291
戶名：風雲時代出版股份有限公司

風雲發行所：33373桃園市龜山區公西村2鄰復興街304巷96號
電話：(03) 318-1378
傳真：(03) 318-1378
法律顧問：永然法律事務所 李永然律師
北辰著作權事務所 蕭雄淋律師

行政院新聞局局版台業字第3595號 營利事業統一編號22759935

定價：280元

國家圖書館出版品預行編目資料

清朝的皇帝 / 高陽著. -- 經典新版. -- 臺北市：風雲時代, 2019.11　冊；　公分

ISBN 978-986-352-779-4 (第5冊：平裝). --

863.57　　108017678